Bibliografische Information der Deutschen Nationalbibliothek.

Die Deutsche Bibliothek verzeichnet diese Publikation in der Deutschen Nationalbibliografie; detaillierte bibliografische Daten sind im Internet unter http://dnb.ddb.de abrufbar.

ISBN: 978-3-942256-06-3

Titel, Umschlag und Druckvorstufe: Björn Steffens
Lektorat: Lars Weber
Druck und Bindung: AALEXX Buchproduktion GmbH

Verlag amadeusmedien, 57518 Betzdorf
www.amadeusmedien.de

Prolog

22. Dezember 1944
Bei Arnstadt / Thüringen

Dumpfe Stimmen drangen an sein Ohr. Wo war er?

Sämtliche Glieder seines Körpers schmerzten. Sein Schädel fühlte sich an, als würde er jeden Moment explodieren.

Nach mehreren Versuchen gelang es ihm, die Augen zu öffnen. Doch nachdem er sich an das helle Licht gewöhnt hatte, überkam ihn eine noch größere Unruhe.

Was war passiert? In seinem Gedächtnis klaffte ein riesiges Loch. Er lag auf einer Pritsche aus Holz mit einer groben Stoffbespannung, an der seine Hände mit Gurten befestigt waren. Vorsichtig und trotz der brennenden Schmerzen hob er den Kopf und blickte an sich hinunter. Wie es schien, war er mit einer gestreiften Sträflingsmontur bekleidet. Sein Blick wanderte über die weiß verputzten Wände des Raumes, die so kahl und eisigkalt wirkten wie seine nackten Füße.

Von der weiß gekalkten Decke baumelte eine einfache Glühbirne in einer Fassung an zwei Drähten herab und verbreitete ein schwaches Licht. Der Boden bestand aus alten, abgenutzten Dielenbrettern. Außer der Pritsche, auf der er lag, befand sich nichts in dem Raum.

Er drehte den Kopf und sah zur gegenüberliegenden Wand, wo sich eine einzige, mit schweren eisernen Scharnieren beschlagene Holztür befand.

Die dumpfen Stimmen wurden lauter.

Vor der Tür hörte er nun schwere Schritte, die in diesem Moment innehielten. Dann das Knacken eines Schlosses. Die Tür wurde aufgerissen und drei Männer traten nacheinander ein.

Der Erste, ein großer, schlanker Blonder in einer mausgrauen Uniform, hielt eine Maschinenpistole im Anschlag. Auf der Seite seines Stahlhelms prangten Runen. Er erkannte die beiden markanten Buchstaben der SS.

Nach einem schnellen Blick durch den Raum trat der Soldat zur Seite und ließ die anderen an ihm vorbei.

„Guten Morgen, der Herr“, sagte der Zweite in einem heroischen Ton mit funkelnden Augen und einem falschen, süßen Lächeln auf dem Gesicht.

Auch er trug eine Uniform, aber im Gegensatz zu dem anderen war deren Farbe tiefschwarz. Unter seinem aufgeknöpften Ledermantel konnte man deutlich den Schaft einer Pistole des Typs Walther erkennen. Den Kragen seiner Uniformjacke sowie die Schirmmütze auf seinem Kopf zierte ein Totenkopf.

„Können Sie mich verstehen?“, fragte er in ruhigem, aber befehlsgewohntem Ton.

„Wie heißen Sie?“, fragte der Uniformierte weiter, ohne die Antwort auf seine erste Frage abzuwarten.

„Verstehen Sie mich?“

Er merkte, wie er nickte, natürlich verstand er den Mann.

„Dann sagen Sie mir Ihren Namen“, zischte der Totenkopfmann nun etwas gereizt.

Angst stieg in ihm auf. Er wusste nicht, wie er hieß. Wer war er überhaupt? Die Panik in seinem Inneren wuchs mit jeder Sekunde. Nichts wusste er. Sein Hirn schien vollkommen leer.

„Reden Sie, Mann, wie ist Ihr Name?“, brüllte der Totenkopf nun ungehalten.

„Ich weiß es nicht“, kam es gequält über seine Lippen.

„Herr Obersturmbannführer“, räusperte sich der Dritte, ein eher kleiner, untersetzter Mann um die Vierzig. Er trug keine Uniform, sondern einen viel zu engen Anzug unter einem offenen weißen Kittel.

„Was gibt es, Doktor?“, fauchte ihn der Totenkopf an, ohne seinen Blick von dem Liegenden abzuwenden.

„Vielleicht sollten wir die Sache eher wissenschaftlich angehen“, kam es von dem Kittelträger.

„Wissenschaftlich? Ich habe von Ihrer Wissenschaft langsam genug“, zischte der Totenkopf. „Ich muss wissen, wer der Kerl ist und woher er kommt und vor allen Dingen will ich wissen, was das hier ist.“

Ein Griff in seine Manteltasche beförderte einen kleinen, schwarzen Gegenstand zutage.

Der Mann mit dem Kittel versuchte erneut seine Bedenken zu äußern.

„Herr Obersturmbannführer, vielleicht hat er wirklich einen Teil seines Gedächtnisses verloren“, sagte er fast ängstlich.

„Doktor, Ihr ewiges ‚Vielleicht‘ kotzt mich an. Ich verlange Antworten und kein Vielleicht. Oder wollen Sie

Himmler und dem Führer etwa nur ein ‚Vielleicht' und ‚Ich weiß nicht' vorstammeln?" Der Totenkopf ging neben der Liege in die Hocke.

„Was ist das?", hörte er ihn nun dicht an seinem Ohr flüstern.

In der Hand, die er ihm vor das Gesicht hielt, befand sich ein Gegenstand. Obwohl ihm gerade nicht einfiel, wie es hieß, wusste er genau, was das schwarze Ding aus Kunststoff mit den silbernen Kanten war.

Über mehreren nummerierten, leuchtenden Tasten stand in Druckbuchstaben in einem Display: KEIN NETZ!

Kapitel 1

8. Mai 2007
Ca. 2 Seemeilen westlich von Fedje / Norwegen
60° 46 N – 04° 35 O

Tom betrachtete aufmerksam das Sonar auf der Brücke der *,Lisa Marie'*. Das etwas in die Jahre gekommene Schiff der *,Berger Fish and More Ltd.'* wirkte auf den ersten Blick wie ein alter ausgedienter Hecktrawler, wie sie von Dutzenden Aussteigern und Weltenbummlern nach Außerdienststellung zur privaten Nutzung umgebaut wurden.

Doch dieser erste Blick täuschte. Unter der maroden und eher trostlosen Fassade verbarg sich modernste Technik, die es mit jedem anderen Forschungsschiff auf den Ozeanen aufnehmen konnte.

Langsam lief das monotone Bild des Meeresbodens über den Monitor des Sonars, welches nur gelegentlich von einigen kleinen Störungen unterbrochen wurde, die aber wohl mit dem starken Seegang zusammenhingen.

Er nippte ungeduldig an seinem Kaffee. Eigentlich müssten sie jeden Moment an ihrem Ziel sein. Es war jedes Mal das gleiche Gefühl, wenn er an eine neue Bergungsstelle fuhr. Sein Herz klopfte heftig und pumpte Unmengen Adrenalin in jeden Muskel. Tom brauchte die Schatzsuche zum Leben wie andere Menschen Brot und Wasser.

Langsam tauchten auf dem Monitor zwei Schatten auf. Wie kleine Berge hoben sie sich vom ansonsten flachen Grund des Hieltefjords ab. Ein Grinsen lief über sein gebräuntes Gesicht. Ein Blick auf das GPS. Die Koordinaten stimmten genau mit den Angaben, die er erhalten hatte, überein.

Er strich sich eine Strähne seines schulterlangen, blonden Haares aus dem Gesicht und wandte sich dem zweiten Mann in der geräumigen Kabine zu.

„Kurt, stoppen Sie die Maschinen, wir sind angekommen!“

Kurt Svenson, ein gut zwei Meter großes, blondes Kraftpaket Anfang Fünfzig und stolzer Kapitän der ‚*Lisa Marie*', zog die Gashebel der beiden großen Dieselturbinen in die Nullstellung.

Sie befanden sich genau über der Stelle, an der am 9. Februar 1945 das deutsche U-Boot U-864 von einem Torpedo des britischen U-Boots *Venturer* versenkt worden war. Der Treffer ging in die Geschichte ein. Die U-864 war das einzige getauchte U-Boot des Zweiten Weltkrieges, das von einem ebenfalls getauchten anderen U-Boot versenkt wurde. Entweder hatten die Briten viel Glück gehabt oder der Kommandant der *Venturer* hatte sein Handwerk wirklich verstanden.

Der Torpedo traf das Boot so unglücklich unterhalb des Turms, dass es in zwei Teile gerissen wurde und für die 73 Männer an Bord keine Chance mehr bestand, dem eisigen, nassen Grab zu entrinnen. Um das gesunkene Boot rankten sich viele Mythen, von denen aber die meisten als übelstes Seemannsgarn abgelegt werden konnten.

Bekannt war, dass U-864 im Januar 1945 Danzig verlassen und sich auf dem Weg über Kiel und Bergen nach Japan befunden hatte. Die Nazis hatten gehofft, mit ihren geheimen Rüstungsgütern den Krieg im Pazifik beeinflussen zu können und Japan im Kampf gegen die Alliierten zu unterstützen.

Die Fracht war so geheim, dass bis dato niemand genau sagen konnte, was denn nun in Danzig oder auf geheimen Zwischenstopps bis Bergen an Bord gekommen war. Man munkelte von Plänen für die Wunderwaffen, wie für die Düsenjäger Me 163, Me 262 und V2/V4 Raketen. Ja, selbst Material für atomare Waffen sollte an Bord gewesen sein.

Das Wrack war erst vor einigen Jahren entdeckt, aber immer noch nicht komplett untersucht worden. Was man mittlerweile mit Sicherheit sagen konnte war, dass sich neben Unmengen scharfer Munition auch mindestens eine Tonne hochgiftigen Quecksilbers an Bord befand. Über die wertvollste Fracht jedoch wusste fast niemand etwas. Selbst die Mannschaft und der Kapitän des Bootes hatten keine Ahnung gehabt, was sie da mit sich in die Tiefe des Meeres genommen hatten.

Da im Umkreis des Wracks in den letzten Jahren bereits Fische mit sehr hohen Quecksilberwerten gefangen worden waren, gab es Überlegungen der norwegischen Regierung, das Fischen in den Gewässern um die Fundstelle zu verbieten. Die giftige Zeitbombe tickte. Würden die Behälter mit den Chemikalien bersten, wäre die Folge eine ökologische Katastrophe und deren Ausmaß für das empfindliche Ökosystem der Nordsee nicht absehbar.

Da es nicht möglich war, das zerbrochene Wrack zu heben und die vielen Behälter mit Gift zu bergen, plante man, das Boot mit einem riesigen Sarkophag aus Beton, ähnlich dem Katastrophenreaktor in Tschernobyl, zu überziehen und es für ewig zu verschließen.

Toms Großvater, ein Mann mit mächtigen Beziehungen weltweit, hatte es geschafft, sich in die Planung des Sarkophags mit einer seiner Firmen einzukaufen. Die Crew der *,Lisa Marie'* war beauftragt worden, unauffällig die Fundstelle zu vermessen und die Lage des Wracks noch einmal genau zu bestimmen. Zumindest sagten das die Papiere und Genehmigungen aus, die sie im Zweifelsfall der Küstenwache oder den in dieser Gegend öfter anzutreffenden Marineschiffen aushändigen würden.

Nur wenige Begleiter der Unternehmung wussten, dass der Grund ihrer Reise ein anderer war.

Tom schwang sich von seinem Hocker und ging zur Tür des Steuerhauses. Er hastete die Treppe hinunter und ging raschen Schrittes durch den engen Gang in Richtung Tauchraum.

Der Raum im Unterdeck war das wahre Herz der *,Lisa Marie'*. In ihm befand sich neben einem Mini-U-Boot, einer Tauchglocke und dem Kommandoraum auch eine Dekompressionskammer, die von den Tauchern nach Freitauchgängen in großer Tiefe benutzt wurde. In dieser luftdichten Druckkammer zur kontrollierten Steigerung und Absenkung des Luftdrucks verbrachten die Taucher nicht selten mehrere Tage nach den Tauchgängen. Ohne sie wäre die Anpassung an den atmosphärischen Luftdruck, um Dekompressionsunfällen vorzubeugen, nicht möglich.

Neben der Tauchglocke, die direkt an die Dekompressionskammer angedockt war, standen Olaf und Jan Jensen und bugsierten zahlreiche Pressluftflaschen in das Innere der Glocke. Die beiden Brüder aus Norddeutschland hatten Tom in den letzten fünf Jahren bei zahlreichen archäologischen Tauchfahrten auf dem gesamten Globus begleitet.

Olaf, der Ältere der beiden, war wie Tom sechsundzwanzig Jahre alt. Sie hatten beide zur gleichen Zeit ihr Studium in Cambridge aufgenommen und es auch beide gemeinsam nach zwei Jahren wieder geschmissen, um für eine Bergungsfirma, die Toms Großvater gehörte, um die Welt zu schippern.

Zuerst waren sie nur in den Semesterferien zur See gefahren, um nach versunkenen Schätzen zu tauchen. Doch schnell war das Schatztauchen zu einer Sucht geworden. Die Eltern von Olaf waren entsetzt gewesen, als ihr Sohn das Studium abbrach.

Und als Jan seinem Bruder und Tom folgte, war es mit dem Familienfrieden völlig vorbei.

Es hatte die beiden keine große Mühe gekostet, den immer fröhlichen Jan buchstäblich ‚mit ins Boot' zu holen. Auch er tauchte aus Leidenschaft und zog, genau wie sein Bruder, das Vagabundenleben einem Hochschulabschluss vor.

„Wir sind da", sagte Tom kurz.

Die beiden nickten.

Tom entledigte sich seiner Jeans und warf sie, genau wie sein T-Shirt und die Turnschuhe, auf eine Pritsche in der Ecke des Raumes. Olaf tat es ihm gleich. Schweigend zogen sie die Isolierkleidung an und schlüpften in die Trockentauchanzüge.

Tom kontrollierte nochmals die Elektronik und Mechanik der Taucherglocke. Dann folgte er dem Freund, der es sich bereits innen auf einer Bank bequem machte.

Jan würde gemeinsam mit dem Rest der Crew an Bord bleiben und ihren Tauchgang vom Kontrollraum aus verfolgen. Sollte es zu Komplikationen kommen, war es immer besser, ein erfahrener Taucher war zur Stelle, um den anderen zu Hilfe zu eilen. Die Wahrscheinlichkeit, dass die Hilfe rechtzeitig kam, betrug bei einer Tauchtiefe von rund einhundertvierzig Metern jedoch annähernd eins zu eintausend. Trotzdem beruhigte es und gab ein - wenn auch nur trügerisches - Gefühl von Sicherheit.

Als sich die Tür der Glocke schloss, wurde es schlagartig still. Die Kapsel besaß keine Fenster, man konnte also nur vermuten, was draußen vor sich ging.

Tom spürte, wie langsam der Druck auf seinen Ohren zunahm. Er hielt die Nase zu und presste Luft in seine Gehörgänge, bis der leichte Schmerz nachließ.

Nur zu gut wusste er, was nun passierte: Der Rumpf der ‚*Lisa Marie*' würde sich öffnen, das große Stahltor im Boden des Schiffes langsam zur Seite gleiten und die Tauchglocke würde sich an einem armdicken Kabel ins Wasser senken.

Während sich der Druck in der Glocke weiter erhöhte, sanken sie immer weiter in die Dunkelheit der See.

Routiniert zogen sie beide ihre Atemflaschen auf den Rücken und hielten sich immer wieder die Nase zu, um den ansteigenden Druck in ihren Ohren auszugleichen. In einhundertvierzig Meter Tiefe würde der Luftdruck in ihrer Glocke exakt vierzehn Bar betragen. Wäre der Druck im Inneren niedriger als außen, würde sich die Kammer beim Öffnen der Bodenluke sofort mit Wasser füllen.

Neben der Luke befanden sich der Tiefenmesser sowie zwei Leuchtanzeigen. Die eine der beiden leuchtete rot und signalisierte ihnen damit, dass Innen- und Außendruck noch nicht übereinstimmten.

Tom schaute auf das Messgerät. Es verharrte bei 135 Metern. Dann klackte der Sicherheitsverschluss an der Bodenluke, die rote Anzeige erlosch und die grüne leuchtete auf. Sie stülpten ihre Tauchmasken mit dem Sprechfunk und den seitlich angebrachten Scheinwerfern über und verriegelten sie. Wie immer überprüfte jeder der beiden die des anderen noch einmal.

„Tom?“, quakte Olafs Stimme über Funk.

„Ja?“

Tom schaute den Freund an.

„Denkst du, dass wir wirklich finden, wonach dein alter Herr sucht?“

„Wenn ich das nicht täte, wären wir nicht hier. Großvater war sich seiner Sache sehr sicher und bisher hat er immer den richtigen Riecher gehabt“, antwortete Tom.

„Ja, aber das waren völlig andere Unternehmungen“, flüsterte Olaf. „Das ist hier keine spanische Galeone oder ein Ostindiensegler. Tom, das ist ein Nazi-U-Boot, randvoll mit Munition und Gift.“

„Hast du etwa Schiss?“

„Nein, und das weißt du auch.“

„Was ist es dann?“

Tom schaute zu Olaf, der immer noch nachdenklich wirkte.

„Ich weiß auch nicht. Ist mehr so ein beschissenes Bauchgefühl."

„Du hättest gestern weniger saufen sollen, dann ginge es den Gefühlen in deinem Bauch auch besser", lästerte Tom.

„Idiot", knurrte Olaf und richtete sich auf. „Komm, lass uns die verfluchten Dinger suchen."

Er bückte sich, öffnete die Luke, schaltete die Beleuchtung der Maske ein und glitt ohne weitere Worte in das tiefschwarze Wasser hinab.

Die Glocke hing genau über der vorderen Bruchstelle von U-864. An dieser Stelle musste sich einmal der Turm des Bootes befunden haben.

Die Sicht war für die ansonsten so rauen Verhältnisse der Nordsee außerordentlich gut. Auch von Strömungen war im Moment nichts zu bemerken.

Schwerelos glitten die beiden Männer durch die Finsternis, während sich die Kegel ihrer Scheinwerfer über den langen, schwarzen Rumpf bewegten. Es sah aus, als sei das riesige Boot erst gestern gesunken. Die Sedimentschichten auf der glatten, schwarzgrau schimmernden Oberfläche waren hauchdünn.

„Hat sich gut gehalten, die alte Lady", tönte Olafs Stimme durch das eingebaute Funkgerät in Toms Maske.

„Ja, wenn man von dem fehlenden Stück und dem großen Loch mal absieht", schepperte es zurück.

Langsam ließen sie sich vor die Bruchstelle sinken. Die Wände des Bootes sahen hier aus wie zerrissene und zerdrückte Pappe. Kabel und verbogene Rohre wuchsen ihnen aus dem Inneren des toten Behälters wie Gedärme entgegen.

Noch vor einer Woche waren Tom und die beiden Brüder in den Vereinigten Staaten gewesen, um sich ein baugleiches Unterseeboot in Chicago anzuschauen. Das dort liegende Boot U-505 war das einzige erhaltene vom Typ IX und nach Kriegsende den Amerikanern in die Hände gefallen.

Die Boote dieses Typs waren eher die Lastesel der Nazi-Marine und deshalb wesentlich größer als die Jagd-U-Boote gewesen, die man aus diversen Kriegsfilmen kannte. Ihre Einsatzorte waren damals hauptsächlich der Indische und Pazifische Ozean.

Tom tauchte langsam in die dunkle Hülle hinein. Olaf folgte ihm mit gut zwei Metern Abstand. Die Scheinwerfer streiften über unzählige Armaturen, Rohre und Hebel an den Wänden und unter der Decke. Am Ende des Raums befand sich eine offene Schottluke.

Langsam zog Tom die Tauchflasche von seinen Schultern und reichte sie Olaf. Sie hatten diesen Vorgang zigmal vorher geprobt. Schon bei der Besichtigung des Schwesterbootes in Chicago war klar geworden, dass ein Taucher mit Pressluftflaschen unmöglich durch die engen Öffnungen in den Schottwänden passen würde.

Nachdem Tom die Luke passiert hatte, reichte Olaf ihm sein Gerät. Tom zog es ruhig wieder auf seinen Rücken und nahm Olafs Flaschen entgegen, hielt sie in seinen Armen und wartete, bis dieser ebenfalls das Schott durchschwommen hatte. Sie befanden sich nun im Funkraum.

Auch hier waren die Wände mit technischen Geräten und Rohren bedeckt.

Am Ende des langen Raumes befand sich ein weiteres Schott, das sie auf die gleiche Weise wie zuvor überwinden mussten. Dann folgte ein schmaler Gang, in dem sich rechts und links Türen zu kleinen Kabinen befanden.

Tom stieß die erste Tür zu seiner Rechten auf und tauchte in den engen Raum. Der Kegel seiner Lampe leuchtete über ein doppelstöckiges Bett oder das, was davon übrig war. Die Matratzen waren genau wie alles andere organische Material zur Gänze verschwunden. Nichts deutete mehr darauf hin, dass sie jemals existiert hatten. Lediglich das Gestell des Bettes und Fragmente der Gitterroste schienen dem salzigen Wasser widerstanden zu haben.

Der Boden der Kammer war mit undefinierbarem Unrat und Schlick bedeckt.

An der Wand gegenüber des Bettes standen die Reste eines Schrankes oder Spindes, in dem einst die meist hochrangigen Passagiere der Kabine ihre Habseligkeiten verstauten, während die einfachen Mannschaften auf engen Liegen zwischen den Armaturen und Rohren schliefen. Nicht selten teilten sich mehrere Männer eine Koje. Während der eine Dienst hatte, schlief der andere. Das Leben der U-Boot-Männer musste unvorstellbar hart gewesen sein.

Tom zog das Messer aus der Scheide an seiner Wade, steckte die Klinge in den Spalt des Schrankes und stemmte die rostige Tür ohne größere Probleme auf. Während er das Messer wieder zurücksteckte, beugte sich Olaf, der ihm in die Kammer gefolgt war, über die Überreste des Schrankinhaltes. Vorsichtig wühlte er im Schlick des Schrankbodens, bis er auf einen eckigen, etwa schuhkartongroßen Kasten stieß.

„Tom, ich glaube, wir haben es!“, tönte es aus dem Funkgerät.

Tom musste seine Augen anstrengen, um überhaupt noch etwas sehen zu können. Der aufgewühlte Schlick hatte die Sicht in dem kleinen Raum so verschlechtert, dass man das Leuchten der Scheinwerfer nur noch als Glimmen wahrnahm.

„Olaf, bist du sicher, dass es das Richtige ist?“

„Denke schon, ist doch alles so, wie der Alte es vorausgesagt hat“, kam es zurück.

„Dann lass uns verschwinden.“

Tom tastete sich Richtung Tür. Als er den Raum verlassen hatte, besserte sich auch sogleich wieder die Sicht. Er drehte sich um und sah hinter sich Olaf mit dem Kasten in den Händen die Kabine verlassen.

Am ersten Schott nahmen sie, wie gehabt, die Flaschen von ihrem Rücken. Tom tauchte als erster. Olaf reichte ihm die Ausrüstung und ihren Fund.

Tom betrachtete das Kästchen kurz. Das Teil war schwerer, als man auf den ersten Blick meinen sollte. Es bestand wohl aus Metall. In den Deckel war ein Adler mit Hakenkreuz eingraviert.

Als sie am zweiten Schott ihre einstudierte Prozedur wiederholten, geschah es.

Der Kasten glitt durch Toms Hände, schlug auf den Boden und der Deckel klappte zur Seite. Tom starrte auf den Inhalt, der aus drei etwa fünfzehn Zentimeter langen und fünf Zentimeter dicken Kristallen bestand, die in genau auf ihre Form zugeschnittenen Fächern ruhten. Die Kristalle schienen wie von selbst zu leuchten, jeder in einer anderen strahlenden Farbe. Der eine rot, der zweite türkis und der dritte in einem tiefen Blau. Wie Sterne warfen sie ihr Licht an die rostigen Wände: Reflexionen, hervorgerufen vom Licht der Scheinwerfer.

Tom beugte sich vor, um den Kasten samt Inhalt wieder aufzuheben.

Olaf griff den roten Kristall, der bei dem Sturz aus seinem Fach gerollt war und nun vor ihm auf dem Boden lag. Aber anstatt ihn zu den anderen in den Kasten zu legen, nahm er ihn auf und hielt ihn vor seine Maske.

„Nun mach schon!“, kam es über Funk. „Du kannst ihn dir nachher noch genau ansehen.“

Aber von Olaf kam keinerlei Regung. Wie gebannt starrte er auf den Kristall in seinen Händen. Tom konnte das rote Leuchten des Kristalls in den unbeweglichen und weit geöffneten Augen des Freundes erkennen.

„Olaf, was ist los? Olaf!“, rief Tom nochmal.

Er packte ihn und rüttelte ihn an den Schultern. Keine Regung. Mit einem Ruck riss er ihm den Kristall aus den Händen. Augenblicklich erwachte Olaf aus seiner Erstarrung und schaute sich desorientiert um.

„Olaf, was ist los?“

„Geht wieder“, kam es gedämpft zurück.

Schweigend tauchten sie zurück zur Glocke.

Als sie sich im Inneren der Glocke von ihren Masken und der Ausrüstung befreit hatten, sah Tom auf den gegenüber kauernden Olaf. Das Gesicht des sonst so lustigen und lebensfrohen Freundes war kreidebleich, seine Lippen zitterten, der Blick war zum Boden gerichtet.

„Mann, was war los mit dir?"

Olaf sah in Richtung des kleinen Kastens, der zwischen ihnen auf dem Boden stand.

„Die Dinger sind verhext. Als ich den Kristall ansah, ist was Merkwürdiges passiert."

„Was ist passiert?"

Der Freund schüttelte den Kopf.

„Keine Ahnung, weiß auch nicht. Für einen Moment habe ich geglaubt, etwas zu sehen."

Tom schaute auf.

„Was hast du gesehen?"

Olaf überlegte kurz und deutete dann auf die Atemluftflaschen, die vor ihnen auf dem Boden lagen.

„Ach nichts, muss an dem Scheiß Gasgemisch liegen. Ich fang schon an Geister zu sehen."

Tom musste grinsen.

„Tiefenkoller! Was gab's denn? Kleine grüne Männer oder Meerjungfrauen?"

Todernst blickte Olaf ihn an und bewegte den Kopf langsam hin und her.

„U-Boot-Fahrer, sterbende Seeleute, die haben mich angestarrt und geschrien und wollten nach mir greifen. Ich war mittendrin, als das Boot sank."

Obwohl Tom an solche Gruselmärchen nicht glaubte, lief ihm ein kalter Schauer über den Rücken.

„Junge, du spinnst!"

Olaf hob den Kopf und schaute jetzt etwas ruhiger in Toms Augen.

„Tom, ich weiß, was ich gesehen habe, und es war verdammt real."

Während des Auftauchens und auch beim anschließenden Aufenthalt in der Dekompressionskammer sprachen sie kein Wort mehr. Der Kasten mit den Kristallen blieb unberührt.

Als sie am Abend in der kleinen Kombüse der ‚*Lisa Marie'* zusammen aßen, schien sich Olafs Stimmung wieder gebessert zu haben. Jan drehte die Kristalle in seinen Händen und betrachtete jeden einzelnen von allen Seiten.

„Und wegen dieser Dinger der ganze Aufwand!", spottete er. „Sehen aus wie aus einem dieser kitschigen Souvenirläden auf Bali."

Tom nahm einen der Kristalle und betrachtete ihn ebenfalls. Hier bei Licht schien das Leuchten aus dem Stein gewichen zu sein. Auch die Farben waren bei weitem nicht mehr so intensiv wie noch vor einigen Stunden in einhundertvierzig Metern Tiefe.

„Fehlt da nicht einer?"

Jan sah in den Kasten, in dem Platz für vier dieser Steine war.

Tom schüttelte den Kopf.

„Nein, der Alte hat gesagt, es wären drei. Keine Ahnung, wofür das vierte Fach sein soll."

„Was denkst du, was das für ein Material ist?"

Jan hielt seinem Bruder einen Kristall hin. Der wich abrupt zurück.

„Keine Ahnung, interessiert mich auch nicht. Wir sollten die Teile hochholen, der Rest ist mir egal. Soll der Alte mit seinen Steinchen glücklich werden."

„Was ist denn mit dir los, Bruderherz“, frotzelte Jan.

Olaf schluckte den Bissen in seinem Mund runter und sah die beiden eindringlich an.

„Dieser ganze Nazischeiß geht mir auf den Sack. Ich denke, wir sollten die Steine bei dem Alten abliefern und uns wieder in die Karibik verziehen, um nach richtigen Schätzen zu suchen. Außerdem ist es da wesentlich wärmer und die Mädels sind auch hübscher.“

Kapitel 2

11. Mai 2007, 14:34 Uhr
Erfurt / Deutschland

Mit einem leichten Holpern setzte die zweistrahlige Cessna der *‚BAI'* auf der Betonpiste des Flughafens Erfurt auf. *BAI, ‚Berger Archäologie International'* war eine der vielen Firmen von Toms Großvater. Die Firma beschäftigte weltweit etwa 100 Mitarbeiter, die sich mit Ausgrabungen und archäologischen Studien rund um den Globus beschäftigten.

Bei den Unternehmungen stand im Gegensatz zu anderen Firmen der Branche aber nicht nur der Kommerz im Vordergrund. *BAI* unterhielt Kontakte zu vielen Universitäten und Museen in aller Welt. Die Förderung der Wissenschaft war dem alten Berger äußerst wichtig.

Als die Cessna vor einem der Privathangars am Ende des Rollfeldes zum Stillstand kam, löste Tom den Sicherheitsgurt und schwang sich aus seinem Pilotensitz. Er griff die Reisetasche, die er vor Flugbeginn auf einen der leeren Passagiersitze im Heck des Flugzeugs geworfen hatte, und verließ über die heruntergelassene Treppe die Maschine.

Eigentlich hätten Olaf und Jan ihn begleiten sollen. Aber Olaf hatte darauf bestanden, die nächste Maschine in Richtung Karibik zu besteigen und Jan war seinem Bruder wie so oft gefolgt. Tom hatte deshalb beschlossen, die

Kristalle allein zu seinem Großvater zu bringen. Auf den Kurzurlaub bei den Großeltern freute er sich schon seit Tagen. Er würde den beiden anschließend immer noch in die Karibik folgen können.

Schnellen Schrittes ging er durch das geöffnete Hangartor. In der hellen, großen Halle schraubten zwei Mechaniker an einem von Großvaters Spielzeugen, einem amerikanischen P 51 Mustang. Einem original Jagdflugzeug aus dem Zweiten Weltkrieg. Die Fliegerei war, wie die Archäologie, ein weiteres kostspieliges Hobby des älteren Herrn.

Neben der P 51 standen eine Messerschmitt Bf 108 und eine Submarine Spitfire, bei denen es sich ebenfalls um ‚Originalrelikte' aus dem Krieg handelte. Allesamt flugfähig und im Topzustand. Die Messerschmitt war die Maschine gewesen, mit der Tom vor Jahren an der Seite seines Großvaters das Fliegen gelernt und die ihn mit dem ‚Virus Flugzeug' angesteckt hatte. Genau wie bei seinem Großvater war die Fliegerei auch seine zweite große Leidenschaft nach dem Schatztauchen.

Er ging an den abgestellten Flugzeugen entlang zur Rückseite des Hangars. Dort zog er mit einem Ruck die Plane von seinem Porsche 911 Cabriolet, öffnete die Tür, warf seine Tasche auf den Beifahrersitz und glitt elegant in die schwarzen Ledersitze. Wie gewöhnlich steckte der Schlüssel. Tom drehte ihn und sofort heulte der Boxermotor im Heck auf. Ohne Verzögerung betätigte er die Kupplung, legte den ersten Gang ein und trat das Gaspedal voll durch. Der Porsche beschleunigte und raste durch das offene Tor nach draußen.

Er war bereits seit einigen Minuten auf der Autobahn Richtung Süden unterwegs, als er erstmals im Rückspiegel die schwarze Mercedes S Klasse bemerkte. Der Wagen fuhr im Abstand von etwa 100 Metern konstant hinter ihm. Zog Tom seinen Porsche zum Überholen nach links, folgte der Mercedes ebenfalls. Tom beschleunigte den Porsche auf 240 Stundenkilometer, worauf er im Rückspiegel beobachten konnte, wie der Mercedes zurückfiel und zwischen zwei Autos einfädelte. „Mann, Tom, du siehst auch schon Gespenster“, sagte er laut zu sich selbst und musste bei dem Gedanken an den bei seiner Abreise noch immer verstört wirkenden Olaf grinsen. Der Gute nahm sich vieles einfach zu sehr zu Herzen.

Nach nicht einmal zwei Minuten war von dem Mercedes im Rückspiegel nichts mehr zu sehen. Dafür meldete sich jetzt sein Magen. Die letzte Mahlzeit war vor fast zehn Stunden das Frühstück in Bergen gewesen. Rechts vor ihm tauchte in einiger Entfernung das große, gelbe M eines amerikanischen Fast-Food-Restaurants auf.

Er setzte den Blinker nach rechts, bog von der Autobahn und folgte den Hinweisschildern. Nach anfänglichen Überlegungen, den Drive-In-Schalter zu nehmen, entschied er sich jedoch, bei der Gelegenheit die sanitären Anlagen des Restaurants zu benutzen.

Im Anschluss bestellte er zwei Burger und eine Coke zum Mitnehmen. Die junge asiatische Bedienung packte die Burger in eine Tüte und lächelte ihn freundlich an. Er bezahlte und verließ mit einem gut gelaunten „Auf Wiedersehen“ das Restaurant.

Die gute Stimmung sollte nicht von langer Dauer sein.

Kurz vor seinem Porsche hielt er inne, da ihm im hinteren Teil des Parkplatzes ein parkender Wagen auffiel. Der schwarze Mercedes. Das konnte auch Zufall sein. Oder?

Er stieg in seinen Porsche, startete den Motor und fuhr langsam über den Parkplatz. Als er auf gleicher Höhe mit dem Daimler war, schwenkte sein Blick langsam zur Seite. Auf den vorderen Sitzen des Wagens saßen zwei kahlköpfige Typen und starrten ihn an. Der eine sackte leicht in seinen Sitz, als wollte er darin verschwinden. Also doch! Das Verhalten der beiden erinnerte ihn an das eines Kindes, das von seiner Mutter beim heimlichen Griff in die Keksdose ertappt wurde. Tom grüßte die beiden mit einem Kopfnicken. Schlagartig verdüsterten sich die Gesichter der beiden. Dann trat er das Gas durch. Der Porsche schleuderte mit qualmenden Reifen aus der Parkplatzauffahrt und schoss Richtung Autobahn.

Beim Blick in den Rückspiegel sah er den Mercedes, der gerade auf die Fahrbahn schlingerte. Keine Ahnung, was die Glatzen von ihm wollten, aber gegen seinen 911er würden sie noch blasser aussehen, als sie es bisher bereits taten. Er war noch nie verfolgt worden und fand diese neue Erfahrung fast ein wenig belustigend.

Kurz vor der Autobahnauffahrt erschien es ihm mit einem Mal ratsamer, den Rest der Strecke bis zum Jonastal doch über die Landstraße zu fahren. In den engen Kurven würde er den Verfolgern in der schweren Limousine haushoch überlegen sein.

Er beschleunigte den Porsche weiter, doch der andere hing wie eine Klette an ihm. Nach einem Kilometer wurde die Straße dann endlich enger und kurviger. In leichten

Serpentinen ging es einen bewaldeten Berg hinauf. Hier konnte Tom alle Vorteile des wendigen Sportwagens ausspielen. Er driftete durch die Kehren und beschleunigte den Wagen bereits aus den Kurven heraus.

Als er wieder in den Spiegel blickte, konnte er gerade noch sehen, wie der Mercedes in der Schleife hinter ihm mit einer irrsinnigen Geschwindigkeit die Leitplanken durchbrach und in der Tiefe verschwand.

Ohne zu zögern trat er auf die Bremse, wendete den Porsche und fuhr langsam zu der Unfallstelle zurück. Dort stieg er aus dem Wagen, ging zu der steil abfallenden Böschung und schaute hinunter.

Der Mercedes, oder das, was davon übrig war, lag etwa achtzig Meter unter ihm total zerstört in einem Bachbett. Der schwere Wagen hatte eine Schneise der Verwüstung in den Wald geschlagen. Die Bäume waren wie Streichhölzer zerbrochen, einige sogar entwurzelt.

Nach kurzer Überlegung lief er los und rutschte, auf seine rechte Hand gestützt, die Böschung hinunter. Mitgefühl und Panik stiegen in ihm auf. Das hatte er nicht gewollt. Als er die Hälfte der Böschung hinter sich hatte, erblickte er vor sich einen reglosen Körper.

Der Mann hing in etwa drei Metern Höhe in einer Astgabel. Der kahl geschorene Kopf war unnatürlich nach hinten geknickt. Der Körper blutüberströmt. Die leeren Augen spiegelten noch immer die Angst, die der Mann in seinen letzten Sekunden gehabt haben musste, bevor er aus dem Wagen geschleudert wurde.

Tom rutschte weiter die Böschung hinab, bis er schließlich in der Talsenke angekommen war. Er lief durch das knietiefe Wasser zum Wrack des Wagens. Benzindunst schlug ihm entgegen. Auf dem Wasser trieben bläuliche Ölschlieren.

Er blickte durch die zerborstenen Seitenscheiben und erstarrte. Aus dem Lenkrad hing der erschlaffte Airbag heraus. Der Fahrer des Wagens saß immer noch hinter dem Steuer. In seinem Kopf steckte ein etwa armdicker abgebrochener Ast. Auch dieser Mann musste sofort tot gewesen sein.

Tom begann zu würgen. Sein Hals schnürte sich zu. Sein Puls raste. Er stolperte zurück und landete auf dem Hosenboden. Es dauerte eine Weile, bis er sich wieder beruhigt hatte.

Was hatten die beiden bloß von ihm gewollt? Eines stand fest: Niemand hatte ein solches Ende verdient. Vielleicht hatten sie ihn ausrauben wollen? Unsinn, Räuber kamen nicht mit einem so teuren Wagen.

Sein Blick fiel auf den Oberarm des Toten. Unter dem zerrissenen T-Shirt schaute eine Tätowierung hervor. Vorsichtig ging er erneut zu dem Wagen. Es kostete ihn eine Menge Überwindung, den Ärmel weiter hochzuschieben, um die Zeichen besser erkennen zu können. Auf der blutverschmierten Haut konnte er nun deutlich einen Totenkopf mit SS-Runen erkennen. *Die Steine!* schoss es ihm durch den Kopf. *Die wollten die Steine aus dem U-Boot!*

Er rannte los. Er hatte die Kristalle in seine Reisetasche gesteckt und die lag jetzt für jeden sichtbar in seinem offenen Porsche.

Auf allen Vieren kroch er den Hang hinauf. Seine Hände schmerzten. Immer wieder rutschte er aus.

Als er fast oben angekommen war, erkannte er mehrere Personen an der zerborstenen Leitplanke. Ein Polizist streckte ihm die Hand entgegen und zog ihn die letzten Meter zur Straße hinauf.

„Ist bei Ihnen alles in Ordnung?“, fragte der Beamte mit ruhiger, fester Stimme.

Tom nickte, taumelte zu seinem Wagen und ließ sich völlig außer Atem auf den Kotflügel des Porsches sinken. Sein Blick wanderte dabei über den Beifahrersitz. Als er die geschlossene Reisetasche erblickte, beruhigte er sich ein wenig.

„Sie sind beide tot“, stammelte er und rang noch immer nach Atem. „Ich konnte nicht mehr helfen.“

„Beruhigen Sie sich erst einmal, der Notarzt muss jeden Moment hier sein.“

Der Polizist drehte sich um und ging zu seinem Kollegen, der etwas abseits stand und mit einem Handy telefonierte.

Auf der Straße staute sich mittlerweile der Verkehr. Immer mehr Schaulustige stiegen aus ihren Wagen und gafften in den Abgrund.

Es dauerte eine Ewigkeit, bis ein Krankenwagen und vier Fahrzeuge der örtlichen Freiwilligen Feuerwehr anrückten. Tom lehnte noch immer an seinem Porsche und musste den Sanitätern mindestens vier Mal beteuern, dass ihm nichts fehlte und mit ihm wirklich alles in Ordnung war.

Als Polizei und Feuerwehr die Gaffer erfolgreich vertrieben und den Unfallort weiträumig abgesperrt hatten, kam einer der Polizisten zu Tom.

„Kannten Sie die Unfallopfer?“, fragte er.

Tom verneinte.

„Können Sie mir etwas über den Unfallhergang sagen?“

Wieder Kopfschütteln.

„Warum sind Sie zu dem Wagen hinuntergestiegen?“

Tom schaute den Polizisten jetzt ungläubig an.

„Weil ich helfen wollte. Ich habe gedacht, ich könnte helfen. Hätten Sie das nicht getan?“

Der Polizist schaute verlegen und sah dann zu dem Porsche.

„Konnten Sie den Unfallhergang eigentlich beobachten oder woher wussten Sie, dass der Wagen am Fuße des Abhangs lag?“

Tom überlegte kurz. Würde er den Bullen die Wahrheit sagen, müsste er ihnen das mit der Verfolgung und am Ende auch noch die Herkunft der Steine erklären. Die würden nicht lockerlassen.

„Der Mercedes hat mich auf der letzten Geraden überholt“, log er. „Ich war bereits ein gutes Stück hinter ihnen, als es passierte. Gesehen habe ich nur noch die Staubwolke.“

Der Polizist sah ihn weiter fragend an und ging dann noch einmal stumm um den Porsche. Vermutlich suchte er nach Zeichen einer Kollision mit dem Mercedes.

„Und Sie sind sich da sicher?“

Tom schluckte. Log er wirklich so schlecht?

„Klar bin ich mir sicher“, bestätigte er entschlossen.

Kapitel 3

11. Mai 2007, 20:45 Uhr
Bei Arnstadt / Thüringen

Tom fuhr durch die weitläufige Allee zu dem alten Herrenhaus hinauf. Rechts und links säumten alte Weidenbäume den Weg, deren Äste wie schlappe Arme bis zum Boden hingen und gelegentlich von dem leichten Wind hin und her bewegt wurden.

Das Anwesen von Thomas Berger, Toms Großvater, umfasste über 100 Hektar und war im Umkreis von mehreren Kilometern das einzige Haus. Der ältere Herr hatte das Hofgut mit dem schlossartigen Herrenhaus direkt nach dem Fall der Mauer zu einem Spottpreis gekauft und über ein Jahr lang aufwendig restaurieren und modernisieren lassen.

Nach Hoftieren, wie in den guten alten Zeiten, suchte man hier vergebens. Die einzigen Tiere auf dem ehemaligen Gut waren die fünf Schäferhunde des Wachdienstes, die in einem Zwinger hinter dem ehemaligen Gesindehaus kläfften, und die wilden Enten auf dem künstlichen See, den der alte Herr im vergangenen Jahr hat anlegen lassen.

Der Unfall und die Geschehnisse der letzten Stunden beschäftigten ihn noch immer. Nachdem die Polizisten seine Personalien aufgenommen und ihn noch mehrmals befragt hatten, durfte er endlich fahren. Scheinbar waren sie von der Glaubwürdigkeit seiner Aussage, er habe nichts mit dem Unfall zu tun, nicht sehr überzeugt gewesen. Da sie ihm jedoch nichts nachweisen konnten, hatten sie ihn wohl oder übel gehen lassen müssen.

Er lenkte den Porsche am Haupthaus vorbei und betätigte einen Schalter in der Mittelkonsole, um das automatische Tor an einem der ehemaligen Stallgebäude zu öffnen, die nun als Garagen dienten. Dort parkte er den Wagen in einer freien Parklücke zwischen einem Ferrari Testarossa und einem alten Bugatti.

Nachdem er den Motor abgestellt hatte, nahm er seine Tasche, die er bereits auf ihren Inhalt überprüft hatte, und warf sie sich über die Schulter.

Beim Verlassen des Stallgebäudes betätigte er einen Taster rechts neben dem Tor, worauf sich dieses wie von Geisterhand mit einem leisen Summen schloss.

Schnellen Schrittes ging er quer über den mit Natursteinen gepflasterten Hof und stieg, immer zwei Stufen gleichzeitig nehmend, die große Treppe zum Hauptgebäude empor.

Oben öffnete sich, ohne dass er klingeln oder klopfen musste, sofort die schwere Haustür und Philip, Großvaters Butler und die gute Seele des Hauses, strahlte ihm freudig entgegen.

„Junger Herr, Ihr Großvater erwartet Sie bereits."

„Danke, Philip."

Tom drückte die Hand des alten Butlers, der sich, obwohl sonst so förmlich, sichtlich über den späten Besuch freute.

Zügig durchschritt er die Eingangshalle und steuerte geradewegs in Richtung der großen Marmortreppe, die sich in einem weiten Bogen an einer Seite des Raumes mit ihrem steinernen Geländer in die Höhe wand.

Die Wände der Halle hingen voller Gemälde. Bei den meisten Bildern handelte es sich um Porträts aus längst vergangenen Zeiten oder um Landschaften. Alle Bilder hatten jedoch eins gemeinsam: Sie wirkten alt, vergilbt und verstaubt.

Er rannte die Treppe hinauf, bog nach rechts in einen langen Korridor und blieb an dessen Ende vor einer hohen, zweiflügeligen Tür stehen.

Er klopfte. Keine Antwort. Dann drückte er die Türklinke hinunter, stieß die Tür langsam auf und betrat den Raum. Die einzige Lichtquelle, die das Zimmer in warme gelbliche Farbtöne tauchte, war ein prasselndes Feuer in einem riesigen offenen Kamin.

„Mein Junge!“, tönte es freudig aus einem Ledersessel rechts neben dem Kamin. „Seit wann klopfst du an?“

„Seit wann antwortest du nicht auf das Klopfen an der Tür?“, erwiderte Tom mit einem frechen Grinsen.

„Hätte es etwas geändert, wenn ich dich hereingebeten hätte? Nein, gewiss nicht, also warum sollte ich es tun?“, stellte der ältere Herr fest.

Tom lächelte. Das war typisch für Großvater. Immer noch sportlich und elegant wie ein Vierzigjähriger erhob sich der mittlerweile 89 Jahre alte Mann aus dem Sessel und schloss ihn in seine Arme.

Wie Tom trug auch der alte Mann schulterlanges Haar, das jedoch im Laufe der Jahre silbrig weiß geworden war.

„Tom, hast du sie gefunden?"

Er nickte.

„Zeig sie mir!"

Die Stimme des Alten zitterte plötzlich vor Aufregung. Behutsam nahm Tom den kleinen Kasten aus seiner Reisetasche und reichte ihn seinem Großvater, der ihn vorsichtig an sich nahm.

Langsam öffnete der Alte den Kasten und sofort spiegelte sich das Leuchten der Kristalle in seinen Augen. Vorsichtig strichen seine Finger über die Steine.

„All die Jahre musste ich warten", flüsterte er. „All die Jahre. Aber ich wusste immer, dass dieser Tag irgendwann kommen würde."

Tom überkam ein merkwürdiges Gefühl. Der alte Mann wirkte so befremdlich, wie er ihn noch nie zuvor erlebt hatte.

„Sag mir die Wahrheit, was hat es mit den Steinen auf sich?"

Zwei glänzende Augen starrten ihn an.

„Macht, mein Junge! Diese Steine besitzen Kräfte, von denen du nie zu träumen wagen würdest. Sie wurden von Menschen geschaffen, die Kräfte besaßen, von denen keiner von uns auch nur eine Vorstellung hat."

Tom überlegte kurz.

„Du meinst die Nazis?"

Der Alte lachte auf und das Prickeln in der Luft, das Magische des Moments, verschwand augenblicklich.

„Nein Junge, diese Ignoranten wussten nie, was sie da in den Händen hielten. Die Steine sind sehr viel älter, als du denkst."

Tom schaute fragend auf die Steine in dem Kasten.

„Wie kann man solche Kristalle herstellen? Ich dachte immer, Kristalle findet man irgendwo und stellt sie nicht her?"

Der Alte lächelte.

„Na, ich denke, das ist ein wenig komplizierter als es aussieht. Und so genau kann ich es dir selbst nicht sagen. Fakt ist, dass dies keine gewöhnlichen Steine von Mutter Erde sind, sondern Steine mit einer, nun sagen wir, einer etwas anderen Vergangenheit. Aber ich denke, ich kann es dir morgen in meinem neuen Labor besser erklären. Du wirst staunen, was sich in deiner Abwesenheit getan hat."

Er klappte den Kasten zu und stellte ihn auf den überdimensionalen alten Schreibtisch vor der großen Fensterfront.

Tom überlegte kurz:

„Großvater, kann es sein, dass sich noch andere für die Steine interessieren?"

Der Alte hielt inne und sah ihn an.

„Du meinst die beiden, die dich verfolgt haben?"

Tom schaute verblüfft drein.

„Woher weißt du davon?"

Der alte Mann lächelte erneut.

„Ich weiß es eben. Mein Junge, auch ich habe meine Quellen, oder denkst du, ich würde dich mit so einer wertvollen Fracht ohne Schutz in der Gegend herumfahren lassen?"

Tom merkte, wie sich sein Hals erneut zuschnürte.

„Waren das etwa deine Leute?"

„Nein, nein, Gott bewahre. Das waren keine von meinen. Glaubst du, ich würde solche Dilettanten anheuern?"

Tom war entsetzt.

„Großvater, die beiden sind tot."

„Auch das weiß ich und wir können es nicht ändern. Sie sind nicht die Ersten, die für die Kristalle gestorben sind und ich glaube, sie werden auch nicht die Letzten sein. Und nun, mein Junge, denke ich, ist es an der Zeit ins Bett zu gehen. Morgen werde ich dir alles erzählen, was du wissen musst."

Langsam und mit aufgerichtetem Oberkörper ging der Alte zur Tür und trat ohne zu zögern auf den Gang.

Tom schaute zu dem Kasten auf dem Schreibtisch. Was um alles in der Welt hatte es damit auf sich? Und warum ließ sein Großvater diese angeblich so wertvollen Stücke einfach unbewacht auf dem Schreibtisch und verstaute sie nicht im Tresor, der, wie Tom wusste, hinter dem Porträt einer alten Dame in der gegenüberliegenden Wand versteckt war?

Er verließ ebenfalls den Raum, um in sein Zimmer im Dachgeschoss des Hauses zu gehen.

In dieser Nacht schlief er sehr unruhig. Mehrmals wachte er schweißgebadet auf.

Die Ereignisse des Tages ließen ihn nicht zur Ruhe kommen. In seinen Träumen sah er immer wieder die drei Kristalle, die beiden Toten, die ihn anstarrten, und auch sich selbst in einem Meer von Licht, das versuchte, ihn einfach zu verschlucken.

Als er am nächsten Morgen die Augen aufschlug, war es bereits kurz nach neun Uhr.

Er zog seine Trainingsschuhe, ein frisches T-Shirt und eine Jogginghose an, um, wie jeden Morgen, sein fünf bis sechs Kilometer langes Lauftraining zu absolvieren. Er lief die Allee hinunter, bog dann nach rechts in einen Feldweg ein, der ihn auf einer großen Schleife um den künstlichen See zurück zum Haupthaus führen würde.

Der See war auch eine jener Aktionen, die so typisch für Thomas Berger waren. Als Tom vor fünf Monaten das letzte Mal hier gewesen war, hatte sich an der Stelle noch eine Wiese befunden. Viele Menschen legen künstliche Teiche an, aber bei Thomas Berger musste es sofort ein See sein, auf dem selbst die Titanic Platz gehabt hätte.

Irgendwie neigte der exzentrische Alte zu Übertreibungen, die er sich aber auch finanziell problemlos leisten konnte.

Über dem Wasser lag leichter Nebel, den die Strahlen der bereits starken Maisonne versuchten aufzulösen. Das Quaken der Enten an diesem Morgen klang, als wollte jede von ihnen diesen herrlichen Tag persönlich begrüßen.

Als er am Bootshaus des Sees vorbeilief, schwenkte sein Blick zu dem nahe gelegenen Wäldchen mit dem geschlossenen Hochsitz für die Jäger. Für einen Moment war ihm, als hätte er ein Aufblitzen, wie es ein Spiegel oder Fernglas in der Sonne verursacht, in der geöffneten Luke des Ansitzes gesehen.

Nach kurzer Überlegung entschloss er sich, quer über die Wiese in Richtung Hochsitz zu laufen.

Als Tom sich dem Gebilde bis auf hundert Meter genähert hatte, flog plötzlich die Tür an der Seite auf und eine Gestalt mit schwarzem Kapuzenshirt rutschte hastig an der Leiter herunter, drehte sich kurz nach ihm um und verschwand im Gestrüpp des Waldes.

Tom rannte schneller. Als er den Waldrand erreicht hatte, war von der flüchtenden Person nichts mehr zu sehen. Ohne lange zu überlegen, kletterte er die Leiter empor und schaute sich in der kleinen Kabine um. Es roch nach Qualm. Auf dem Boden lagen die Reste von mehreren ausgetretenen, selbst gedrehten Zigaretten ohne Filter und ein russisches Armeefernglas. Er kannte dieses Modell, das es seit der Wende überall auf Flohmärkten aus NVA-Beständen billig zu kaufen gab. Wer immer der Typ gewesen war, er musste sich schon länger hier herumgetrieben haben.

Toms Blick wanderte über mehrere Messerschnitzereien an den rohen Holzwänden. Dort hatten wohl schon einige ihre Initialen, Herze und sonstige Kritzeleien zum Besten gegeben. Das etwa zehn Zentimeter große Hakenkreuz jedoch schien erst ganz frisch in das weiche Holz geritzt worden zu sein.

Er setzte sich auf die Holzbank und schaute mit dem Fernglas durch die Luke. Von hier überblickte man das gesamte Anwesen.

Nachdem Tom das Herrenhaus wieder erreicht hatte, ging er frisch geduscht in den Salon neben dem großen Wohnzimmer.

Wie erwartet saß Thomas Berger beim Frühstück und studierte, wie an jedem Morgen, den Börsenteil der Zeitung. Tom nahm wortlos am anderen Ende des langen Tisches Platz und ließ sich von Philip einen Kaffee einschenken.

„Guten Morgen, mein Junge."

Der Alte ließ die Zeitung sinken und schaute gut gelaunt zu ihm herüber. Tom nickte knapp zurück. Dann vertiefte er sich wieder in seine Zeitung und Tom biss währenddessen, gedankenversunken, in sein Brötchen. Erst die beiden Glatzen in dem Mercedes und jetzt der Typ im Wald. Entweder wurde er wirklich verfolgt oder er litt an Verfolgungswahn.

„Ich soll dir liebe Grüße von Großmutter bestellen“, sagte der Alte schließlich und ließ die Zeitung sinken.

Tom nickte. Obwohl er genau wusste, dass die ältere Dame das Landhaus schlichtweg fürchterlich fand und lieber in der Villa in Südfrankreich verweilte, fragte er:

„Warum ist sie nicht hier?“

Sorgsam faltete der alte Mann die Zeitung zusammen und legte sie gemeinsam mit seiner Lesebrille neben seinen leeren Teller.

„Sie hat noch einiges in Frankreich zu erledigen. Du weißt ja, wie sehr sie sich für ihre Wohltätigkeitsorganisationen einsetzt. Sie hat mir aber versprochen, in den nächsten Tagen einmal vorbeizuschauen.“

Tom war voller Bewunderung für die beiden. Nach über sechzig Jahren Ehe schienen sie immer noch tiefe Zuneigung und Respekt füreinander zu empfinden.

Leider konnte er das von seinen bisherigen Beziehungen nicht sagen. Obwohl er selten solo war, hielten die Verbindungen meist nicht länger als zwei bis drei Wochen. Seine letzte Beziehung zu einer jungen Amerikanerin namens Liz Miller hatte immerhin fünf Monate gedauert, was wohl aber eher an den Bettqualitäten der gut gebauten Studentin lag. Die Liebe, wie die der Großeltern, bei denen er aufgewachsen war, war ihm bisher noch nicht begegnet.

Der einzige Schatten in der Beziehung der beiden Alten war ihre Kinderlosigkeit gewesen. Das Thema war aber tabu, vor allem in Anwesenheit der Großmutter.

Nur durch Zufall hatte Tom vor einigen Jahren seine wahre Herkunft herausbekommen. Thomas Berger, der Mann, den er seinen Großvater nannte, hatte ihn als Neugeborenen im Morgengrauen des siebzehnten März 1981 vor einer Kirche in dem kleinen Örtchen Sant Joan de Labritja auf der spanischen Ferieninsel Ibiza gefunden. Dank seines Geldes und des Einflusses bei den Behörden war es für den Geschäftsmann nur eine Formsache gewesen, die nötigen Dokumente für eine Adoption zu beschaffen.

Die Bergers liebten ihn und zogen ihn auf wie ihr eigenes Kind.

Wegen des großen Altersunterschieds bezeichnete er sie schon als Kleinkind als seine Großeltern. Ob man ihm das damals so beibrachte oder ob er das von sich aus getan hatte, daran konnte er sich nicht mehr erinnern. Wirklich interessiert hatte ihn seine Herkunft auch nicht. Nur manchmal dachte er in ruhigen Minuten darüber nach, wer wohl seine leibliche Mutter war und was die Frau zu dieser Verzweiflungstat bewogen hatte.

Bei einem Aufenthalt auf Ibiza vor sechs Jahren war Tom einmal in dem Zweihundertseelendorf gewesen. Bei Sonnenaufgang hatte er auf einer Bank gesessen, von der aus er den Eingang der Kirche sehen konnte. Warum er das tat, wusste er selbst nicht. Vielleicht hoffte er, zwanzig Jahre nachdem seine wahre Mutter ihn hier abgesetzt hatte, noch Spuren von ihr zu finden oder die Frau wenigstens einmal zu sehen, die ihn hier in die Obhut der

Kirche geben wollte. Wie nicht anders zu erwarten, passierte nichts. Keine Mutter, keine Spuren, keine Erkenntnis. Einfach nichts. Nichts? Doch! Etwas war seit diesem Tag anders. In seinem tiefsten Inneren war etwas geschehen. Fortan war er nur noch Tom Berger gewesen. Enkel und einziger Erbe des exzentrischen Milliardärs.

„Du wolltest mir noch etwas über die Kristalle sagen, Großvater."

Der Alte lächelte ihn an, da er die Frage wohl schon erwartet hatte.

„Später im Labor, Junge, nach dem Frühstück."

„Ich bin fertig", schnaubte Tom, stopfte den Rest des angebissenen Brötchens auf einmal in den Mund und schob den Teller von sich weg.

„Na, dann mal los."

Mit Schwung erhob sich der 89-Jährige von seinem Stuhl.

Sie gingen den Korridor entlang und blieben vor dem einzigen Aufzug des Hauses stehen. Er war während der Bauarbeiten nachträglich eingebaut worden. Nachdem sich die Tür geöffnet hatte, traten beide in die geräumige, mit edlem Holz verkleidete Kabine.

Der alte Mann fingerte einen Schlüssel aus seiner rechten Westentasche, steckte ihn in das Schloss unter den Tasten für die einzelnen Etagen und drehte den Schlüssel kurz nach links. Sofort schloss sich die Tür und der Aufzug setzte sich in Bewegung. Nacheinander leuchteten auf einer Digitalanzeige die Ziffer eins, E und K auf. Nach dem K, das für Keller stand, erlosch die Anzeige komplett, der Aufzug jedoch bewegte sich weiter abwärts.

Tom schaute zu seinem Großvater, dessen Mienenspiel ihm verriet, dass er sich köstlich amüsierte. Nach einer halben Minute, die ihm wie eine kleine Ewigkeit vorkam, blieb die Aufzugkabine mit einem Ruck stehen und die Türen glitten lautlos zur Seite.

Sie traten in eine große, hallenähnliche Höhle, von der nur ein einziger großer Tunnel weiterführte. Auf dem Boden standen große Scheinwerfer, die das Gewölbe über ihnen ausleuchteten, wobei die raue Kalksteindecke das Licht vielfach gebrochen wieder auf den gefliesten Boden zurückwarf.

Auf der rechten Seite der Höhle standen drei kleine Elektrowagen an Ladestationen. Vier weitere Ladestationen ließen darauf schließen, dass es noch mindestens vier weitere Miniautos geben musste.

Sie stiegen auf eines der Fahrzeuge. Der alte Herr trat das Gaspedal bis zum Anschlag durch und steuerte mit einem Schlenker zügig in den Tunnel. Auch hier war der Boden gefliest und die rohen Natursteinwände wurden von Strahlern, die im Boden eingelassen waren, hell erleuchtet.

Vom Haupttunnel zweigten in unregelmäßigen Abständen kleinere Tunnel nach rechts und links ab, von denen einige beleuchtet waren, andere wiederum in der Dunkelheit zu enden schienen.

Die Fahrt dauerte fast fünf Minuten. Tom hatte keine Ahnung, wie weit sie gefahren waren. Es mussten aber mindestens zwei bis drei Kilometer gewesen sein.

Thomas Berger parkte den Elektrowagen neben zwei baugleichen Fahrzeugen vor einer großen Stahltür. Er sprang vom Fahrersitz und ging zielstrebig auf die Tür zu. Noch von den Eindrücken regelrecht gelähmt folgte Tom seinem Großvater, der bereits die Klinke heruntergedrückt hatte und den dahinterliegenden Raum betrat.

Das Labor von der Größe eines Tennisplatzes, in dem sie nun standen, war hell erleuchtet. Die Wände waren ordentlich verputzt und niemand würde vermuten, dass dieses Labor nicht in einer Universität, sondern tief unter der Erde im Felsen des Jonastals lag. Es gab gut ein Dutzend Labortische, auf denen Messgeräte, Notebooks und andere technische Instrumente standen. Alles wirkte sauber und aufgeräumt.

In der Mitte des Raumes, an einem großen, runden Tisch, unterhielten sich zwei Personen. Sie trugen weiße Kittel. Der eine, ein dünner Mittfünfziger mit Halbglatze und einer altmodischen Hornbrille, hielt einen blauen Kristall gegen das Licht. Die andere, eine große, schlanke, blonde Frau um die Dreißig, betrachtete den roten Kristall in ihren Händen. Die beiden schienen so fasziniert zu sein, dass sie gar nicht merkten, dass nun noch jemand außer ihnen im Labor war.

„Guten Morgen“, sagte Berger, als sie bereits dicht hinter den beiden standen.

Der Mann mit der Hornbrille zuckte sichtlich erschrocken zusammen.

„Guten Morgen, Herr Berger“, erwiderte die Frau ruhig und überhaupt nicht überrascht.

Die Hornbrille nickte nur verstört.

„Frau Doktor König, darf ich Ihnen meinen Enkel Tom vorstellen?“

Tom reichte der jungen Frau die Hand und blickte dabei direkt in ihre smaragdgrünen Augen. Sofort wich sie verlegen seinem Blick aus.

„Und das ist Professor Doktor von Thelen“, fuhr Berger fort.

Als Tom die ihm entgegengestreckte Hand schüttelte, hatte er das Gefühl, einen nassen Schwamm zu fassen. *Gott, was für ein Weichei,* schoss es ihm durch den Kopf. Thelen war einer dieser Menschen, bei denen Tom innerhalb von Sekunden wusste, dass er ihn nicht mochte. Warum, konnte er nicht sagen. Aber der Mann war ihm auf irgendeine unergründliche Weise äußerst unsympathisch.

Toms Blick wanderte über den Tisch, auf dem fünf Kristalle um eine große, runde Scheibe lagen. Die beiden Wissenschaftler hielten zwei weitere immer noch in den Händen.

Wie erstarrt blieb Toms Blick an der Scheibe hängen. Das konnte nicht sein. Das musste eine Kopie sein.

Berger schien die Gedanken seines Enkels zu erahnen.

„Nein, Junge, das ist keine Kopie, die Scheibe ist echt.“

Tom blickte ihn ungläubig an.

„Wie in Dreiteufelsnamen kommst du an die Himmelsscheibe von Nebra?“

Berger grinste und schien sichtlich Freude an der Reaktion seines Enkels zu haben.

„Ich habe sie gekauft.“

Tom schüttelte den Kopf.

„Großvater, die Himmelsscheibe von Nebra kann man nicht einfach so kaufen, noch nicht mal mit deinem Geld.“

„Tom, erstens ist alles käuflich, na ja, bis auf die Kopie der Scheibe im Landesmuseum Halle. Und zweitens ist das da keine Himmelsscheibe, sondern eine 4000 Jahre alte Gebrauchsanweisung."

„Wie kommst du darauf, dass die Scheibe in Halle eine Kopie ist?"

„Mein Junge, ich habe die Scheibe 1999 selbst fälschen lassen, nachdem ich das Original zu einem Spottpreis von zwei Raubgräbern erstanden habe. Die Kosten für die Fälschung haben den Preis des Originals sogar noch überstiegen."

Er strich mit den Fingern über die Scheibe.

„Aber es geht hier nicht um die Scheibe. Wir sind hier, weil ich dir versprochen habe, dir alles zu erklären."

Er nahm die vermeintliche Himmelsscheibe und ging zu einem Durchgang gegenüber der Eingangstür. Tom folgte ihm unaufgefordert. Sie betraten eine weitere Natursteinhalle. Auch hier waren die Wände von diversen Bodenscheinwerfern angeleuchtet. Aber im Gegensatz zu den anderen Stollen war hier alles kunstvoll behauen.

Die Höhle vermittelte eher den Eindruck einer Kathedrale. Die Wände waren mit Zeichnungen und Runen übersät, die alle fein säuberlich und mit scheinbar hoher Kunstfertigkeit in den Fels gemeißelt worden waren. Über ihnen in der mindestens zwanzig Meter hohen Kuppel beleuchteten die Scheinwerfer ein überdimensionales Pentagramm, in dessen Mitte ein riesiger, kreisrunder Kristall glitzerte.

„Das, Tom, ist das wahre Original."

Berger zeigte auf den Boden.

Tatsächlich, vor ihnen in der Erde war eine etwa vier Meter große Platte aus Kupfer eingelassen. Genau wie bei der kleinen Scheibe in Bergers Hand waren auf ihr Goldapplikationen angeordnet.

„Frau Doktor König, würden Sie meinem Enkel bitte erklären, um was es sich hier handelt."

„Ja, Herr Berger."

Sie räusperte sich.

„Wir wissen, dass es sich hier um einen alten Kultplatz aus keltischer Zeit handelt. Laut unseren Untersuchungen ist diese Anlage etwa 4000 Jahre alt und wurde, genau wie die kleine Scheibe, über 600 Jahre lang benutzt und immer wieder verändert. Der eigentliche Eingang zur Höhle wurde vermutlich durch ein Erdbeben um das Jahr 1400 vor Christi verschüttet und im Jahr 1936 bei dem Bau der Tunnelanlagen hier im Jonastal von den Nationalsozialisten wieder entdeckt. Bei Kriegsende wurde der Eingang zur Anlage wieder gesprengt, um ihn vor den anrückenden Alliierten zu verbergen. Vor der Sprengung wurden die letzten drei Kristalle entfernt und an Bord eines U-Bootes gebracht. Die Sie", sie schaute Tom glücklich wie ein Kind an Weihnachten an, „uns nun nach über 60 Jahren zurückgebracht haben. Wir denken, nein ich sollte sagen, wir wissen, dass es einst sieben Kristalle gegeben haben muss, die von sieben Druiden verwahrt wurden. Als man die Höhle 1936 öffnete, lagen die sterblichen Überreste von drei Männern in der Höhle. Aufgrund der Artefakte, die sie bei sich trugen, konnte man auf ihren Stand als Druiden schließen. Vermutlich waren die drei während des Einsturzes in der Höhle und wurden lebendig begraben.

Durch die umfangreichen Grabungen während des Dritten Reiches fand man sie eher zufällig, jeder von ihnen trug einen Kristall bei sich. Die Wissenschaftler damals merkten schnell, dass die Kristalle Kräfte besaßen, die sie nicht erklären konnten."

„Was sollen das für Kräfte sein?", unterbrach Tom sie.

„Nun, Tom, - ich darf Sie doch so nennen?"

Sie lächelte, als er ihr zunickte.

„Meine Freunde nennen mich übrigens Ellen. Also Tom, Sie kennen doch sicher die Kristallkugeln aus den Märchen von den bösen Hexen oder von dubiosen Hellsehern und Wahrsagern auf Jahrmärkten?"

Er musste grinsen. Natürlich hatte er schon Märchen gehört, in denen Hexen in Kristallkugeln die Zukunft sehen konnten; purer Schwachsinn, halt Märchen, die man kleinen Kindern erzählte, um sie zu ängstigen.

„Ja klar, schon mal gehört", antwortete er ihr, „und Sie werden mir jetzt erzählen, dass ich mithilfe dieser Steine meine Zukunft sehen kann."

Ohne sich von seinem Sarkasmus beeindrucken zu lassen fuhr sie fort:

„Nicht mit nur einem Kristall, aber wenn mehrere von ihnen in einer gewissen Konstellation aufeinandertreffen, dann schon."

Sie ging zu einem Wandrelief, auf dem acht Personen zu sehen waren. Die Personen waren in einem Halbkreis angeordnet. Sieben trugen vor sich mit ausgestreckten Händen je einen Kristall. Die Achte hielt eine Art Teller vor sich. In der Mitte des Kreises war die Scheibe abgebildet.

Tom betrachtete die Bilder aufmerksam. Als er weiter an der Wand entlangging, um sich die anderen Bilder anzusehen, die wie ein steinzeitliches Comicheft aufgebaut schienen, stutzte er.

„Frau Doktor, ich glaube irgendwer nimmt Sie auf den Arm."

Auf dem Bild vor Tom waren klar und deutlich ägyptische Hieroglyphen zu erkennen, ferner zeigte das Bild eine Pyramide und den ägyptischen Gott Anubis mit seinem Wolfskopf, der einen Skarabäus in der Hand hielt.

„Wie kommen Sie darauf, dass uns jemand auf den Arm nimmt?", antwortete sie gelassen und leicht amüsiert.

Wortlos deutete er auf die Abbildungen aus dem alten Ägypten.

„Ich muss gestehen, mein erster Gedanke war derselbe wie Ihrer", sagte sie lachend. „Wenn Sie sich weiter umschauen, werden Sie auch noch Zeichnungen aus Südamerika und anderen Teilen der Welt entdecken. Dass die Kelten vor 4000 Jahren Ägypten kannten, könnte man sich schon noch irgendwie vorstellen."

Sie hielt kurz inne.

„Aber woher zum Teufel kannten sie schon vor den Wikingern die beiden amerikanischen Kontinente?"

Tom merkte, wie ihm ein eiskalter Schauer über den Rücken lief. Obwohl er nicht an solche Ammenmärchen glaubte, fühlte er sich plötzlich unwohl. Das konnte nicht wahr sein.

„Sind Sie sicher, dass die Bilder echt sind?"

„Ja, Tom, sie sind zu einhundert Prozent echt", schaltete sich Berger ein, der bis dahin ruhig zugehört hatte.

„Ich habe persönlich diverse Ausgrabungsstätten rund um die Welt besucht, wo ebenfalls Schriftzeichen aus unterschiedlichsten Kulturkreisen gefunden wurden. Die aber alle von Ignoranten, die einfach die Wahrheit nicht erkennen wollten, als Fälschungen abgetan wurden."

„Du meinst, es gibt noch mehr Orte wie diesen?", fragte Tom.

„Natürlich, mein Junge, das glaube ich. Nein, ich weiß es sogar. Es gibt insgesamt sieben dieser Orte, auf jedem Kontinent einen. Vier davon kennen wir bisher. Und bei den anderen ist es nur noch eine Frage der Zeit. Komm, ich zeige dir etwas."

Hastigen Schrittes verließ der Alte die Halle in Richtung des Labors. Dort ging er an einen großen Schubladenschrank und zog die oberste Lade heraus. In ihr befanden sich vier schwarze, etwa faustgroße Skarabäen. Die Käfer schienen aus einer Art schwarzem Kristall zu sein.

„Dies sind vier der Schlüssel aus der Anlage in Ägypten, der Verbleib der restlichen drei ist noch unklar. Da die Anlage von Grabräubern beschädigt wurde, ist es auch sinnlos, weiter nach ihnen zu suchen."

„Aber ihr wisst, wo dieser Ort ist?", fragte Tom ungläubig.

„Natürlich wissen wir das", schaltete sich die Hornbrille nun ein. „In der Cheopspyramide!"

Tom musste schlucken, aber für Fragen blieb keine Zeit. Der Alte hatte die Schublade bereits geschlossen und die nächste geöffnet. In ihr lagen zwei Kristallschädel.

„Das sind Funde aus Peru. Leider auch nur zwei. Allerdings wissen wir hier, wo die restlichen fünf sind.

Dummerweise wurde diese Anlage aber schon vor Jahrhunderten bei einem Erdbeben zerstört. Die vierte bekannte Anlage befindet sich in Tibet, leider sind deren Kristalle nicht auffindbar. Und dieses", er ging wieder zu dem Tisch, auf dem nun alle sieben Kristalle lagen, „sind die Kristalle, die zu dieser Anlage hier gehören. Drei davon kennst du ja bereits."

Seine Hände strichen über die drei rechts liegenden Steine.

„Dieser hier", er deutete auf den vierten Stein, der smaragdgrün leuchtete, „wurde zusammen mit der sogenannten Himmelsscheibe gefunden. Den daneben", er zeigte auf einen gläsernen Stein, „fand eines meiner Teams bereits in den 1960er Jahren auf der Nordseeinsel Amrum in einem Hünengrab. Der sechste Stein, der schwarze, wurde 1972 zusammen mit einer Moorleiche in einem Moor bei Bremen gefunden. Und der siebte", er nahm einen ebenfalls durchsichtigen Kristall hoch und hielt ihn grinsend gegen das Licht, „den habe ich gemeinsam mit einem guten Freund der SS entwendet, kurz bevor sie die Steine wegschaffen konnten."

„Du hast was?", stieß Tom aus.

„Na ja, es bot sich halt so an und mein Freund griff damals zu ohne lange darüber nachzudenken."

Der alte Mann versuchte ein breites Grinsen zu verbergen.

„Leider konnten wir damals nur diesen einen an uns nehmen. Die anderen drei sollte einer der Wissenschaftler auf persönliche Anordnung Himmlers mit einem U-Boot außer Landes bringen."

In Toms Kopf fing es an zu arbeiten. Er hatte immer gedacht, er würde seinen Großvater kennen. Konnte es sein, dass der Mann mehr mit den Nationalsozialisten zu tun gehabt hatte, als er, Tom, immer glaubte? Großvater hatte nie über den Krieg gesprochen und über seine Rolle in dieser Zeit war Tom nichts bekannt.

Wieder schien der Alte schien seine Gedanken zu erraten.

„Tom, ich bin keiner und war nie einer von denen. Zugegeben, ich bin damals schon einmal hier gewesen, aber du kannst mir glauben, es war bestimmt nicht freiwillig."

Stille machte sich breit.

„Woher wollt ihr wissen, dass es sieben dieser Anlagen gegeben hat?", wechselte Tom das Thema. „Ich kann mir zum Beispiel nicht vorstellen, dass es in der Antarktis so etwas gegeben hat."

„Wie kommen Sie auf die Antarktis?", fragte Ellen ihn erstaunt.

„Na, Großvater sagte doch, sieben Anlagen, sieben Kontinente".

Sie schüttelte den Kopf.

„Die Antarktis zählte damals wohl nicht zu den Kontinenten. Gemeint ist der wahre siebte Kontinent."

Tom schaute ihr fragend in die funkelnden Augen.

Dann sagte sie mit fester Stimme:

„Atlantis!"

*

Als Tom abends auf dem Bett in seinem Zimmer lag und seinen Gedanken freien Lauf ließ, wuchsen die Zweifel in ihm.

Unten in dem Stollensystem hatte er sich noch irgendwie von Ellens und Großvaters Euphorie anstecken lassen, aber je mehr er darüber nachdachte, um so mehr kam er zu dem Schluss, dass die drei dem größten Hirngespinst der Menschheit nachliefen. Allein die Gelder, die sein Großvater in dieses schwachsinnige Projekt gesteckt hatte, waren der schiere Wahnsinn.

Das riesige Anwesen mit dem See! Alles diente nur dem Zweck, ungesehen in die Stollen zu kommen. Der Alte hatte ihm erklärt, dass der See die Wassermassen beherbergte, die man rund um die Uhr aus dem Tunnelsystem pumpte, da die Stollen zum Tal hin ja alle verschlossen waren und deshalb das Wasser, das durch die Muschelkalkfelsen sickerte, nicht mehr ablaufen konnte. In der Gegend gab es sogar Bäche, die einfach versiegten. Sie hörten einfach mitten in der Landschaft auf zu fließen. Kein natürliches Phänomen. Nein, der Berg war löchrig wie ein Schweizer Käse.

Von den Tunneln, die während des Krieges von Zehntausenden Zwangsarbeitern gegraben worden waren, wussten viele. Im Internet hatte er Hunderte von Berichten darüber gefunden. Selbst Filme mit Aufnahmen von eingestürzten Stollen gab es dort massenweise.

Noch heute rätselten Wissenschaftler und Verschwörungstheoretiker über Sinn und Zweck dieses riesigen Systems aus Röhren, Hallen und Gleisen, die sich über viele Kilometer durch den Berg zogen.

Die einen behaupteten, es handele sich um Produktionshallen für die wundersamen Vergeltungswaffen der Nazis. Andere glaubten, in den Stollen wären gestohlene Kunstgegenstände, wie das legendäre Bernsteinzimmer, versteckt worden.

Es gab Theorien, nach denen Hitler hier seine letzte Zuflucht geplant hatte.

Eine der tollsten Geschichten, die er im Netz gefunden hatte, waren Gerüchte über eine Atombombe, die hier im Jonastal gebaut und sogar auf einem nahegelegenen Gelände zu Testzwecken gezündet worden war.

Aber alle Berichte stimmten darin überein, dass der Großteil der Anlage eingestürzt, unpassierbar und mit Grundwasser vollgelaufen sei.

Na, wenn die wüssten! Wieder musste Tom den Kopf schütteln. Der Alte war total übergeschnappt. Die unzähligen Expeditionen rund um die Welt. Die Lügen und Betrügereien, mit denen er sich Zugang zu Artefakten verschafft hatte. Ja, selbst vor Diebstahl schien er nicht haltzumachen.

Ellen hatte versucht ihm zu erklären, dass die sieben Anlagen alle eine Verbindung zueinander gehabt hätten. So eine Art Steinzeitfernseher, hatte sie gesagt, und die Kristalle seien so etwas wie eine Schaltzentrale. Je nachdem, welchen Kanal man sehen wollte oder auf welchem man senden wollte, musste man sie nach einem bestimmten System anordnen. Dafür brauchte man die Himmelsscheibe.

Die Nazis hatten es damals wohl auch geschafft, ein Tor zu einem der anderen Portale zu öffnen. Da sie aber nicht über alle Kristalle und die Scheibe verfügt hatten, war irgendetwas schief gelaufen.

Morgen Abend wollten sie die Steine in die Anlage einsetzen und wohl so eine Art Séance abhalten, um das Portal zu öffnen.

Obwohl er nicht an solche übersinnlichen Geschichten glaubte, fühlte er doch eine gewisse Anspannung. Was, wenn an der abstrusen Geschichte doch etwas dran war?

Kapitel 4

12. Mai 2007, 20:10 Uhr
Leipzig, Wilhelmsweg 38

Hans Maurer knüllte die Zeitung mit den Bildern des zerstörten Mercedes zusammen und warf sie in die Ecke des abgedunkelten Raumes.

Das würde Berger ihm büßen.

Er spürte den Zorn, der in ihm aufstieg, und einen Hass, der sogar seine Trauer überschattete.

Die Wut, die er immer dann empfand, wenn seine Gedanken zu den Ereignissen vor 63 Jahren glitten, zerfraß ihn förmlich von innen heraus. Erst hatte ihm dieser Mistkerl seine Beine gestohlen und jetzt auch noch seinen einzigen Enkel.

Er drückte den Joystick des Rollstuhls nach vorne und das Gefährt setzte sich in Richtung des großen Schreibtisches in Bewegung. Dort öffnete er die oberste Schublade und nahm ein abgegriffenes Mobiltelefon und einen verblassten, gelben Tennisball heraus. Lange betrachtete er das Gerät und steckte es schließlich, zusammen mit dem Ball, in seine rechte Jackentasche.

Dann drehte er den Rollstuhl und schaute aus dem großen Fenster hinter seinem Schreibtisch. Die Sonne verschwand gerade hinter den großen Bäumen neben der Fabrikhalle auf seinem Anwesen. Die Zweige der

Trauerweiden schwangen langsam im Wind hin und her und warfen lange Schatten über den großen Parkplatz.

Trotz seiner Behinderung und vierzig Jahren Planwirtschaft hatte er es zu etwas gebracht. In seiner Fabrik arbeiteten heute siebenundzwanzig Männer und Frauen. Seine Frau Therese war schon früh an Krebs gestorben. Auch da hatte er gelitten wie ein Hund, weil sie ihn alleine mit einem kleinen Sohn zurückließ. Als der Junge und seine Schwiegertochter dann vor Jahren bei einem Flugzeugabsturz in der Nähe von Moskau ums Leben kamen, war sein Enkel Guido der einzige Mensch gewesen, den er noch hatte. Und jetzt, jetzt war auch Guido tot und dieser Berger war daran schuld.

Am Vorabend hatte die Polizei bei ihm geläutet und ihm mitgeteilt, dass der Junge mit dem Auto verunglückt sei. Er und sein Freund Kevin seien auf der Stelle tot gewesen. Der schwarze Mercedes sei nur noch ein Klumpen Schrott gewesen, die beiden hätten keine Chance gehabt.

Maurer hatte die Nachricht ohne eine Regung entgegengenommen. Er konnte nicht mehr weinen, er konnte auch nicht mehr schreien. Das einzige, was er spürte, war Hass. Blanker Hass auf Berger. Berger würde endlich für alles bezahlen.

Er hatte nichts mehr zu verlieren. Sein Arzt hatte ihm eine Lebenserwartung von maximal noch drei bis vier Monaten gegeben. Dann würde der Tumor in seinem Kopf ihn endgültig besiegt haben. Aber Berger, der würde vor ihm gehen, und zwar noch heute Abend.

Er lenkte den Rollstuhl aus dem Zimmer in einen breiten Hausflur. Leise Stimmen waren zu hören, die immer lauter wurden, je näher er dem Ende des Korridors kam. Dort stieß er mit dem Rollstuhl die Tür zum großen Besprechungsraum auf. Sofort verstummten die Stimmen.

Um einen großen Tisch herum saßen oder standen gut zwei Dutzend junge Männer und schauten ihn an. Alle trugen schwarze Kampfanzüge. Auf dem Tisch lagen Maschinenpistolen und Munition. Die meisten der Männer trugen die Haare militärisch kurz oder hatten den Kopf zu einer Glatze geschoren. Söldner, die wie er an Ideale glaubten. Er war erstaunt gewesen, wie einfach und billig es gewesen war, diese schlagkräftige Truppe zusammenzustellen.

Er fuhr an das Kopfende des Tisches und rief in die Runde:

„Kameraden, es ist soweit! Heute Nacht werden wir in Gedenken an unseren geliebten Führer eine große Tat vollbringen! Endlich werden wir die Waffe, deren Produktion ich 1944 begonnen habe, vollenden. Jeder weiß, was er zu tun hat!"

„Jawoll, Herr Obersturmbannführer", schallte es aus der Runde.

„Dann lasst es uns tun!"

Zehn Minuten später rasten drei schwarze Kleinlastwagen und eine Mercedes Limousine vom Gelände der Firma Maurer und Sohn in Richtung Autobahn.

*

Tom betrat gegen einundzwanzig Uhr das Labor. Ellen saß an ihrem Tisch und tippte mit rasender Geschwindigkeit Formeln, Daten und Gleichungen in ihren Laptop.

„Arbeitest du eigentlich immer?“, fragte er, als er sich ihr bis auf zwei Meter genähert hatte.

Wie vom Schlag getroffen zuckte sie zusammen.

„Tom, musst du mich so erschrecken?“

Am Durchgang zur Kulthöhle wie Tom sie nannte, erschien Doktor Thelen. Er nickte Tom zum Gruß kurz lächelnd zu und verschwand wieder im Durchgang.

„Komischer Kauz“, flüsterte Tom Ellen zu.

„Na, wie man es nimmt“, antwortete sie nur und schaute weiter in Richtung des Durchgangs.

„Dein Großvater vertraut ihm wohl.“

Tom stutzte.

„Das klingt fast, als würdest du das nicht?“

Sie hielt inne und überlegte einen Moment.

„Ich weiß nicht, irgendwie ist er merkwürdig. Sagen wir einfach, meine weibliche Intuition sendet eine eher unverständliche Warnung, was ihn betrifft“, flüsterte sie und schaute ihn jetzt direkt mit ihren smaragdgrünen Augen an.

Sie ist wirklich eine Schönheit, ging es ihm durch den Kopf, während er ihrem Blick standhielt. Nach Sekunden der Stille war es Ellen, die den Blickkontakt verlegen unterbrach und sich wieder den Formeln auf ihrem Laptop zuwandte.

„Wie weit seid ihr mit den Vorbereitungen für das Experiment?“, fragte er schnell, um das Thema zu wechseln.

„Eigentlich fertig“, antwortete sie, ohne erneut von ihrem Laptop aufzusehen.

„Was bedeutet eigentlich?“

Sie raufte sich die Haare.

„Eigentlich bedeutet, dass wir zwar jederzeit starten können, aber ich eigentlich gar nicht genau weiß, was passieren wird."

„Heute Morgen klang das aber noch viel sicherer. Warum der Sinneswandel?", fragte Tom.

„Na ja", man merkte ihr nun sichtlich an, dass sie angestrengt nachdachte und nach Worten suchte. „Tom, stell dir vor, du möchtest telefonieren, was brauchst du da?"

„Ich denke mal, in erster Linie ein Telefon."

Er nahm sein schwarzes Nokia Businesshandy aus der Tasche und hielt es ihr demonstrativ hin.

Sie lächelte.

„Ja, aber was brauchst du sonst noch?"

Irgendwie konnte er ihr nicht folgen.

„Ellen, mach's nicht so spannend!"

„Tom, du brauchst einen Gesprächspartner! Ohne Gesprächspartner nützt dir das beste Telefon nichts."

Er nickte.

„Einleuchtend. Du denkst, dass euer Versuch scheitert, weil niemand abnimmt?"

„Nein, ich denke, dass unser Versuch vielleicht scheitert, weil jemand abnimmt, den wir gar nicht anrufen wollten."

Er bemerkte einen eiskalten Schauer, der sich über seinen ganzen Körper ausbreitete. Obwohl er Ellen erst wenige Stunden kannte, wusste er genau, dass sie es todernst meinte und hakte deshalb nach.

„Wie meinst du das?"

Schweigend schaute sie auf ihren Monitor, bis Tom sie sachte an der Schulter fasste.

„Ellen, was ist eigentlich während des Krieges hier passiert? Haben die Nazis auch versucht die Anlage in Betrieb zu nehmen?“

Sie schluckte:

„Ja, haben sie.“

„Und, weißt du, was passiert ist?“

„Nein, nicht wirklich. Nur bruchstückhaft.“

Sie schien zu überlegen, was sie ihm sagen konnte.

„Ellen, was ist damals passiert?“, fragte er jetzt energischer.

„Okay.“

Sie atmete tief durch.

„Hast du jemals vom Projekt *Keltenring* gehört?“

Tom schüttelte den Kopf. Der Begriff war ihm gänzlich unbekannt.

„Was soll das sein?“

„Keltenring“, begann sie, „war eine Projektgruppe, gegründet vom Reichsführer SS Heinrich Himmler. Der Mann war bekannt für seinen Hang zum Okkulten. Damals wurden unvorstellbare Summen ausgegeben zur Erforschung der Herkunft der germanischen Rasse. Keine zwei Tage, nachdem diese Anlage entdeckt wurde, bezog die SS hier Quartier. Himmler selbst hat die Höhlen mehrfach besucht. Wie dem auch sei: Die Nazis hatten damals nur vier der Steine. Du musst wissen, die Steine haben jeder für sich schon Kräfte. Mit dem einen kannst du in die Zukunft sehen, mit einem anderen in die Vergangenheit, mit einem dritten die Gegenwart an einem fernen Ort und so weiter. Je mehr Steine du miteinander vereinigst, umso größer sind ihre Kräfte. Im Übrigen reagieren die

Kristalle auch auf jeden Menschen anders. Nicht jeder kann in ihnen gleich gut sehen. Die meisten sehen sogar gar nichts. Für einige wenige aber sind sie wie ein aufgeschlagenes Buch oder ein Fernseher."

Tom hatte vorhin überlegt, wie er die attraktive Wissenschaftlerin dazu bekäme, mal mit ihm auszugehen, doch mit jedem Wort, das über ihre Lippen kam, wuchs in ihm die Überzeugung, dass die Frau dem Wahnsinn verfallen war.

„Also, ich sehe nix", sagte er.

„Tom, das macht nichts, ich sehe auch nichts und damit sind wir nicht allein. Nur etwa jeder Zehnte sieht überhaupt etwas."

Vielleicht war bei ihr doch noch nicht alles verloren. Denn plötzlich musste er an Olafs Tiefenrausch denken. Obwohl er der jungen Frau nicht noch mehr Futter für ihre abgedrehten Theorien geben wollte, begann er ihr von den Vorfällen bei dem Tauchgang zu U-864 zu erzählen.

„Als wir die Steine aus dem U-Boot holten, da faselte Olaf etwas wie, er könnte die sterbende U-Boot Mannschaft in einem der Steine sehen. Er war danach total fertig."

„Das war nicht zufällig der rote Kristall?", fragte Ellen sichtlich interessiert.

Tom merkte, wie ihm erneut ein Schauer über den Rücken lief.

„Woher weißt du das?"

„Ach, nur so ein Gedanke", antwortete sie und wechselte schnell wieder das Thema.

„Aber noch einmal zu den Versuchen damals. Die Nazis hatten also nur vier Steine und wussten auch nicht, wie sie die Kristalle auf der großen Scheibe platzieren mussten. Sie wussten nur aus den Wandbildern, dass die Kristalle auf die Scheibe gehören und wie man die Scheibe unter Strom setzt."

„Wie man was …?"

Tom hätte fast laut losgelacht, so absurd kam ihm die Vorstellung vor, dass es bereits vor viertausend Jahren Strom gegeben hatte.

„Strom, Tom. Genau genommen elektrische Spannung. Die Anlage benötigt eine konstante elektrische Spannung."

Er stellte sich gerade einen Neandertaler vor. Der Urzeitmensch lief mit einer Kabeltrommel durch die Steppen Europas und suchte eine Steckdose. Eine Szene aus einem Comic. Der Gedanke gefiel ihm und das Grinsen auf seinem Gesicht wurde noch breiter.

„Und wie soll das gehen?"

„Komm mit, ich zeig es dir."

Ellen stand auf und ging in Richtung der Höhle mit der großen Himmelsscheibe, wo Thelen an einem kleinen deplatziert wirkenden Tisch hockte und ebenfalls auf einem Laptop herumtippte. Sie zeigte auf zwei Dutzend große steinerne Töpfe, die gleichmäßig verteilt entlang der Wände standen. Die Gefäße waren etwa kniehoch und hatten einen Durchmesser von circa zwanzig Zentimetern.

„Siehst du diese Verzierungen?"

Ellen deutete auf grünliche Wellenlinien, die an den Außenseiten der Töpfe herunterliefen und über den Boden zu der großen Scheibe mitten im Raum führten.

„Das sind Kupferadern“, sagte sie, während sie mit den Fingern über das oxydierte Metall strich.

„Sie verbinden die Batterien mit der Scheibe.“

„Du meinst, das sind Batterien?“

Tom blickte sich um. Das Grinsen war ihm gerade vergangen.

Von jedem der Töpfe aus erstreckten sich dünne grüne Linien, die fein in den Stein eingearbeitet worden waren und alle in die Mitte des Raumes liefen. In den Töpfen erkannte Tom Metallstäbe, die in einer klebrigen, schwarzen Masse steckten.

Nun fiel es ihm wieder ein. Er hatte von ähnlichen Batterien gelesen, die man bei Ausgrabungen im heutigen Irak und in Ägypten gefunden hatte.

„Ja, das sind ganz sicher Batterien. Wir haben sie einzeln schon getestet. Sobald man eine schwache Säure in die Töpfe gießt, liefern sie eine niedrige, aber sehr stabile Spannung, die erst wieder nachlässt, wenn die Flüssigkeit verdunstet ist. Am besten eignet sich übrigens Apfelsaft“, fügte sie lachend hinzu.

Tom erinnerte sich an einen Versuch aus seiner Schulzeit, wo sie im Physikunterricht verschiedene Metallstäbchen in einen Apfel gesteckt hatten, um die elektrische Spannungsreihe zu verdeutlichen. Je nach Art des Metalls war die Spannung mal höher und mal niedriger gewesen. Wobei das edlere der beiden Metalle das unedlere immer mit der Zeit zerstörte.

„Auch bei dem Versuch im Jahr 1944 hat man die Batterien befüllt und die Steine auf der Scheibe platziert“, fuhr Ellen fort.

„Daraufhin hat sich, laut Augenzeugenberichten, ein riesiges Magnetfeld gebildet, das alle Materie abgestoßen hat. So eine Art schwarzes Loch, nur umgekehrt."

Tom schüttelte verständnislos den Kopf.

„Tom", holte sie weiter aus. „Was ein schwarzes Loch ist, weißt du?"

Er nickte, obwohl er nicht wirklich wusste, was das war. Der Begriff war ihm zwar bekannt, auch kannte er Bilder von diesen Objekten, aber der physikalische Aufbau von schwarzen Löchern entzog sich seiner Kenntnis. Deshalb meinte er mehr scherzhaft, um seine wahre Unwissenheit zu überspielen:

„Das ist so eine Art Wasserstrudel ohne Wasser im Weltall, der Materie anzieht."

Sie musste lachen.

„Ja, so kann man es auch beschreiben. Aber wie du schon sagst, es wird Materie angezogen. 1944 wurde aber Materie ab- beziehungsweise ausgestoßen."

„Ausgestoßen?"

„Ja, Tom. Irgendetwas ist da rausgekommen. Daraufhin hat man den Versuch abgebrochen und auf Eis gelegt und nachher war keine Zeit mehr weiter zu forschen, weil die Amis und Russen praktisch schon vor der Tür standen."

Tom sah sie fragend an.

„Ellen, was ist da rausgekommen?"

„Ich weiß es nicht, Tom, aber ich denke, die Frage müsste eher lauten: Wer ist da rausgekommen? Aber was oder wer es auch immer war, diesmal wird es nicht passieren. Diesmal werden wir nur einen Blick in eine andere, uns vielleicht noch unbekannte Zeit oder Dimension werfen. Wir haben alle sieben Steine und wir wissen, wie man sie benutzt."

Sie schaute ihn fast triumphierend an. In Gedanken versunken folgte Tom ihr langsam zurück in Richtung Labortür. Dann fiel ihm noch etwas ein.

„Ellen, woher wisst ihr eigentlich so viel über die Vorfälle damals?"

Vorsichtig sah sie sich um und flüsterte dann:

„Von Thelens Großvater war damals der leitende Wissenschaftler, er hat seinem Enkel einen Teil seiner privaten Unterlagen hinterlassen."

Er nickte und folgte ihr nun schweigend und in Gedanken versunken. Das, was er soeben von der jungen Wissenschaftlerin gehört hatte, klang für ihn beim besten Willen nicht wie eine wissenschaftlich fundierte Arbeit. Einmal abgesehen von der Tatsache, dass er dies alles eh für einen großen Bluff hielt. Nein, mit Wissenschaft hatte dies nichts zu tun. Trotzdem war er neugierig darauf, was bei dem Versuch passieren würde. Sollte nichts geschehen, und davon ging er aus, könnte auch das interessant sein.

Einige Minuten später betrat Thomas Berger Senior, gefolgt von zwei seiner Leibwächter, das Labor, in dem Ellen wieder über ihrem Laptop brütete. Tom beschäftigte sich gerade mit den beiden Kristallschädeln aus dem Schubladenschrank.

„Frau Doktor König, wie weit sind wir?", rief der Senior auffällig gut gelaunt in die Runde.

„Ich denke, wir können einen ersten Versuch starten", antwortete sie und folgte Berger in Richtung der keltischen Höhle. Als Tom hinter ihnen die Höhle betrat, sah er gerade noch, wie Doktor Thelen den schwarzen Kristall in einer Vertiefung im Boden platzierte.

Ellen erklärte den beiden Wachleuten, wie sie die Säure aus den bereitgestellten Kanistern in die Steintöpfe füllen mussten. Dann verteilte sie an alle getönte Schutzbrillen. Obwohl er davon überzeugt war, diese nicht zu brauchen, setzte Tom sie auf.

Nachdem der letzte Topf bis an den Rand gefüllt war, schaute er erwartungsvoll in die Mitte des Raumes. Aber nichts geschah. Sein Blick fiel auf Ellen, die nervös mit dem Kugelschreiber in ihren Händen spielte.

„Geduld, Ellen, es geht gleich los, die Batterien brauchen einen Moment“, hörte er die väterliche Stimme des Großvaters.

Plötzlich änderte sich das Licht in der Höhle. Er starrte zur Decke, wo der große Kristall in der Mitte über der Scheibe zu leuchten begann. Merkwürdig grünliches Licht breitete sich aus. Auch die Spitzen des Sterns rund um den Kristall begannen nun zu glühen und kleine Blitze tanzten innerhalb des Pentagramms. Dann schossen die ersten der Blitze zum Boden und schlugen knisternd in die Kristalle auf der Scheibe ein. Die Entladungen kamen immer schneller und intensiver. Die sieben Kristalle auf der Scheibe begannen mit jedem Blitz heller zu leuchten. Immer heftiger tobte der Sturm aus Lichtern.

Mit einem Mal bildete sich in der Mitte des Raumes eine riesige, etwa fünf Meter große Kugel aus purer Energie, die scheinbar wie auf sieben Säulen aus gleißendem Licht stand, das von den Kristallen am Boden ausging. Wie erstarrt schauten alle auf das große Lichtgebilde.

Tom war sich nicht sicher. Waren das nur Schatten oder konnte er in der Kugel wirklich Menschen erkennen, die immer wieder kurz auftauchten und verschwanden? Doch, da waren deutlich Menschen zu sehen. Männer mit Kapuzen, gekleidet wie Druiden. Dann hörte er sogar Stimmen. Nichts Deutliches, eher ein Gewirr aus Murmeln, Rufen und Schreien. Waren das Beschwörungen in einer fremden Sprache?

Plötzlich hallte ein Schuss durch die Höhle und brach sich schallend an den Wänden.

Tom schreckte auf und fuhr herum.

Durch die Tür, die in das Labor führte, stürmten zwei bewaffnete Männer in schwarzen Kampfanzügen in die Höhle.

Noch bevor Bergers Leibwächter reagieren konnten, fielen weitere Schüsse und die beiden Wachmänner wurden vom Aufprall der Kugeln, die ihre Brust trafen, von den Füßen gerissen. Regungslos blieben sie liegen.

Tom stand da wie erstarrt und konnte für einen Moment nicht begreifen, was da passierte.

„Niemand bewegt sich!“, tönte es auf einmal neben ihm.

Er fuhr herum und starrte auf Thelen, der ebenfalls eine Pistole in den Händen hielt und diese auf Berger richtete.

„Bleiben Sie alle ruhig, dann wird Ihnen nichts geschehen.“

Langsam ging der Wissenschaftler um sie herum und stellte sich zu den Angreifern.

„Thelen, was tun Sie da? Ich erwarte eine Erklärung!“, tönte Bergers Stimme immer noch ruhig und besonnen.

„Was ich hier tue?“, fauchte der Doktor. „Ich beende das, was mein Großvater 1944 begonnen hat.“

„Sie Schwein“, schrie Ellen neben ihm auf.

Bevor Tom sie festhalten konnte, ging sie auf Thelen zu, dessen Augen panisch aufblitzten.

„Bleiben Sie stehen!“, kreischte der Doktor.

Die Worte waren noch nicht verhallt, als sich der Schuss aus seiner Waffe löste und Ellen von den Beinen riss. Sie stürzte zu Boden und rührte sich nicht mehr. Entsetzt sah Tom zu der Frau, deren lange, blonde Haare ihr Gesicht verdeckten.

„Das wollte ich nicht“, stammelte Thelen, während er immer noch mit der Waffe fuchtelte.

„Sie sollte stehen bleiben. Sie ist schuld. Ich habe ihr gesagt, sie soll stehen bleiben!“, schrie er nun panisch.

Die Waffe in seinen Händen zitterte noch mehr und Schweiß lief ihm über das zu einer hässlichen Fratze verzerrte Gesicht.

Instinktiv wich Tom einige Schritte zurück. Wer wusste schon, wen der Irre als nächsten erschießen würde. Dann spürte er nur noch, wie eine Kraft ihn plötzlich in die Luft riss. Verflucht! Hinter ihm befand sich noch immer das Energiefeld. Er musste ihm zu nahe gekommen sein. Alles um ihn herum drehte sich. Er spürte, wie Lichtblitze immer wieder schmerzhaft in seine Brust schlugen. Es war, als rissen unsichtbare Kräfte an seinem Körper. Dann schwanden seine Sinne und es wurde dunkel und still.

Kapitel 5

22. Dezember 1944
Bei Arnstadt / Thüringen

Obersturmbannführer Hans Maurer saß an seinem Schreibtisch und betrachtete immer wieder die Gegenstände, die sorgsam in einer Reihe auf der Tischplatte vor ihm lagen.

Die ersten beiden Gegenstände ganz links waren eindeutig zu identifizieren gewesen. Eine seltsam aussehende Schutzbrille und eine Geldbörse aus schwarzem Leder. Alle anderen hatte er mit seinem eigenen System so daneben platziert, wie sie für ihn einen Sinn ergaben. Von links, wo die eindeutigen Sachen lagen, nach rechts, wo sich die Gegenstände befanden, mit denen er gar nichts anfangen konnte.

Das dritte in der Reihe von links war eindeutig Geld. Aber kein gewöhnliches Geld. Nein, solche Münzen und Scheine waren ihm noch nie untergekommen. Wenn er sie richtig gedeutet und gezählt hatte, waren das genau 72 Euro und 56 Cent. Eine seltsame Währung. Euro! Schon das Aussehen der Scheine mit den silbernen Einlagen war merkwürdig. Und erst der Name: Euro!

Der nächste Gegenstand in der Reihe, eine große, grünliche Karte, war noch ungewöhnlicher, aber ebenfalls zu erklären. Das heißt, es stand ja auch drauf, um was es sich handelte: Personalausweis der Bundesrepublik Deutschland. Das Foto des Ausweises zeigte den Gefangenen. Sein Name: Thomas Johannes Berger, geboren am 17. März 1981 in San Joan de Labritja. Wo immer das sein mochte, nach Deutschland klang das nicht. Der Mann war arischer Abstammung, daran bestand kein Zweifel.

Maurer hatte sich diesen Berger gemeinsam mit den Ärzten angesehen, als er noch ohnmächtig war. Er gehörte eindeutig zur nordischen Rasse. Fast alle seine Körpermerkmale stimmten. Akribisch hatten sie alles mit der Beschreibung in dem Buch über Rassenkunde des deutschen Volkes überprüft. Ebenso wenig war er ein Jude. Alles war an den Stellen, wo es sein sollte.

Er bog den Ausweis und legte ihn wieder vor sich auf den Tisch. Merkwürdige Plaste. „Bundesrepublik Deutschland“, murmelte er noch einmal die Aufschrift und widmete sich dann den nächsten Gegenständen in der Reihe, mehreren, ebenfalls recht seltsamen kleineren Plastikkarten mit den Namen von verschiedenen Banken und Kreditinstituten aus der ganzen Welt. Auch sie lauteten auf Thomas Johannes Berger.

Ganz rechts lag der Gegenstand, der Maurer völlig verwirrte. Es war ein kleines, rechteckiges Gebilde mit mehreren nummerierten Tasten. Einige Tasten besaßen auch Zeichen wie einen Stern, eine Raute oder Pfeile. Dass es sich bei dem Objekt um ein elektrisches Gerät handelte, schien außer Frage. Aber der Sinn des Gerätes bereitete ihm Kopfzerbrechen. Vorsichtig nahm er es in seine linke Hand und tippte zögernd auf den Knopf mit der Zahl Eins. Dabei piepste das Gerät so grell, dass er es beinahe vor Schreck fallen gelassen hätte. In der Anzeige über den Tasten stand nun nicht mehr KEIN NETZ, sondern eine Eins. Wieder betätigte er eine Taste. Diesmal war es die Acht, die nun gemeinsam mit der Eins auf der Anzeige stand, und wieder ertönte ein Piepsen. In der unteren Ecke las er ganz klein ‚*löschen*'. Er betätigte die unbeschriftete Taste darunter. Erneut ein greller Ton, und die Acht verschwand wieder. Ein zweiter Tastendruck und nach dem Piepsen war die Zahl Eins ebenfalls verschwunden und auf der Anzeige erschien wie zuvor KEIN NETZ.

Maurer legte das Gerät wieder auf den Schreibtisch und lehnte sich murmelnd in seinem Stuhl zurück.

„Wer bist du, Thomas Johannes Berger, wer bist du?"

*

Tom schaute sich in dem kargen Raum um. Wo er sich befand, wusste er immer noch nicht. Aber langsam kam sein Gedächtnis zurück. Nachdem der Irre in der Uniform den Raum verlassen hatte, war er von dem Doktor losgebunden worden. Danach verließ dieser ohne ein weiteres Wort mit dem Wachmann den Raum und verriegelte die schwere Tür von außen.

Langsam stand Tom auf und zog die alten Halbschuhe an, die unter der Liege standen. Es waren nicht seine eigenen, doch sie passten und wärmten seine Füße ein wenig.

Die Schmerzen, die er nach dem Aufwachen gespürt hatte, waren einem leichten Taubheitsgefühl gewichen. Er zitterte am ganzen Körper. Sein Schädel brummte immer noch wie nach einer durchsoffenen Nacht. Aber er spürte, wie seine Sinne zurückkehrten und sein Verstand sich wieder schärfte. Ganz langsam fuhr sein Betriebssystem wieder hoch und nach und nach konnte er alle Informationen, die in seinem Kopf gespeichert waren, wieder abrufen.

Das Letzte, an das er sich erinnerte, war der Überfall in der Höhle gewesen und Ellen, wie sie reglos auf dem Boden lag. Dann war er wohl ohnmächtig geworden. Sollte das hier alles mit dem Experiment zu tun haben?

Die Angreifer in der Höhle waren genau wie die beiden toten Typen in dem Mercedes Faschos gewesen. Die Typen trugen zwar Masken, aber diese Neonazibrut roch er zwei Kilometer gegen den Wind und das nicht nur wegen ihrer ausgefallenen Frisuren. Die Frage war nur: Warum überfielen sie das Labor? Was sollte die Maskerade der drei eben mit den SS-Uniformen? Was war mit den anderen geschehen? Und wo zum Teufel hatten sie ihn hingeschleppt?

„Thelen", flüsterte Tom vor sich hin.

Dem Dreckskerl hatte er von Anfang an nicht getraut. Schon bei ihrem ersten Treffen im Labor war der Wissenschaftler ihm unsympathisch gewesen.

Er horchte auf. Von draußen hörte er erneut das Klirren eines Schlüsselbundes, kurz darauf das Knacken des Schlosses. Die Tür wurde aufgerissen und im Türrahmen stand wieder derselbe Wachmann wie eben und deutete mit der MP in seine Richtung.

„Mitkommen!"

Tom stolperte vor dem Mann her in einen dunklen Gang, der dem Geruch nach scheinbar zu einem Keller gehörte. Vielleicht bekäme er nun die Antworten auf seine

Fragen. Vorbei an drei weiteren Türen der gleichen Machart wie die an seiner Zelle schob ihn der Wachmann mit der vorgehaltenen Waffe in Richtung einer schmalen Treppe, an deren oberen Ende eine offenstehende Tür ins Freie führte.

Als Tom hinaustrat, erschrak er. Sein Magen verkrampfte sich und er hatte das Gefühl, sich übergeben zu müssen. Er wusste, wo er sich befand. Er erkannte den großen, mit Katzenköpfen gepflasterten Hof, der nun von einer dünnen Schneeschicht bedeckt wurde. Dahinter das große Herrenhaus. Zwar sah alles recht verändert aus, was sicherlich nicht nur an der winterlichen Landschaft lag, doch es war eindeutig. Das strahlende Maiwetter des Vortages war klirrender Kälte gewichen, aber er war immer noch auf Großvaters Anwesen. Was bedeutete das alles? Wie lange war er ohnmächtig gewesen?

Der Soldat schob ihn weiter. Auf dem Hof vor dem Haus standen mehrere deutsche Militärfahrzeuge aus der Zeit des Zweiten Weltkrieges und eine Handvoll Soldaten in grauen Wehrmachtsuniformen.

Die Szene wirkte wie aus einem dieser Kriegsfilme. Vielleicht träumte er oder fantasierte. Fieberwahn? Einbildung? Alles sah aus, als wäre er durch die Zeit in die Vergangenheit gereist, was aber schlicht unmöglich war. Zeitreisen gab es nur in Hollywood.

Dass es kein Traum war, spürte Tom schmerzhaft, als der Wachmann, der noch immer hinter ihm ging, ihm erneut den Lauf seiner MP in den Rücken stieß.

Gemeinsam gingen sie über den Hof in Richtung Hauptgebäude, um dort die Treppe hinaufzusteigen. Anders als gestern stand die Haustür weit offen. In der Eingangshalle bot sich ein fast vertrautes Bild. Die Gemälde an den Wänden waren andere, das merkte er sofort, obwohl er sie bei seinen Besuchen in den letzten Jahren nie genau betrachtet hatte. Nur die riesige Hakenkreuzfahne, die von der Brüstung der oberen Etage hing, schien ein wenig deplatziert.

Erneut schob ihn der Bewaffnete unsanft weiter, worauf Tom die ersten Stufen der Treppe hinaufstolperte. Oben ging er, ohne ein weiteres Mal zu zögern, nach rechts den langen Korridor entlang und blieb vor der großen zweiflügeligen Tür zu Großvaters Büro stehen.

Der Soldat trat vor und klopfte an die Tür. Von Innen erschallte prompt ein lautes „Herein!“.

Wie gewohnt stand der große Schreibtisch vor der breiten Fensterfront. Auch die Sessel waren wie gestern Abend an ihrem Platz vor dem Kamin. Neu war das überlebensgroße Porträt Adolf Hitlers, das über dem Kaminsims hing.

Hinter dem Schreibtisch, auf dem Tom seine Geldbörse samt Inhalt erkannte, saß der Irre in der schwarzen Uniform und hielt ein Mobiltelefon in der Hand. Sein Mobiltelefon.

„Heil Hitler, Herr Berger.“

Der Uniformierte hob die Hand zum Gruß und deutete dann auf einen Stuhl, der vor dem Schreibtisch stand.

Tom überlegte kurz, den Gruß mit *‚Leck mich‘* zu erwidern, entschied sich dann aber doch, gar nichts zu sagen.

„Sie können wegtreten, Schmitz.“

Der Wachmann schlug die Hacken zusammen, drehte sich um und schloss beim Verlassen des Raumes die Tür hinter sich.

„Und, Berger, wie geht es ihrem Gedächtnis?“, fuhr der Uniformierte in freundlichem, aber zackigem Ton fort. „Wieder alles klar in der Birne?“

Tom regte sich nicht. Sollte er weiter den Ahnungslosen mit Gedächtnisverlust spielen oder dem Typ direkt an die Gurgel gehen? Seine Neugierde siegte und so entschied er sich für den Moment für das Erstere.

Langsam hob er die Schultern, worauf der Uniformierte den Personalausweis vom Tisch nahm und ihm vor das Gesicht hielt.

Tom überlegte kurz. Jetzt nur nicht übertreiben.

„Wie ich sehe, wissen Sie, wer ich bin. Dürfte ich auch erfahren, wer Sie sind und was Sie von mir wollen?“

Maurer blickte leicht verdutzt, scheinbar hatte er nicht im Geringsten mit einer Frage seines Gegenübers gerechnet.

„Sicher dürfen Sie das, Herr Berger. Entschuldigen Sie meine Unhöflichkeit, wo habe ich bloß meine guten Manieren gelassen? Obersturmbannführer Hans Maurer, Leibstandarte Adolf Hitler“, sagte er mit stolz geschwellter Brust.

Tom musterte sein Gegenüber regungslos. Es musste sich um einen Betrug handeln. Man wollte ihm wirklich vorgaukeln, er wäre durch die Zeit gereist. Der Mann mit Seitenscheitel und sehr dünnen blonden Haaren schien ungefähr in seinem Alter und musterte ihn nun eindringlich mit seinen stahlblauen Augen.

„Herr Berger, was ich von Ihnen möchte, wissen Sie genau."

Nun war es Tom, der sein Gegenüber fragend ansah.

Maurer legte das Telefon vor ihn auf den Tisch, ohne den Augenkontakt zu unterbrechen.

„Berger, wer sind Sie? Und ich warne Sie, erzählen Sie mir keinen Scheiß!"

Plötzlich klang Maurer nicht mehr wie der nette Typ von nebenan. In ihm kam der eiskalte Irre zum Vorschein, den Berger schon in der Zelle gesehen hatte. Plötzlich kamen ihm Ellens Worte in den Sinn, irgendetwas wäre 1944 aus der Scheibe gekommen. Ihm kam ein fürchterlicher Verdacht. Schweiß trat auf seine Stirn und deutlich spürte er das Pochen des Blutes in seinen Halsschlagadern. Ein Gefühl, als zöge sich ein Strick um seinen Hals, überkam ihn.

„Maurer, welcher Tag ist heute?"

„Heute ist Dienstag, Berger, Dienstag, der 22. Dezember 1944".

Tom merkte, wie sich sein Brustkorb zusammenzog und ihm übel wurde. Dann erbrach er sich. Noch nie in seinem Leben hatte er solche Panik gehabt. Das konnte nicht sein. Alle Selbstsicherheit und Gelassenheit waren mit einem Mal von ihm gewichen. Das war ein schlechter Scherz.

„Das kann nicht sein", stammelte er und schaute Maurer fragend an, der, als Tom seinen Magen entleerte, aufgesprungen und mit vor Ekel verzerrtem Gesicht zurückgewichen war.

„Doch, Berger, es ist wahr."

Tom schoss nach vorne und griff sein Handy vom Tisch. Er drückte auf die Direkttaste für die Kalenderfunktion. Im Augenwinkel sah er, wie Maurer seine Waffe aus dem Halfter zog und sie auf ihn richtete.

„Hinlegen! Legen Sie das sofort hin!“, schrie er panisch.

Tom hielt ihm das Display hin.

„Sehen Sie, heute ist der 13. Mai.“

Maurer ließ seine Waffe langsam sinken und sah auf das Display. Dann las er vor:

„13. Mai 2007, 8 Uhr 42.“

Die beiden Männer sahen sich in die Augen.

„Ich hab es gewusst, Berger, ich hab’s wahrhaftig sofort gewusst, Sie stammen aus der Zukunft und ich habe Sie entdeckt.“

Tom sank zurück auf den Stuhl. Hatte er es nicht auch gewusst? In dem Moment, als er den Hof betrat und das Haus sah. Er hatte es nicht wahrhaben wollen. Wieder hallten Ellens Worte in seinem Schädel. Sie hatte es ihm doch gesagt: *„Tom, ich denke, die Frage müsste eher lauten: Wer! Wer ist da rausgekommen?“* Er war es! Er war derjenige, der das Tor durchschritten hatte. Er war in das Jahr 1944 gereist. Aber wie war das möglich? Nein, es konnte einfach nicht sein, dass sie mit ihren Andeutungen ihn gemeint hatte. Als er mit ihr darüber sprach, war es doch noch gar nicht passiert. Oder doch?

Tom konnte keinen klaren Gedanken mehr fassen. Irgendwie schien es, als hätte er einen Knoten in seinem Kopf, der sich immer mehr zusammenzog und seine Gedanken zerquetschte.

Er sah in Maurers kalte, stahlblaue Augen.

Der SS-Mann schien seinen Triumph über ihn sichtlich zu genießen.

„Keltenring“, brachte Tom hervor. „Sie sind Projekt Keltenring.“

Der SS-Mann wurde schlagartig blass und zischte:

„Woher wissen Sie davon, Mann?“ Maurer packte ihn am Hemd und riss ihn vom Stuhl. „Reden Sie, Berger. Woher wissen Sie von Keltenring?“

*

Anna schaute aus dem Fenster der Dachkammer in den Hof des Herrenhauses. Seit einer Woche lebte sie nun hier als Dienstmagd von Maurer, diesem Schwein. Immer wenn sie dachte, sie könnte nicht noch niedriger sinken oder es könnte nicht noch schlimmer werden, war es trotzdem schlimmer geworden. Und immer, wenn sie geglaubt hatte, es gäbe einen Funken Hoffnung, war es ebenfalls schlimmer geworden.

Was aus ihren Eltern und Geschwistern geworden war, wusste sie nicht. Nachts in ihren Träumen sah sie noch immer die beschmierten Schaufensterscheiben an Papas Laden in der Goethestraße in Berlin. *‚Kauft nicht bei Juden'* hatte man mit roter Farbe in der Nacht auf die Fenster des kleinen Lebensmittelladens geschmiert. Papa hatte die Schmierereien wortlos entfernt. Am nächsten Morgen waren die Fenster komplett zerstört. Unbekannte hatten mehrere Pflastersteine in die Auslagen geworfen. Auch als die Schikanen seitens der SA immer aggressiver wurden, hatte ihr Vater alles hingenommen und versucht, ihnen Normalität vorzuspielen. Fast täglich hatte Mama ihn angebettelt das Land zu verlassen und, genau wie ihr Bruder, nach Amerika zu gehen. Aber Papa hatte immer nur gesagt: *„Das wird schon wieder, ich gebe nicht alles auf, wofür wir so hart gearbeitet haben.“*

Mama hatte ihn dann soweit angefleht, dass er wenigstens Anna und ihre beiden kleinen Brüder zu einer Tante nach Holland geschickt hatte, wo sie abwarten sollten, bis die Zeiten wieder ruhiger geworden waren.

Als die Nazis dann Holland überrannten, hatte die Tante sie zwar zunächst noch verstecken können, aber eines Tages waren die Soldaten in das Haus gestürmt und hatten sie alle einfach mitgenommen. Das war das letzte Mal, dass sie ihre Brüder gesehen hatte. Man hatte sie auf dem Bahnhof getrennt, dann in Güterwaggons gepfercht und mehrere Tage in qualvoller Enge durch das Land gefahren. Viele, darunter auch Annas Tante Hilde, starben schon während des Transports. Die Bilder der Leichen und der Gestank von Tod und Fäkalien verfolgten sie immer noch.

Nach ihrer Ankunft im Lager wurden ihr die Haare geschnitten. Ihr langes, kastanienbraunes Haar, auf das sie immer so stolz gewesen war, wurde achtlos in Säcke gepackt. Sie verstand immer noch nicht, warum man sie inhaftierte und wie einen Verbrecher behandelte.

Sie strich über die tätowierte Nummer auf ihrem linken Unterarm, die immer noch schmerzlich, tief in ihrer Seele brannte. Anna Stern war tot. Das Etwas, das früher einmal diesen Namen getragen hatte, war nun nur noch eine sechsstellige Zahl. Eine Zahl, die allmorgendlich beim Appell im Lager kontrolliert wurde, bevor man sie in einen der Stollen zum Arbeiten schleppte, wo sie Granathülsen polieren musste.

Anna starrte auf ihre rauen, zerschlissenen Hände, die eher zu einer achtzigjährigen Frau als zu einem achtzehnjährigen Mädchen gepasst hätten.

Vor einer Woche war Maurer dann morgens ins Lager gekommen und hatte sie bei einem der Appelle herausgegriffen und ins Herrenhaus bringen lassen. Als man ihr die Dachkammer zuwies, glaubte sie noch, privilegiert und endlich dem Tod und Elend des Lagers entflohen zu sein. Sie gaben ihr sogar frische Kleider und sie konnte sich seit Langem wieder ordentlich waschen. Doch nur wenig später erfuhr sie, dass Maurer ihre Vorgängerin bei einem seiner Wutausbrüche grundlos erschossen hatte.

Stundenlang schrubbte sie erfolglos den Fußboden an der Stelle, wo das Blut des Mädchens, dessen Namen niemand kannte und deren Kleider sie nun trug, das Holz der Dielen dunkel verfärbt hatte.

Wie Anna war auch sie nur eine Nummer gewesen. Eine sechsstellige Zahl, tätowiert auf einen Unterarm.

Sie erschrak, als die Tür der Kammer aufgestoßen wurde und einer der Wachsoldaten eintrat.

„Komm mit!“, sagte er knapp, aber mit einem freundlichen Unterton und drehte sich sogleich um.

Anna folgte ihm. Aus belauschten Gesprächen zwischen den Soldaten wusste sie, dass der Mann Philip Schmitz hieß und von einem Landgut aus der Pfalz stammte. Philip war ihr sofort aufgefallen. Er war der einzige der

SS-Leute, der sie als Mensch behandelte und freundlich zu ihr war. Manchmal, wenn keiner seiner Kameraden es hörte, sprach er sie sogar mit ihrem richtigen Namen an. Bereits am zweiten Tag in dem Herrenhaus hatte er sie freundlich danach gefragt. Sie war so verdutzt gewesen, dass sie ihm stotternd ihre Häftlingsnummer sagte, worauf er sie kopfschüttelnd und lächelnd noch einmal nach ihrem Vornamen fragte. Sie fand es schön und zugleich unwirklich, wenn Philip sie bei ihrem richtigen Namen nannte, statt sie wie seine Kameraden mit *Judenschlampe, Drecksjüdin* oder ähnlichen Schimpfwörtern zu betiteln. Vielleicht gab es doch ein klein wenig Menschlichkeit in dieser Welt aus Hass und Elend.

Sie folgte ihm die Treppe hinunter in den ersten Stock, wo er schnurgerade auf Maurers Büro zuging und die zweiflügelige Tür ohne zu klopfen öffnete. Vorsichtig lauernd folgte sie ihm in den großen Raum. Sie atmete auf, als sie sah, dass sich hier niemand befand. Gleichzeitig stieg ihr ein übler Gestank nach Erbrochenem in die Nase. Obwohl die Fenster hinter dem Schreibtisch offenstanden, stank es in dem Raum widerwärtig. Philip deutete auf die grünliche Lache vor dem Schreibtisch, die wohl die Ursache des strengen Geruchs war und murmelte etwas wie: „Du sollst das wegmachen“, dann verließ er eiligst den Raum.

Sie folgte ihm hinaus und über die Dienstbotentreppe am Ende des Ganges nach unten in die große Küche. Während Anna aus einem Wandschrank einen Blecheimer holte, trat Philip an den Herd und goss sich Kaffee aus einer großen Kanne in seine Blechtasse. Er nippte an dem heißen Getränk, verzog widerwillig das Gesicht und setzte sich dann an den Küchentisch. Während Anna am Spülstein mit der Handpumpe Wasser in den Eimer füllte, wurde die Küchentür erneut aufgestoßen und zwei weitere Wachleute betraten den Raum. Der eine, ein Flachsblonder etwa in ihrem Alter mit unzähligen Pickeln im Gesicht, nahm wie zuvor Philip zwei Tassen von dem kleinen Regal in der Ecke und füllte sie am Herd mit Kaffee. Dabei schaute er grinsend und lüstern zu ihr hinüber.

„Was gaffst de so, Jude?“, blökte er und begann dann schallend zu lachen, als er sah, dass Anna ängstlich zusammenzuckte.

Ohne sie weiter zu beachten, setzte er sich zu seinen beiden Kameraden an den Tisch.

Der zweite Mann, der mit ihm die Küche betreten hatte, ein rotgesichtiger Hüne mit Glatze, nahm gierig die Tasse und trank einen Schluck. Sofort verzog er das Gesicht und spie ihn wieder aus.

„Bah!“, schrie er wutentbrannt und wischte sich mit dem Ärmel seines Hemdes über den Mund. „Das Gesöff würde ich noch nicht mal meinen Schweinen geben.“

Blitzschnell hob er den Arm mit der Tasse, um sie in Annas Richtung zu schleudern. Anna zuckte zusammen, schloss die Augen und duckte sich. Aber nichts geschah. Als sie vorsichtig wieder die Augen öffnete, sah sie Philip, dessen Pranken den hocherhobenen Arm des Hünen am Handgelenk hielten und ihn langsam nach unten drückten.

„Du hast recht, Helmut, der beste ist er nicht mehr“, beruhigte er den Kameraden, dessen Gesicht nun dunkelrot schien.

Dann wandte er sich Anna zu.

„Wärest du so nett, uns einen frischen zu kochen?“

Entsetzt starrte der Rotgesichtige erst zu Anna und dann zu Philip. Ein gefährliches Funkeln schien nun in seinen Augen.

„Warum so freundlich? Hast wohl Spaß an der kleinen Hure? Ist mir schon ein paar Mal aufgefallen“, lästerte er und fügte nun wieder grinsend hinzu: „Du weißt, was mit Perversen passiert, die sich mit Jüdinnen abgeben, oder willst du es wie Maurer machen? Die Kleine heimlich ficken und ihr anschließend eine Kugel in den Kopf schießen, damit sie es nicht ausplaudert, die Rassenschande?“

Philip schaute ihn gleichgültig an und erwiderte gelassen:

„Spinn nicht rum und setz dich hin, Helmut. Wenn Maurer die Gerüchte hört, die du da über ihn in die Welt setzt, lässt er dich sofort und ohne mit der Wimper zu zucken an die Wand stellen.“

Der Soldat ließ die Hand mit der Tasse sinken und glitt zurück auf den Stuhl. Als er erneut mit Blick auf Anna, die immer noch verängstigt auf dem Boden kauerte, etwas sagen wollte, kam Philip ihm zuvor.

„Erzähl lieber mal, was heute Nacht im Stollen passiert ist. Du warst doch dabei?“

Sofort verdüsterte sich der Ausdruck auf dem Gesicht des Hünen.

„Klar war ich dabei“, flüsterte er nun fast, als hätte er Angst, jemand könnte ihn hören.

Während Anna das Putzwasser in einem großen Topf auf den Herd setzte und sich dann daran machte einen neuen Kaffee aufzubrühen, lauschte sie gespannt den Erzählungen des Rotgesichtigen.

„Ich sag's euch, das glaubt keiner, der's nicht selbst gesehen hat", berichtete er. „Die Steine haben auf einmal geleuchtet. Und geblitzt hat es wie bei hundert Gewittern gleichzeitig. Und dann war da plötzlich eine Kugel. Riesengroß! Sah aus wie 'ne Christbaumkugel. Nur gewaltiger und viel heller. Wir mussten uns alle die Augen zuhalten, weil's so geblendet hat. Dann gab's Donnerschläge wie Schüsse und es war wieder duster. Als ich wieder was sehen konnte, lag da dieser merkwürdige Kerl."

Anna sah, wie Philip, der bisher aufmerksam den Erzählungen gelauscht hatte, stutzte.

„Und jetzt glauben die Professoren und Maurer, dass der Kerl aus dieser großen Christbaumkugel gekommen ist?", fragte er eher belustigt.

Der Hüne schüttelte energisch den Kopf.

„Dieser Doktor Thelen glaubt, dass es ein Mensch aus der Zukunft ist."

Anna merkte, wie ihr ein Schauer über den Rücken lief. Seit sie in dem Haus war, hatte sie viele merkwürdige Gespräche mitbekommen. Seltsames ging hier vor sich. Aber ein Mensch aus der Zukunft? Sie betrachtete Philip, der langsam den Kopf hin und her bewegte.

„So ein Unsinn", sagte er dann. „Ein Mensch aus der Zukunft. So bekloppt kann noch nicht mal dieser Thelen sein! Obwohl …"

Er zuckte mit den Schultern.

„Ein Wissenschaftler, der nachts im Druidengewand die Dämonen herbeiruft, kann nicht ganz normal sein."

„Mann, Philip, du warst nicht dabei“, ereiferte der Hüne sich nun. „Wenn du ihn gesehen hättest, würdest du es auch glauben.“

„Wen gesehen? Etwa Thelen und die anderen Irren in ihren keltischen Nachthemden?“, fragte Philip erneut.

Der Rotgesichtige schüttelte den Kopf.

„Quatsch, Mann. Den Mann aus der Zukunft!“

„Ob du es glaubst oder nicht“, antwortete Philip, „ich habe ihn gesehen. Vor zehn Minuten habe ich ihn wieder in eine der Zellen im Wachhaus gesperrt, nachdem er Maurers Büro vollgekotzt hat. Für mich sah der Kerl, bis auf die langen Weiberhaare, aus, wie jeder andere.“

„Vielleicht ist er ein Spion der Amis“, mischte sich der Jüngere mit dem Pickelgesicht nun ein, worauf ihn der Hüne mit einem verächtlichen Blick strafte.

„Ich weiß, was ich gesehen habe, der Kerl ist nicht von dieser Welt.“

Dann setzte er, in Gedanken versunken, erneut die Tasse an den Mund. Wieder verzog er das Gesicht und spie die Reste des Kaffeesatzes zurück in die Tasse.

„He, Judenweib, was ist denn nun mit dem Kaffee? Beeil dich gefälligst oder ich ersäufe dich in dem Muckefuck!“

Anna beeilte sich den Männern die Kanne zu bringen. Vorsichtig stellte sie sie an den Rand des Tisches und eilte zurück an den Herd, um sich wieder dem Putzwasser zu widmen. Als das Wasser bereits zu dampfen begann, schüttete sie es zurück in den Eimer, schnappte sich den Holzkasten, in dem sich Lappen, Bürste und Schmierseife befanden, aus dem Wandschrank und lief damit die Treppe zum ersten Stock hinauf. Die Tür zu Maurers Büro stand immer noch offen. Sie schob den Stuhl beiseite und musste angesichts des grünlichen Erbrochenen würgen.

Dann fiel ihr Blick auf eine kleine Karte, die unter dem Schreibtisch hervorlugte. Sie hob sie auf und las die Schrift darauf. Ihr Herz schlug mit einem Mal wie wild. Wieder und wieder überflog sie die Zeilen und Nummern des Personalausweises der Bundesrepublik Deutschland. Ein Mensch aus der Zukunft, hämmerte es in ihrem Kopf. Wahrhaftig, ein Mensch aus der Zukunft.

Noch nie in ihrem Leben hatte sie etwas gestohlen. Schnell steckte sie den Ausweis in die Kitteltasche und begann die Dielen zu reinigen.

Kapitel 6

22. Dezember 1944
Bei Arnstadt / Thüringen

Tom lief in der kleinen Zelle wie ein Tiger in seinem Käfig hin und her. Noch immer fiel es ihm schwer, die Geschehnisse der letzten Stunden einzuordnen.

War er wirklich in der Zeit gestrandet? Sein gesunder Menschenverstand sagte: Nein, so etwas gibt es nicht. Unmöglich. Andererseits gab es für das alles keine rationale Erklärung. Es musste wohl so sein. So einen realen Traum konnte es gar nicht geben. Okay! Er musste Ruhe bewahren und seinen Verstand gebrauchen. Das Beste aus der Lage machen und einen Weg zurück in das Jahr 2007 finden.

Was wusste er? Er kannte das Datum. Heute war der 22. Dezember 1944. In nicht ganz vier Monaten würden die Amerikaner das Herrenhaus einnehmen und in die Stollen vordringen. Die SS würde den Stolleneingang zu der keltischen Scheibe dann schon gesprengt haben. Er musste es also vorher schaffen, das Tor durch die Zeit noch einmal zu öffnen, um zurückzureisen. Aber wie?

Er wusste nicht, wie die Anlage genau funktionierte. Es musste eine Art Tunnel zwischen dem Jahr 2007 und 1944 geben. Vielleicht hing das damit zusammen, dass alle anderen Anlagen rund um den Globus schon seit Hunderten von Jahren zerstört oder unbrauchbar waren. Vielleicht aber auch nur an der zufälligen Anordnung der Kristalle.

Fakt war, der einzige Weg für ihn zurück würde durch diesen Tunnel führen. Aber er würde das niemals alleine schaffen. Oder gab es noch eine Alternative? Er überlegte kurz und schüttelte dann energisch den Kopf. Nein, es gab nur diesen Weg.

Aber wer könnte ihm helfen? Sein erster Gedanke war sein Großvater. Aber über dessen Rolle im Dritten Reich wusste er rein gar nichts. Zwar hatte der Alte immer betont, er sei kein Nazi gewesen, aber das behaupteten sie ja alle, nachdem der Krieg verloren gewesen war. Fuck! Warum hatte er ihn auch nie energischer danach gefragt. Wenn er lange genug gebohrt hätte, wäre er sicherlich weich geworden und hätte es ihm erzählt. War aber im Grunde auch egal. Erstens kannte er den jungen Thomas Berger überhaupt nicht und wusste auch nicht, wo er ihn suchen sollte. Zweitens würde der ihm eh nichts glauben. Wie sollte er es dem Mann auch erklären: *„Hallo, Herr Berger, mein Name ist Tom, irgendwann in einem halben Jahrhundert werden Sie mein Großvater sein.“* Nein, diese Variante schied völlig aus.

Seine einzige Hoffnung war ein Deal mit diesem Maurer und der SS. Maurer wollte sein Wissen über die Zukunft, es galt also auszuloten, was er und seine Waffenbrüder bereit waren zu zahlen.

Genauso musste er aufpassen, was er ihnen im Gegenzug erzählte und somit verriet. Er durfte die Zukunft ja nicht verändern. Nicht auszudenken, wenn die Nationalsozialisten es mit seiner Hilfe doch noch schaffen würden, ihren Untergang, der zweifelsohne schon begonnen hatte, in letzter Minute abzuwenden. Er würde vorsichtig und besonnen handeln und jedes seiner Worte auf die Goldwaage legen müssen. Er lauschte. Waren da wieder Schritte auf dem Gang vor der Tür oder bildete er sich das nur ein?

Der Riegel der Tür wurde mit einem lauten Knall zurückgezogen. Dann öffnete sich die Tür und ein Soldat mit einer Maschinenpistole trat ein. Es war derselbe Mann, den er heute schon mehrmals gesehen hatte.

„Treten Sie zurück an die Wand", sagte er in einem fast freundlichen, aber dennoch bestimmenden Ton.

Tom trat zurück, bis er den kalten, rauen Putz der Zellenwand im Rücken durch das Hemd spürte.

„Und jetzt die Hände hinter den Kopf", sprach der Soldat weiter.

Wieder tat er ohne Widerrede, was man ihm sagte. Erst mal schön kooperieren. Er musste der SS den Eindruck vermitteln, dass er nicht gegen sie war, auch wenn ihm das zutiefst widerstrebte. Seine einzige Chance, dieser Zeit zu entfliehen, war mithilfe dieser irren Massenmörder. Am liebsten wäre er dem Kerl zwar an den Hals gesprungen und hätte ihn erwürgt, doch Tom hatte schon in anderen Situationen gelernt, seine Gefühle im Zaum zu halten.

Nachdem er die Hände nun brav hinter dem Kopf verschränkt hielt, trat der Wachmann einige Schritte zurück. An ihm vorbei schob sich ein junges Mädchen mit kurz geschorenem Haar und einem tristen, grauen Kleid, über das sie eine blaue, verwaschene Schürze gebunden hatte. Den Blick zum Boden gesenkt trug sie ein Tablett aus stumpf glänzendem Blech vor sich her, auf dem sich ein Teller mit Suppe, ein Krug und ein Kanten Brot befanden. Vorsichtig ging sie in die Hocke und stellte das Tablett in der Mitte des Raumes auf den Boden. Kurz konnte er die blassen, fast weißen, dünnen Unterarme der jungen Frau sehen. Knapp oberhalb des linken Handgelenkes war eine sechsstellige Nummer eintätowiert, die ihm das Blut in den Adern gefrieren ließ. Das Mädchen war KZ-Häftling. Eine Gefangene wie er.

Als sie aufstand, hob sie vorsichtig den Kopf und blickte ängstlich in seine Richtung. Ihre Wangen waren eingefallen und leicht gerötet, was wohl an der Kälte draußen liegen musste. Dann trafen sich ihre Blicke. Tom schaute in hellgraue Augen, in denen mehr lag als nur Angst, die das Mädchen zweifelsohne vor ihm hatte. Nein, da war noch etwas. In diesen Augen steckte etwas Vertrautes. Das merkwürdige Gefühl nahm ihn ganz und gar ein. Wie gefesselt hing er an ihren Augen und vergaß sogar für einen Moment die hoffnungslose Lage, in der er sich glaubte.

„Anna, beeil dich“, tönte die Stimme des Bewaffneten von der Tür her und riss sie beide aus ihren Gedanken. Gedanken eines Wesen, die er gerne gekannt hätte.

Eilig ging sie rückwärts zur Tür und wäre dabei noch beinahe über den Wachmann gestolpert. Dann wurde die Tür zugeworfen, der Riegel rastete in das Schloss und Tom hörte, wie die Schritte der beiden ungleichen Besucher sich entfernten. Stille kehrte wieder ein.

Er beugte sich zu dem Tablett, hob es hoch und setzte sich damit auf seine Pritsche. Vorsichtig roch er an dem Brot und biss hinein. Auch an der Suppe roch er, bevor er davon probierte. Kohlsuppe. Zwar recht dünn, aber ansonsten so wie die, die seine Großmutter gelegentlich nach altem Familienrezept kochte.

Noch immer dachte er an die junge Frau, die ihm, obwohl er sie nur kurz gesehen hatte, so vertraut vorkam. Er musste an die Tätowierung auf dem Unterarm denken. Die Häftlingsnummer aus einem Konzentrationslager. Wie viel Elend hatte dieses junge Leben schon erduldet und wie viel würde es noch ertragen müssen? Er wusste, dass die meisten jüdischen Gefangenen in den letzten Kriegsmonaten auf den sogenannten Todesmärschen ermordet worden waren. Viele von ihnen waren auch noch schnell beseitigt worden, bevor die Alliierten die Lager befreien konnten, und nur sehr wenige hatten den Holocaust mit unversehrtem Leib, aber zerstörter Seele, überlebt.

*

Wütend knallte Maurer die Schublade des großen Eichenschreibtisches in seinem Arbeitszimmer zu. Auf der Tischplatte lagen wieder ordentlich aufgereiht die Habseligkeiten des Zeitreisenden. Nur fehlte diesmal der Personalausweis.

„So eine verdammte Scheiße!“, fluchte er laut und trat gegen eines der Tischbeine.

Er hätte schwören können, dass er nach dem Verhör am frühen Nachmittag alle Beweismittel in der obersten Schublade des Schreibtisches verstaut und diese dann ordentlich verschlossen hatte. Den Schlüssel trug er immer bei sich. Irgendjemand musste in seiner Abwesenheit hier gewesen sein, das Schloss mit einem Dietrich geöffnet und die Ausweiskarte gestohlen haben. Und er konnte sich auch denken, wer derjenige gewesen war. Es musste sich um den gleichen Dreckskerl handeln, der ihm auch den Besuch des Reichsführers SS Himmler am morgigen Tag eingebrockt hatte. Dieser Doktor von Thelen trieb schon die ganze Zeit quer.

Seit Maurer vor einem halben Jahr das Kommando über die Gruppe Keltenring übernommen hatte, versuchte dieser widerwärtige Pseudowissenschaftler ihn ständig bei der Führung zu denunzieren. Jeden anderen hätte er längst unauffällig in einem der Krematorien verschwinden lassen, aber Thelen besaß nun einmal einen zu guten Draht zu Himmler. Maurer vermutete sogar, dass die beiden irgendwie miteinander verwandt waren. Immerhin hatte er gehört, wie Thelen in einem Moment, in dem er sich unbeobachtet gefühlt hatte, Himmler mit dem Vornamen und du ansprach. Würde er ihn einfach um die Ecke bringen, hätte er Himmler direkt im Nacken und der fackelte nicht lange.

Er nahm das Telegramm des Reichsführers SS, das man ihm vor einer Stunde aus dem Dechiffrierraum gebracht hatte, vom Tisch, knüllte es zusammen und warf es in die lodernden Flammen des offenen Kamins. Gierig züngelten die Flammen an dem Papier und fraßen es hungrig auf. Himmler hatte geschrieben, dass er den Zeitreisenden am nächsten Tag persönlich befragen und sich ein Bild von den Fortschritten des Projekts machen wolle. Schon schlimm genug, dass die Führung bereits von dem Mann aus der Zukunft wusste, obwohl er alle angewiesen hatte, die Nachricht erst herauszugeben, wenn sie Genaueres herausgefunden hatten und sich hundertprozentig sicher waren, keiner Täuschung aufzusitzen.

„Verdammte Scheiße!“, fluchte er erneut und trat gegen den Korb mit dem Brennholz, sodass die Holzscheite quer durch den Raum flogen.

Als man ihm damals das Kommando über dieses Projekt gab, hatte er geglaubt, einen ruhigen Posten zu bekommen, der ihn schnell weiterbringen würde in der Machthierarchie.

Er, Hans Maurer, war nicht so leichtgläubig gewesen wie diese Idioten, die an all diesen übernatürlichen Dreck glaubten. Innerlich hatte er über diese Wissenschaftler gelacht und zu keinem Zeitpunkt angenommen, dass an diesem okkulten Mist etwas dran sei. Schon in der Ausbildung hatte er am Wahrheitsgehalt der nordischen Sagen gezweifelt, genau wie an der angeblichen Macht der Runen, deren Bedeutung man ihnen einzuhämmern versuchte. Die einzigen Runen, an die er stets geglaubt hatte, waren die doppelten Siegrunen, die das Banner der SS schmückten. Sie standen wahrhaftig für die uneingeschränkte Macht. Macht über Leben und Tod. Eine Macht, die er mit jedem Atemzug auskostete und genoss.

Langsam drehte er den Ring mit dem Totenkopf. Ein Geschenk des Reichsführers SS, Himmler, an seine treuesten Ritter, die Elite des Deutschen Volkes. Auf der Innenseite des reich verzierten Silberrings waren die Worte *‚Seinem lieben Hans Maurer – H. Himmler‘* eingraviert.

Dieser Dreckskerl von Thelen war noch nicht einmal Mitglied der SS und wagte es, ihm ständig ins Handwerk zu pfuschen. Er wusste, dass Himmler an den übersinnlichen Quatsch glaubte und sich gerne mit solchen Scharlatanen wie dem Doktor abgab: Männer, die sich dafür begeisterten, in der Nacht zur Wintersonnenwende als Druiden verkleidet schwarze Messen zu zelebrieren und heidnische Götter anzubeten.

Auch Maurer hatte die letzten Jahre regelmäßig an den Feiern zur Sommer- und Wintersonnenwende teilgenommen, wie es die Kameradschaft und Führung von ihm verlangten. Er hatte mit den Kameraden an Feuern gestanden und Lieder gesungen. Im Gegensatz zu den anderen brauchte er das alles jedoch nicht. Keine keltischen oder germanischen Helden- und Göttersagen, um den Anspruch der Arier auf den Status als Herrenrasse zu beweisen und zu festigen.

Dass er zur Herrenrasse gehörte, das wusste er auch ohne dieses ganze Brimborium. Ganz Europa zitterte vor den arischen Rittern der SS. Es gab keine andere Organisation auf der Welt mit ihrer Schlagkraft, ihrem Mut und einer reineren Abstammung. Für Mischlinge zwischen Deutschen und Untermenschen war in ihren Reihen kein Platz. Alle Mitglieder der SS hatten bei Eintritt ihre reine Abstammung mit einem großen Ariernachweis zu beweisen.

Das Reichserbhofgesetz und die NSDAP verlangten den Nachweis der rein arischen Abstammung auch für die Ehefrauen bis in das Jahr 1800, für Bewerber der SS selbst sogar bis 1750. In dieser Ahnentafel mussten alle Vorfahren mit Name, Beruf, Religion, Geburts- und Sterbedatum eingetragen werden. Maurer hatte sich damals sogar die

Mühe gemacht und die Kirchenunterlagen bis in das Jahr 1586 nach seinen Ahnen durchforstet. Mit Erfolg! Viel Arbeit. Aber wenn es seiner Karriere dienlich war, waren ihm jede Mühe und jedes Mittel recht.

Vor einigen Wochen hätte er fast selbst seine reine Linie beschmutzt und all die Werte, für die er eintrat, verraten. Dieses widerliche Judenweib hatte ihn ja praktisch verführt. Obwohl sie sich gewehrt, geschrien, ihn gekratzt und sogar gebissen hatte, war er davon überzeugt, dass sie es genoss, als er sie auf dem Schreibtisch nahm. Als er dann fertig gewesen war, hatte ihn sofort übergroße Reue gepackt. Um seine Tat, seine Blutschande wieder gutzumachen, hatte er die Hexe sofort mit seiner Pistole exekutiert. Das Einzige, was ihn ständig an die Schande erinnerte, war der Blutfleck hinter dem Schreibtisch, der nun allerdings von einem wunderschönen persischen Teppich bedeckt wurde.

Irgendwann würde sich auch noch die Gelegenheit ergeben, diesen Thelen dahin zu schicken, wo er hingehörte: Zu den anderen Schwachsinnigen und Untermenschen in eines der Lager, von denen es nur eine Möglichkeit des Entkommens gab: Den Tod!

Während er sich in den Sessel vor dem Kamin sinken ließ, ging er die Vorgänge der letzten Nacht noch einmal genau durch. Kurz vor Mitternacht hatten sie zu Siebt Aufstellung um die Scheibe genommen. Der Doktor bestand darauf, dass sie keltische Gewänder mit einem riesigen Hakenkreuz auf der Brust trugen und brennende Fackeln in den Händen hielten. Zwei seiner Männer gossen derweil eine schwache Säure in die Tonkrüge, von denen Thelen behauptete, es seien Batterien aus der vorchristlichen Zeit. Erst war nichts geschehen, er hatte an sich halten müssen, um nicht laut loszulachen. Thelen, der bei dem Spektakel als Hoher Priester fungierte, hatte begonnen, unverständliche Beschwörungen zu rufen.

Plötzlich war es hell geworden, grünliches Licht leuchtete die ganze Höhle aus. Das Leuchten kam von dem großen Kristall in der Mitte über der Scheibe. Zu diesem Zeitpunkt hatte Maurer noch immer an eine Inszenierung des Wissenschaftlers gedacht. Als jedoch die Spitzen des Sterns rund um den Kristall zu glühen begannen und kleine Blitze innerhalb des Pentagramms hin und her schossen, war auch ihm, Obersturmbannführer Hans Maurer, äußerst unwohl in seiner Haut geworden.

Die Blitze waren immer schneller und intensiver zum Boden hin geschossen. Und dann war sie plötzlich da gewesen: Eine riesige Kugel aus purer Energie, die scheinbar auf vier Säulen aus Licht stand, die von den seltsamen Kristallen am Boden ausgingen. In der Lichtkugel hatten sie Menschen gesehen.

Dann waren mehrere Schüsse gefallen, die sich so echt anhörten, dass einige sich panisch auf den Boden warfen, um nicht getroffen zu werden.

Jetzt, einen Tag später, begriff er, von wo die Schüsse gekommen waren. Irgendwer auf der anderen Seite des Zeittunnels musste geschossen haben. Sie hatten mehrere Schüsse gehört, die erst in vielen Jahren abgefeuert werden würden.

Kurz danach war das Licht so gleißend hell geworden, dass sie sich die Hände vor die Augen halten mussten.

Und dann, so schnell wie der Spuk gekommen war, war er auch wieder vorbei. Das Licht erlosch und die Kugel aus purer Energie, wie Thelen sie später nannte, war verschwunden.

Das Einzige, was blieb, war der ohnmächtige Mann, der zwischen ihnen auf der großen Bronzescheibe lag. Ein Mensch aus der Zukunft. Und er - er war dabei gewesen! Nein, besser noch! Er hatte ihn entdeckt. Er war der Kommandant der Gruppe Keltenring und nicht dieser irrsinnige Wissenschaftler Thelen, dessen er sich besser früher als später entledigen musste. Was wohl der Führer sagen wird, wenn er ihm seine Entdeckung zeigte? Dieses Tor durch die Zeit war eine mächtige Waffe. Das Wissen über die Zukunft war wertvoller als alle Geheimwaffen dieser Welt. Und er hielt die Schlüssel für dieses Tor in seinen Händen!

*

Anna kauerte beim Schein einer Kerze auf ihrer Pritsche in der Dachkammer und betrachtete das Bild auf der kleinen Kunststoffkarte. Es war eisig kalt und um sie herum stapelten sich Kisten und Möbel aus längst vergangenen Zeiten. Trotz der Kälte genoss sie die kurzen einsamen Momente in der Kammer. Der Geruch muffiger und staubiger Luft beruhigte sie und erinnerte sie an die Jahre vor dem Krieg. Genau wie hier hatte es auch auf dem Dachboden im elterlichen Haus in der Goethestraße gerochen, in dem sie als Kind oft mit ihren Brüdern Verstecken spielte.

Wie mochte es in der Zeit aussehen, aus der dieser Thomas Johannes Berger kam? Würde der Krieg zu Ende sein und das Morden aufgehört haben? Oder würde der Wahnsinn immer so weitergehen? In ihrer Naivität glaubte sie nach ihrer Ankunft im Lager, das Töten würde zwangsläufig irgendwann aufhören, weil alle Menschen tot seien. Aber anstatt weniger kamen täglich mehr Leute mit den Transporten. Der Strom der Menschen schien niemals versiegen zu wollen. Unermüdlich qualmten die Schornsteine des Krematoriums. Diejenigen, die für die Arbeit zu alt, zu jung oder zu krank waren, wurden von den anderen abgesondert und weggebracht. Niemand sprach mehr laut über die armen Seelen dieser Menschen. Jeder konnte der Nächste sein, der beim morgendlichen Appell ausgesondert oder ‚*selektiert*' wurde.

„Personalausweis der Bundesrepublik Deutschland", las sie leise noch einmal die Schrift auf der Karte.

Da stand nichts vom Deutschen Reich und auch das allgegenwärtige Hakenkreuz war auf dem Ausweis nirgends zu sehen. Vielleicht gab es doch noch Hoffnung für dieses Land. Auf dem Foto sah der junge Mann ganz anders aus als in natura.

Am Nachmittag war sie mit Philip in der Zelle gewesen, um ihm etwas zu essen zu bringen. Selbstgemachte Kohlsuppe und Brot vom Vortag. Da keiner der Wächter bereit war Philip zu begleiten, um dem Zeitreisenden, wie sie ihn alle nannten, die Verpflegung zu bringen, hatte der Wachmann ihr aufgetragen ihm dabei zu helfen. Wie die Soldaten ängstigte auch sie sich erst vor dem Fremden. Die Männer erzählten untereinander die gruseligsten

Geschichten über ihn. Angeblich könne er sogar Menschen mithilfe von Strahlen, die aus seinen Händen wie Blitze schossen, töten. Und Müller, dieses widerwärtige Pickelgesicht aus gutem Hause, behauptete sogar, er hätte beobachtet, dass der Zeitreisende, als sie ihn aus den Stollen brachten, einen guten Meter über dem Boden geschwebt sei.

Philip lachte immer nur über jedes neue Gerücht, das seine Kameraden verbreiteten.

„Musst keine Angst haben, Anna. Die anderen schwatzen viel, wenn der Tag lang ist. Der Kerl ist ein Mensch wie du und ich", flüsterte er ihr leise zu, bevor er die Zellentür öffnete.

Zuerst hatte sie sich noch nicht einmal getraut, diesen Berger anzusehen. Zu groß war die Angst gewesen, dass er ihr mithilfe seiner übernatürlichen Kräfte etwas antun würde. Dann siegte ihre Neugier aber doch. Sie schaute den Fremden an und wusste sofort, als sich ihre Blicke trafen, dass das Geschwätz der Soldaten blanker Unsinn war. Vor diesem Menschen musste niemand Angst haben. Obwohl er genauso blond und blauäugig wie viele der SS-Leute war, war er ein gänzlich anderer Menschenschlag. Eine Einschätzung, für die sie nur zwei Sekunden brauchte.

Doch nicht nur die Begegnung mit dem Zeitreisenden ging ihr immer wieder durch den Sinn. Auch an Philips Worte musste sie immer wieder denken. ‚*Er ist ein Mensch wie du und ich.*'

Kapitel 7

23. Dezember 1944
Bei Arnstadt / Thüringen

Hans Maurer saß nervös auf der Rückbank seines Mercedes 770K. Immer wieder schaute er über die Schulter des Fahrers auf die Straße vor der schweren Cabriolimousine, deren Verdeck sich über seinem Kopf vom Fahrtwind leicht auf und nieder bewegte. Dicke Schneeflocken fielen vom Himmel und hüllten die Landschaft in ein weißes Kleid.

„Herr Obersturmbannführer, glauben Sie wirklich, der Reichsführer SS wird bei diesem Sauwetter kommen?“, fragte der Fahrer ohne den Blick von der verschneiten Straße abzuwenden.

„Er wird, Schmitz. Glauben Sie mir, er wird“, antwortete er und musste bei dem Gedanken an den Piloten der Führermaschine grinsen. Der Mann würde fluchen, bei diesem Wetter auf dem holprigen, verschneiten Feldflughafen landen zu müssen.

Erst vor gut einer Stunde war die Ankunft Himmlers nochmals auf neun Uhr per verschlüsseltem Telegramm bestätigt worden.

Maurer schaute auf die wertvolle *Breitling* Fliegeruhr, die nun an seinem Armgelenk baumelte. Ein unfreiwilliges Geschenk des Mannes aus der Zukunft, der diese nicht mehr brauchen würde. In zwanzig Minuten müsste die Maschine Himmlers landen. Er drehte sich um und schaute zu dem zweiten Mercedes hinter ihnen, an dessen Steuer der rotgesichtige Hüne Helmut Spengler saß. Da aus den Telegrammen Himmlers nicht hervorging, wie groß der Stab war, mit dem er reiste, hatte Maurer wohlweislich ein zweites Fahrzeug mitgenommen. Sicher war sicher.

Links von ihnen kamen die Baracken des provisorischen Flugplatzes in Sicht. Dünne Rauchfahnen stiegen aus kleinen Blechschornsteinen mehrerer Gebäude auf, die zur Gänze mit einer dicken Schneeschicht bedeckt waren.

Am Rande des Platzes, unweit der Baracken, standen rund zwei Dutzend Jagdflugzeuge unter Tarnnetzen und Decken. Auch hier half die Schneeschicht, die Tarnung zu perfektionieren. Die neuen Düsenflugzeuge vom Typ Messerschmitt Me 262 waren aus der Luft praktisch unsichtbar für die vielen Feindflugzeuge, die in den letzten Wochen den Luftraum über Deutschland unsicher machten, während die meisten ihrer eigenen Flieger in Ermangelung von Sprit oder ausgebildeten Piloten am Boden bleiben mussten.

Die Me 262 war das derzeit schnellste Jagdflugzeug der Welt, denen des Feindes an Geschwindigkeit und Kraft überlegen. Leider ließen die Zuverlässigkeit und die Stückzahlen des *‚Wunderfliegers'* noch zu wünschen übrig. Der Mangel an Rohstoffen wie Stahl und vor allem Aluminium sorgten für eine nur schleppende Produktion dieser und der anderen Vergeltungswaffen.

Der Feind war ihnen zahlenmäßig einfach überlegen. Nur ein Wunder konnte den drohenden Untergang des Reiches noch aufhalten. Und dieses Wunder befand sich nun greifbar nah. Nur gut zehn Kilometer hinter ihnen im Muschelkalk des Jonastals gab es ein Tor durch die Zeit. Wenn es ihnen gelänge, dieses Tor für ihre Zwecke zu nutzen! Nicht auszudenken, welche Möglichkeiten sich ihnen bieten würden. Informationen über Truppenbewegungen, Angriffspläne der Gegner, das Attentat auf den Führer und andere Nachrichten könnte man zwischen den Zeiten wie mit dem Telegrafen hin und her senden. Die SS würde so Informationen von Geschehnissen erhalten, die noch gar nicht passiert waren.

Bis in die frühen Morgenstunden war Maurer in seinem Arbeitszimmer auf und ab gelaufen. Mit jedem neuen Gedanken waren ihm noch mehr Ideen gekommen, die er noch vor zwei Tagen als Wucherungen des Wahnsinns abgetan hätte. Er musste Himmler dazu bewegen ihm vollkommen freie Hand zu geben. Das Projekt musste absolute Priorität haben.

Sie passierten drei Wachmänner an der Schranke, die den Wagen ohne zu kontrollieren durchwinkten und kamen vor der Funkbaracke des kleinen Flugplatzes zum Stehen. Maurer öffnete die Tür und stieg aus. Neben ihnen hielt der zweite Wagen.

Nachdem die Motoren beider Fahrzeuge verstummt waren, blickte er über die Landebahn in Richtung Osten. Weit und breit nichts zu sehen und zu hören. Die Landebahn schien erst kürzlich vom Schnee geräumt worden zu sein. Von der Motorhaube eines der Lastkraftwagen, an dessen Schnauze ein großes Schneeschild befestigt war, stieg noch leichter Dampf auf. Das Fahrzeug musste gerade erst abgestellt worden sein.

Ein erneuter Blick auf die Uhr: Zehn vor neun. Er wandte sich um und stapfte, gefolgt von seinen beiden Wachleuten, durch den knöcheltiefen Pulverschnee zum Eingang der Baracke. Stimmengemurmel und Gelächter drangen ihm entgegen, noch bevor er den Türgriff umfasste. Mit einem Ruck stieß er die Tür auf und sofort verstummten alle Gespräche im Raum.

Um einen Tisch in der Mitte saßen fünf Soldaten der Wehrmacht in weißen Tarnanzügen. Vor ihnen auf dem Tisch standen mehrere grüne Flaschen und ein halbes Dutzend Becher. Auf einem Hocker in der hintersten Ecke thronte, neben einem schwarzen Kanonenofen, ein kümmerlicher Christbaum. An den dünnen Ästen der mickrigen Fichte hingen undefinierbare, silbrig glänzende und viel zu schwere Metallteile, bei denen es sich wohl um Wrackteile abgestürzter Flugzeuge handelte.

Maurer hob den Arm und rief:

„Heil Hitler."

„Heil Hitler, Herr Obersturmbannführer", schrien die Männer wie aus einer Kehle und sprangen dabei von ihren Stühlen auf, den rechten Arm zum Gruß erhoben.

Ein sechster Soldat, der mit Kopfhörern auf den Ohren an einem Tisch in der Ecke saß und mit angespannter Miene an den Knöpfen eines Funkgerätes drehte, erhob sich ebenfalls schwerfällig und hob den Arm zum Gruß.

Maurer trat an den Tisch, griff eine der Flaschen und hielt sie sich unter die Nase. Es roch fruchtig nach Äpfeln, aber nicht nach Alkohol. Er nickte zustimmend, stellte die Flasche wieder auf ihren Platz und zog sich die ledernen Handschuhe aus.

„Meine Herren, ich möchte Sie davon in Kenntnis setzen, dass in wenigen Minuten unser Reichsführer SS Heinrich Himmler landen wird. Es versteht sich, dass dieser Besuch der absoluten Geheimhaltung unterliegt. Ich hoffe, es ist alles für eine sichere Landung vorbereitet."

Die Männer wechselten fragende Blicke. Der Ranghöchste, ein leicht untersetzter, kleiner Mann mit roter Knollennase, stellte sich vor Maurer, nahm Haltung an und sagte mechanisch:

„Jawoll, Herr Obersturmbannführer. Die Landebahn befindet sich den Witterungsverhältnissen entsprechend in gutem Zustand und wurde, wie befohlen, geräumt."

Maurer nickte zustimmend und wollte gerade noch etwas sagen, als von draußen schnell lauter werdende Motorengeräusche zu hören waren. Er schob sich an seinen beiden Männern vorbei und eilte nach draußen.

Gerade noch sah er, wie eine Junkers JU 52 mit weißem Wintertarnanstrich in etwa fünfzig Metern Höhe über den Platz fegte. Wie es aussah, wollte der Pilot die Beschaffenheit der Piste erkunden, bevor er die dreimotorige Maschine landete. Das Flugzeug entfernte sich in Richtung Westen, gewann am Ende des Feldes wieder an Höhe und schwenkte dann nach rechts. Nachdem es eine große Schleife über dem Wald geflogen war, kam die *Tante JU*, wie der Volksmund den Wellblechflieger freundlich nannte, erneut im Sinkflug von Osten her auf die Landebahn zu. Maurer hörte, wie der Pilot die Leistung der Motoren drosselte. Dann setzte das Flugzeug in einer Wolke aus Pulverschnee auf und schoss an ihnen vorbei, um am Ende der Landebahn zum Stehen zu kommen. Geschickt wendete der Pilot die Junkers und rollte bis kurz vor die Baracken. Mit einem letzten Blubbern erstarb das Leben in den Motoren, während sich die Tür an der rechten Seite der Maschine öffnete und ein kleiner Tritt herausklappte. Nacheinander sprangen zwei Soldaten niederer Ränge in der schwarzen Uniform der SS aus der Luke und nahmen rechts und links der Leiter Haltung an.

Als nächster stieg der Reichsführer SS aus. Wie gewöhnlich trug er die schwarze Uniform, die sein Gesicht noch blasser erscheinen ließ. Maurer wusste von früheren Treffen mit dem obersten Führer der SS, dass der Mann sich, genau wie Hitler, ausschließlich vegetarisch ernährte und ein solch asketisches Leben auch gerne bei seinen Untergebenen sah. Er hielt den Verzicht auf Fleisch für eine Tugend, die den Körper und die Seele seiner Ritter rein halten sollte. Maurer achtete deshalb darauf, dass bei den seltenen Besuchen Himmlers seine Köchinnen nur fleischlose Kost servierten. Er selbst sah es aber, außer bei diesen Anlässen, nicht ein, auf ein gutes Stück Fleisch zu verzichten.

Hinter Himmler erschien ein Zivilist mit Brille und einem sorgfältig gekämmten Mittelscheitel. Er trug einen schicken, recht teuer wirkenden, dunkelgrauen Anzug und stieg gewandt die drei Stufen hinunter. Maurer ballte seine Faust. Er mochte Wulff nicht. Genau wie diesen von Thelen, hielt er Wilhelm Theodor Heinrich Wulff für einen Scharlatan. Würde es nach Maurer gehen, wäre dieser angebliche Astrologe und Weissager noch immer im KZ Fuhlsbüttel, in das der Führer ihn 1941, wie viele weitere Astrologen, nach der Flucht von Rudolf Heß gesteckt hatte.

Der Mann hatte im Gegensatz zu seinen Kollegen lediglich das Glück gehabt, Himmler für seine kranken Vorhersagen und Fantastereien begeistern zu können. Der hatte ihn auch prompt aus der Haft entlassen und ließ sich seitdem regelmäßig Horoskope von ihm erstellen. Maurer ging der kleinen Gruppe ein Stück entgegen und riss den Arm zum Gruß empor.

„Heil Hitler."

Sein Gruß wurde von den Gästen erwidert.

„Mir ist zu Ohren gekommen, dass Sie und Ihre Männer große Fortschritte bei ihren Forschungen gemacht haben", begann Himmler ohne Umschweife, während er schnurgerade, ohne weitere Zeit zu verlieren, auf die geparkten Fahrzeuge zuging.

Maurer nickte und ging neben dem schwächlich wirkenden Mann her, dessen kleine Augen gefährlich hinter seiner Brille blitzten.

„Jawohl, Reichsführer, wir sind dem Ziel so nah wie nie zuvor und haben den sicheren Beweis erbracht, dass es sich bei der freigelegten keltischen Anlage wahrhaftig um ein Tor durch die Dimensionen oder vielmehr ein Tor durch Raum und Zeit handelt."

Himmler blieb vor dem Wagen stehen und drehte sich zu Maurer um.

„Mein lieber Maurer, ich hörte bereits von Ihrem Beweis. Ich muss gestehen, ich war jedoch sehr enttäuscht, diese Nachrichten nicht aus Ihrem Munde gehört zu haben. Stattdessen erfuhr ich über Dritte davon."

Maurer spürte, wie sich ein Kloß in seinem Hals bildete und in ihm wieder der Hass auf den Verräter von Thelen aufflammte.

„Entschuldigen Sie, Reichsführer, aber ich wollte mir erst sicher sein, dass wir es nicht mit einem raffinierten Betrug zu tun haben, bevor ich Sie verständige. Der Beweis ist so unglaublich, dass ich es erst selbst nicht wahrhaben wollte."

Himmler nickte und ließ sich von einem der Soldaten die Wagentür öffnen.

„Ihre Absichten scheinen mir löblich, Obersturmbannführer. Dennoch hoffe ich, dass Sie mich nicht noch einmal enttäuschen und ich den weiten Weg von Berlin hierher nicht wegen eines Betruges auf mich genommen habe."

Dann stieg er ein, worauf der Wachsoldat die Tür des Wagens zuwarf und durch den Schnee zu dem anderen Fahrzeug stapfte. Maurer nahm auf dem Beifahrersitz vor Himmler Platz, während Schmitz den Motor des Wagens startete. Während der Fahrt zum Herrenhaus versuchte er angestrengt etwas von dem Gespräch zwischen Himmler und Wulff auf dem Rücksitz, das die beiden angeregt, aber im Flüsterton führten, mitzubekommen. Dummerweise waren die Motor- und Fahrgeräusche des geschlossenen Cabriolets so laut, dass er rein gar nichts verstand. Er hätte vor Wut schier platzen können, behielt aber äußerlich die Ruhe und versuchte sich nichts anmerken zu lassen.

*

Immer wieder betrachtete Tom die Glühbirne an der Zellendecke. Die Lampe brannte nun schon seit seinem ersten Erwachen ohne Unterbrechung. Mittlerweile war ihm sein Zeitgefühl vollkommen abhandengekommen. Als sie ihn aus dem Arbeitszimmer wieder hierher zurückbrachten, hatte er einen Blick auf die Standuhr erhaschen können, die im Korridor des Hauses stand. Sie zeigte kurz vor Mittag.

Irgendwann danach waren das Mädchen und der Soldat mit dem Essen gekommen. Seitdem hatte er von niemandem mehr gehört und nichts außer jener Lampe unter der Decke gesehen.

Mehrfach war er trotz des Lichts eingeschlafen, aber immer wieder schnell aufgewacht. Richtig tief geschlafen, so glaubte er zumindest, hatte er kaum. Kurz überlegte er, die Glühbirne mit dem Tablett, auf dem seine Mahlzeit gewesen war, zu zerschlagen. Er entschied sich aber dann doch dagegen, weil er Angst hatte, in völliger Dunkelheit dahinvegetieren zu müssen. Eine Vorstellung, die ihn dazu brachte, die Glühbirne als einen Freund, einen Helfer in der Dunkelheit, zu sehen.

Noch immer wirbelten die Gedanken wie ein Sandsturm durch sein Hirn. Trotz seiner fast aussichtslosen Situation tauchte vor seinem geistigen Auge immer wieder die Gestalt der jungen Frau auf.

Wenn er nur wenigstens wüsste, ob nun Tag oder Nacht war. Eine Tatsache, die vielleicht vollkommen egal war, die ihn aber immer mehr bewegte. Vielleicht war er auch schon wahnsinnig. Wer wusste schon, wie es sich anfühlte, wenn man den Verstand verlor?

Er lauschte. Waren das nun Schritte draußen auf dem Gang oder entsprangen die Geräusche auch nur seiner Fantasie?

Er erhob sich von der Liege.

Dann hörte er wieder den Schlüssel, wie er sich im Türschloss seines Kerkers drehte. Er vernahm, wie der Riegel mit einem Ruck zurückgezogen wurde. Vorsichtig wurde die Tür geöffnet und ein junger Wachsoldat mit unzähligen Pickeln im Gesicht steckte zögerlich seinen Kopf hindurch. Der Mann, der auf Tom eher wie ein pubertierender Teenager wirkte, hielt eine Waffe im Anschlag.

„Hände hoch und zurück an die Wand!“, kreischte der Jüngling.

Tom tat, wie ihm befohlen, ging wie beim letzten Mal rückwärts, bis er die Kälte der rauen Wand durch das dünne Sträflingshemd spürte und verschränkte die Hände hinter dem Kopf. Auch diesmal trat die Wache zurück. Leider tauchte nicht, wie erhofft, die junge Frau im Türrahmen auf. Der Wachmann griff lediglich einen Jutesack vom Boden hinter sich und warf ihn in die Mitte der Zelle.

„Anziehen!“, schrie er fast hysterisch und warf dann die Tür zu.

Tom hörte, wie der Riegel mit einem Ruck vorgeschoben wurde und sich mit einem Klacken der Schlüssel in dem Schloss drehte. Dann war es wieder ruhig. Langsam trat er vor, griff den braunen Sack, öffnete ihn und schaute vorsichtig hinein. Er staunte nicht schlecht. In dem Sack befand sich die Kleidung, die er am Abend seines Zeitsprunges getragen hatte. Er setzte sich auf die Pritsche und begann die Kleidungsstücke auszupacken. Die Jeans, seine Turnschuhe, das T-Shirt mit dem AC/DC Schriftzug, das er im letzten Sommer bei einem Konzert der Band in Melbourne gekauft hatte, ja selbst seine Unterwäsche kam zum Vorschein. Was hatte das zu bedeuten? Er drehte den Sack um und schüttelte ihn in der Hoffnung, es käme noch mehr zum Vorschein. Doch da war sonst nichts mehr. Vorsichtig roch er an der Kleidung. Der frische Geruch von Seife stieg ihm in die Nase. Die Klamotten waren tatsächlich gewaschen worden.

Langsam begann er sich umzuziehen. Die gestreifte Sträflingskleidung warf er achtlos in eine Ecke des Raumes und zog seine eigene Kleidung an. Sofort fühlte er sich besser. Gerade als er die Turnschuhe zugeknotet hatte, hörte er, wie sich erneut der Schlüssel drehte und der Riegel wieder geöffnet wurde. Scheinbar hatte der Picklige, der nun wieder den Kopf durch den Türspalt steckte, ihn die ganze Zeit durch den kleinen Spion in der Tür beobachtet und nur darauf gewartet, dass er fertig war.

„Mitkommen!“, sagte der Junge und trat einen Schritt zurück.

Tom starrte auf den Lauf der Waffe, der in seine Richtung zeigte. Die Mündung zitterte wie Espenlaub.

„Wo bringen Sie mich hin“, fragte er den Jungen, der ihn daraufhin entsetzt anstarrte und erneut hysterisch zu keifen begann.

„Nicht reden! Hören Sie! Nicht reden! Mitkommen!“

Tom trat mit erhobenen Händen in den Flur und ging, ohne den jungen Soldaten weiter zu beachten, in Richtung Treppe. Er beschloss es zukünftig zu vermeiden, den Kerl nochmals anzusprechen. Die Gefahr, dass der ihn vor lauter Angst versehentlich erschießen könnte, war einfach zu groß. Er stieg die Stufen hinauf und stieß die Tür ins Freie auf. Eisiger Wind blies ihm eine Gischt aus Schnee entgegen und verursachte auf seinen nackten Armen eine Gänsehaut. Zu dumm, dass er an dem Abend im Labor keine Jacke dabei gehabt hatte. Aber wer rechnete schon Mitte Mai mit Schnee?

Unweit der Tür standen drei weitere Wachleute und richteten ihre Maschinenpistolen auf ihn. Sie alle trugen lange Soldatenmäntel.

Tom begann unwillkürlich zu zittern. Zum Entsetzen seiner Bewacher, deren Gesichtszüge sich sofort nervös veränderten, nahm er die Arme herunter und drückte sie fröstelnd um seinen Leib. Sofort entspannten sich die Gesichter wieder und einer der Soldaten, ein Mann mit freundlichem Gesicht und ergrauten Schläfen, die unter seinem Stahlhelm hervorlugten, lief über den Hof und verschwand im Eingang des Gesindehauses. Einige Sekunden später erschien der Mann vom Rang eines Obergefreiten wieder in der Tür und ging schnurgerade auf ihn zu. Über seinem Arm hing ein Mantel, wie ihn die Soldaten trugen. Ohne ein Wort warf er ihn Tom zu, der ihn schnell überzog. Sofort wurde ihm wärmer. Während er den Mantel zuknöpfte, nickte er dem Soldaten freundlich zu und bedankte sich mit einem kurzen:

„Danke, Mann."

Der nickte nur knapp zurück und deutete mit der Mündung seiner MP auf die Ladefläche eines Militärlasters, der unweit von ihnen mit laufendem Motor stand. Tom verstand. Trotz wachsenden Unbehagens stieg er über den kleinen Tritt an der Bracke des Lkws auf die Ladefläche und setzte sich auf eine der behelfsmäßigen Bänke, die sich rechts und links an der Plane entlang befanden. Er schaute zu den Soldaten, die wie er auf die Ladefläche stiegen und sich auf die anderen Plätze verteilten: Bis auf den Obergefreiten, der ihm vorhin den Mantel gab, ausnahmslos junge Männer von nicht einmal zwanzig Jahren. Kleine Jungs, wie der Pickelgesichtige, der sich ihm schräg gegenüber hinsetzte. Zum Glück wirkte der im Kreis seiner Kameraden nun wesentlich entspannter als noch vor einigen Minuten im Keller.

Der Lastwagen setzte sich mit einem Ruck in Bewegung. Tom musste an Bilder aus Kriegs- und Dokumentarfilmen denken, auf denen Gefangene mit eben solchen Transporten in den Wald gefahren und dann einfach erschossen und verscharrt wurden. Er blickte zu dem Obergefreiten, der ihn neugierig musterte. Sah so ein Mann aus, der ihn gleich erschießen würde?

„Wo bringen sie mich hin?“, fragte er nochmals, worauf der Mann ihn anlächelte und antwortete:

„Keine Panik, Mann, Ihnen wird nichts passieren.“

Tom glaubte ihm. Schon früher hatte er sich auf seine gute Menschenkenntnis immer verlassen können. Der Mann sprach die Wahrheit, da war er sich sicher. Dennoch blieb dieses ungute Gefühl.

Durch die offene Heckplane schaute er auf die verschneite Allee mit dem Herrenhaus dahinter, das langsam hinter einer Wand aus tobenden Schneeflocken verschwand. Obwohl er den Weg, den der Laster fuhr, aus zahlreichen Besuchen im Jonastal hätte kennen müssen, bot sich ihm eine vollkommen fremde Landschaft. Da, wo sich in seiner Zeit dichter Wald und Vegetation breitmachten, waren Plätze mit Schutt, Baumaterialien und Lager für die vielen Tausend Zwangsarbeiter.

Tom war entsetzt und auch erstaunt, wie sich das Gelände in nur sechzig Jahren verändern würde. Zwar konnte man auch im Jahr 2007, wenn man danach suchte, noch Teile der Ruinen und Überreste der dann verschütteten Stollen erkennen. Aber niemand, der in sechzig Jahren diese Straßen befuhr, würde auch nur annähernd ahnen, welche Erdbewegungen und Bauarbeiten hier stattgefunden hatten.

Der Lastwagen holperte über Eisenbahnschienen, die sich undeutlich unter dem Schnee abzeichneten, und hielt dann vor einem der Stollen.

Ein Soldat öffnete die Bracke und bedeutete ihm, auszusteigen. Er sprang hinunter in den Schnee. Sofort spürte er, wie die Nässe und Kälte in seine Turnschuhe eindrangen.

Er folgte den Soldaten in einen der Stollen. Der Tunnel entsprach in Breite und Höhe dem Stollen, den er vor drei Tagen mit seinem Großvater in einem Elektrowagen befahren hatte. Im Gegensatz zu dem besenreinen Tunnel des Jahres 2007 war hier der Boden nicht gefliest, sondern mit rohem, verdichteten Schotter bedeckt. Wie in seinem Verlies hingen in regelmäßigen Abständen Glühbirnen in einfachen Fassungen an den Wänden. Gierig wurde deren Licht von den grauen Wänden verschluckt. Auf ihrem Weg in den Berg kamen sie immer wieder an Abzweigungen und Türen vorbei.

Irgendwann blieb der Obergefreite vor einer der Türen stehen, links und rechts davon standen Wachtposten in schwarzen Uniformen der SS.

„Wie befohlen bringen wir den Gefangenen“, sagte er knapp und deutete auf Tom.

Die Wachen fixierten ihn von Kopf bis Fuß. Verwunderung stand in dem Gesicht des einen, als er auf Toms Turnschuhe blickte.

„Sind schön, nicht?“

Tom konnte es sich nicht verkneifen, den SS-Mann anzusprechen, der sichtlich erschrak und ihn nun ansah, als käme er von einem anderen Stern. Noch bevor er ein weiteres Wort sagen konnte, wurde die Tür von innen aufgerissen und Maurer trat ihnen entgegen. Zornig funkelte er die Soldaten an:

„Mensch, wo bleibt ihr denn?“

Dann sah er zu Tom.

„Ziehen Sie gefälligst den Mantel aus und kommen Sie mit!“

Er überlegte kurz, Maurer aufgrund der Kälte Widerworte zu geben, entschied aber dann doch, seine Worte gegenüber dem Mann, der für ihn der Schlüssel zurück in das einundzwanzigste Jahrhundert sein konnte, genau zu wählen.

Langsam knöpfte er den Mantel auf, zog ihn aus und gab ihn dem grauhaarigen Obergefreiten, der neben ihm stand, zurück. In der Höhle war es zwar kühl, aber bei Weitem nicht so kalt, wie er zuerst geglaubt hatte.

„Mitkommen!“, knurrte Maurer und Tom folgte ihm durch die hellgraue Stahltür.

Als er den Raum betrat, wusste er sofort, wo er sich befand. Er war tatsächlich wieder in dem Labor unter der Erde, wo er vor drei Tagen zum ersten Mal Ellen und diesen übergeschnappten Doktor von Thelen getroffen hatte.

Die Einrichtung war eine andere als im Jahr 2007. Dennoch war es hundertprozentig derselbe Raum. Nur war er diesmal aus der anderen Richtung, vom Jonastal aus, hierher gelangt. Den Zugang vom Herrenhaus würde es ja erst in sechzig Jahren geben.

Im Labor gab es keine Spur von Monitoren und Computern des einundzwanzigsten Jahrhunderts. Stattdessen standen auf den Tischen eine Vielzahl anderer Messgeräte und Vorrichtungen, die er zwar schon einmal gesehen hatte, die er aber nicht alle ihrer entsprechenden Aufgabe zuordnen konnte.

Mitten in dem Raum befand sich, genau wie in der Zukunft, ein großer Tisch, um den gerade ein halbes Dutzend Männer herumstand, die sich nun zu ihm umdrehten.

Mit einem Mal war ihm, als würde das Blut in seinen Adern gefrieren. Ein kalter Schauer überkam ihn und er spürte, wie sich erneut eine Gänsehaut auf seinen Armen bildete. Einer der Männer an dem Tisch war kein geringerer als der Anführer der SS, Heinrich Himmler: Neben Hitler einer der schlimmsten Massenmörder, den die Welt je hervorgebracht hatte. Der Mann, von dem Fotos auch noch im einundzwanzigsten Jahrhundert in vielen Geschichtsbüchern zu sehen waren, stand keine zehn Meter vor ihm und grinste mit listigen Augen durch seine Nickelbrille. Himmler taxierte jeden Zentimeter von ihm und nickte immer wieder zustimmend.

„Ihr Name, junger Mann?“, fragte er nach einer Weile.

In Toms Kopf arbeitete es auf Hochtouren. Wie sollte er sich dem Schwein gegenüber verhalten? Eine Kooperation mit einem Schlächter wie Himmler war für ihn nie ein Thema gewesen. Für die Neonazis in seiner Zeit hatte er stets tiefste Abneigung und sogar Ekel empfunden. Mordgedanken rasten durch seinen Kopf. Thomas Berger, ein Mensch, der von sich selbst immer glaubte, er könne keiner Fliege etwas zuleide tun, dachte plötzlich daran, jemanden zu töten. Würde er mit einem Mord an Heinrich Himmler die Welt verändern können? Würde er damit das Leid von Millionen Menschen, die ihr Dasein in den Konzentrationslagern fristeten, beenden können?

Tom ballte die Fäuste. Er brauchte erst einmal Zeit. Eine überstürzte Aktion würde nichts bringen. Er, ein Reisender durch die Zeit, musste auf Zeit spielen und seine größten Trümpfe sparsam einsetzen. Er kannte die Zukunft. Er wusste, dass dieses Regime am Ende war. In nicht ganz fünf Monaten würde der blasse, kränklich wirkende Mann vor ihm, der so gar nicht dem Bild des Ariers entsprach, das er gerne bei seinen Deutschen sah, sich mit Gift das Leben nehmen.

Himmler wiederholte seine Frage und riss ihn damit aus seinen Gedanken.

„Thomas Berger“, antwortete er mit fester Stimme.

Himmler nickte.

„Herr Berger!“

Der SS-Mann schritt um ihn herum wie um ein Kunstwerk, das es galt von allen Seiten zu bestaunen. Nun verstand er auch, warum Maurer so viel Wert darauf gelegt hatte, dass er seine Klamotten aus dem einundzwanzigsten Jahrhundert tragen sollte. Er wollte seinem Vorgesetzten einen waschechten Zeitreisenden präsentieren. Da musste das Outfit natürlich stimmen.

„Wann sind Sie geboren?“, hörte Tom die Stimme des Massenmörders hinter sich.

„Am 17. März 1981“, antwortete er wahrheitsgemäß und ohne seinen Kopf zu drehen.

Himmler, der nun langsam wieder in seinem Sichtfeld auftauchte, nickte und machte einen äußerst zufriedenen Eindruck.

„Herr Berger, wissen Sie auch, wer ich bin?“

Tom nickte und antwortete wieder wahrheitsgemäß.

„Heinrich Himmler, Chef der SS.“

Der dürre, blasse Mann strahlte und drehte sich zu den anderen Männern um, die immer noch um den großen Tisch standen und die Geschehnisse aufmerksam beobachteten.

„Haben Sie gehört, meine Herren?“, rief Himmler, „man wird mich also auch im nächsten Jahrhundert noch kennen.“

Tom musste an sich halten, um nicht gleich loszulachen. Der Grund für den hohen Bekanntheitsgrad dieses Mannes in seiner Zeit war ja mehr als zweifelhaft.

Himmler ging zu dem Tisch und winkte Tom herbei. Zögerlich folgte er und betrachtete dann die Gegenstände, die auf der Tischplatte vor ihm ausgebreitet lagen. Neben den drei Kristallen aus dem U-Boot und dem weißen, durchsichtigen Stein, den sein Großvater angeblich der SS gestohlen hatte oder in diesem Fall noch stehlen würde, lagen da, wie am Vortag auf Maurers Schreibtisch, Toms persönliche Habseligkeiten ausgebreitet. Die Geldbörse mit dem Geld daneben, die Kreditkarten, das Handy. Nur seinen Personalausweis konnte er nirgends entdecken.

Himmler griff das Mobiltelefon und betrachtete es aufmerksam.

„Verraten Sie mir, wozu dieses Gerät dient."

Tom nickte.

„Bei dem Gerät handelt es sich um ein Telefon. Ein sogenanntes Mobil-Telefon. Sie können damit telefonieren, Nachrichten schreiben und sogar fotografieren."

Der SS-Mann schien begeistert.

„Mit diesem kleinen Gerät! Können Sie mir das wohl zeigen?"

Er reichte Tom das Gerät. Es war aus. Tom betätigte die Taste, um das Handy anzuschalten, doch nichts tat sich. Dann schüttelte er den Kopf und reichte es Himmler zurück.

„Tut mir leid, es funktioniert nicht mehr. So wie es scheint, sind die Batterien leer. Außerdem würde es ohne die Tausende von Funkmasten, die in meiner Zeit um den ganzen Erdball stehen, sowieso nicht funktionieren."

Der SS-Mann nickte enttäuscht und legte das Telefon wieder auf den Tisch.

„Ich verstehe."

Er überlegte kurz und schaute Tom dann direkt in die Augen.

„Herr Berger, eine Frage, die mich brennend interessiert: Werden wir den Krieg gewinnen?"

Tom hielt dem Blick des Massenmörders stand und verzog keine Miene.

„Ja, so könnte man sagen. Deutschland wird nach dem Krieg zu einem der mächtigsten und reichsten Länder der Erde werden."

Triumph flackerte in den kleinen Augen.

„Also sind wir auf dem richtigen Weg?"

Ohne zu überlegen nickte Tom.

„Ja", log er und hätte gerne noch hinzugefügt: „Ja, Sie Schwein, Sie sind auf dem direkten Weg in den Abgrund."

Euphorisch wandte sich Himmler wieder den Gegenständen auf der Tischplatte zu. Er griff nach den Geldscheinen.

„Was ist das für eine Währung, Berger?"

„Das sind Euro", erklärte er. „Eine Währung, die in fast allen Ländern Europas gilt. Die anderen Währungen wie die Deutsche Mark, Gulden, Peseten, italienische Lire wurden alle abgeschafft. Der Euro ist in meiner Zeit eine der stärksten Währungen der Welt."

Himmler schaute triumphierend in die Runde.

„Meine Herren, ich bin begeistert. Gute Arbeit. Wirklich gute Arbeit. Die Beweise sind wirklich eindeutig. Leider erwarten mich dringende Geschäfte in Berlin."

Er sah auf seine Uhr.

„Es wird Zeit. Obersturmbannführer Maurer. Lieber Doktor von Thelen. Ich empfehle mich. Sie werden sicherlich verstehen, dass ich bei diesem Sauwetter noch bei Tageslicht zurückfliegen möchte."

Tom starrte zu dem Mann, den Himmler mit von Thelen angesprochen hatte. Es war der Wissenschaftler mit dem viel zu engen Anzug, den er bei Maurers erstem

Besuch in seiner Zelle bereits gesehen hatte. Der Großvater des Mannes, der im Jahr 2007 Ellen erschießen würde. Er blickte in die Gesichter der Umstehenden. Außer dem irren Maurer und dem Wachsoldaten, der in der hintersten Ecke stand und dessen Name Schmitz war, kannte er sonst niemanden. Wo zum Teufel war sein Großvater? Er musste hier gewesen sein. Großvater hatte von Thelen gekannt und die Möglichkeit gehabt, einen der Kristalle zu stehlen. Wo zum Teufel steckte er dann?

„Kommen Sie, Berger", rief Himmler, der schon an der Ausgangstür zum Tunnel stand, plötzlich. „Selbstverständlich werden Sie mich nach Berlin begleiten. Ich brenne förmlich darauf, noch mehr über meine Zukunft zu erfahren."

Tom war geschockt. Berlin! Er sollte mit nach Berlin! In einigen Wochen würde die Stadt total zerstört sein. Berlin war weit weg von der keltischen Anlage im Jonastal, die seine einzige Chance zurück in die Zukunft bedeutete. Er konnte nicht mit nach Berlin.

Denk nach, Tom! Denk nach! hämmerte es in seinem Hirn, während er zu Maurer sah, der nicht minder überrascht schien als er. Der Befehl Himmlers schien mit den Männern vor Ort in keiner Weise abgesprochen zu sein. Dieser Maurer war enttäuscht, das sah er sofort. Der Mann fühlte sich um seinen Triumph betrogen. Hoffnung keimte in Tom auf. Dieser irre Maurer würde ihm helfen, wenn es Tom nur gelänge, Himmler und seinen Leuten zu entkommen.

Das Beste wäre es, erst einmal so zu tun, als würde er freiwillig mitkommen. Wenn sie ihn mit Gewalt mitschleiften, würde es nur noch schwerer sein zu fliehen. Fesseln oder gar Handschellen konnte er in dieser Situation gar nicht gebrauchen.

Zügig lief er hinter den anderen her und trat hinaus in den Tunnel. Die Wachsoldaten, die ihn hergebracht hatten, standen noch immer dort und schienen auf weitere Befehle zu warten.

Er rannte zu dem Obergefreiten, der ihn verdutzt ansah, und griff mit einem freundlichen „darf ich bitten" den Mantel von dessen Arm. Kurz erwog er nach der Waffe des Mannes zu greifen, überlegte es sich aber dann doch anders. Es würde sich noch eine bessere Gelegenheit bieten. Hier waren einfach zu viele Bewaffnete.

Kapitel 8

23. Dezember 1944, 15:32 Uhr
Jonastal / Thüringen

Anna stand am Herd in der Küche des Herrenhauses und rührte in dem Rest Bohneneintopf mit Rauchwurst, den sie für die Wachmannschaft zubereitet hatte.

Ihre Gedanken waren wieder bei dem Zeitreisenden, dessen Ausweis gut versteckt unter den abgedeckten Möbeln auf dem Dachboden lag. Am Morgen hatte sie durch das Fenster gesehen, wie sie ihn aus dem Keller holten und in einem Lastwagen fortbrachten. Der Mann aus der Zukunft schien gefroren zu haben, bis einer der Soldaten, von dem sie wusste, dass er Hans hieß, ihm einen Mantel holte.

Vor gut einer halben Stunde dann war Maurer mit seinen Männern wieder gekommen. Die Laune des Obersturmbannführers war äußerst schlecht. Anna sah zu, dass sie dem jähzornigen Mann, wenn irgendwie möglich, aus dem Weg ging. In die Küche kam er so gut wie nie, hier war sie am sichersten. Philip, der wieder einmal ihre Gedanken zu erraten schien, bot sich an, Maurer das Mittagessen in dessen Arbeitszimmer zu bringen.

Schritte rissen sie aus ihren Gedanken. Philip kam durch die Küchentür herein und brachte das Tablett mit dem leeren Teller zurück. Da gerade außer ihnen beiden niemand im Raum war, nahm sie all ihren Mut zusammen und sprach den Soldaten an.

„Philip, was ist mit dem Mann aus der Zukunft geschehen?"

Philip antwortete nicht, sondern nahm sich schweigend einen Kaffee aus der Kanne, die wie immer auf dem Herd stand. Dann ging er zu dem Tisch und setzte sich hin. Nachdem er einen Schluck getrunken hatte, begann er leise zu sprechen, ohne sie dabei anzusehen.

„Warum willst du das wissen, Anna?"

Sie überlegte und sagte dann zögernd:

„Er tut mir leid!"

Erstaunt drehte der Soldat sich um und schüttelte langsam den Kopf.

„Du bist ein guter, aber seltsamer Mensch, Anna. Bei all dem Leid, das dir und den Deinen widerfahren ist, hast du noch Mitleid mit einem Kerl, der Dir vollkommen fremd ist."

Er machte eine Pause und nahm einen weiteren Schluck aus der Tasse.

„Aber du kannst beruhigt sein. In diesem Moment sitzt er mit Himmler in einem Flugzeug nach Berlin. Die passen schon gut auf, dass ihm nichts passiert. Der Mann ist für sie sehr wertvoll."

Anna, die noch immer am Herd stand und den Topf anstarrte, nickte geistesabwesend. Dann drehte sie sich erneut um und sah den Soldaten fragend an.

„Warum bist du eigentlich immer so nett zu mir?"

Der Mann blickte erstaunt zu ihr hinüber.

„Bin ich das?"

Sie nickte und sah ihn weiter an.

„Weißt du, Anna, ich denke jeder Mensch hat ein Recht darauf, ordentlich behandelt zu werden. Egal welche Hautfarbe oder welche Religion er hat. Meine Mutter, Gott hab sie selig, hat immer gesagt: *Behandele jedes Lebewesen mit dem Respekt, mit dem auch du behandelt werden möchtest*. Er seufzte. „Leider scheint es, als hätten viele das in diesen Zeiten vergessen."

Noch einmal setzte er die Tasse an und trank den Rest des Kaffees. Dann stand er auf und ließ sie alleine in der Küche zurück.

*

Tom sah dem Soldaten zu, der die Tür der JU 52 verriegelte. Die Maschine begann heftig zu vibrieren und durch die Seitenscheibe konnte er beobachten, wie der Zweiblattpropeller am rechten Motor brüllend zum Leben erwachte. Die Auspuffstummel des Sternmotors stießen schwarze Rauchschwaden aus, die jedoch schnell nachließen, als der Propeller sich immer schneller und schneller drehte.

Die Sache lief nicht nach seinen Vorstellungen. Auch auf der Fahrt zum Flugplatz hatte sich keine Gelegenheit geboten, Himmlers Schergen zu entkommen. Er durfte nicht mit nach Berlin. Er musste zurück zu der keltischen Anlage ins Jonastal.

Erneut sah er sich suchend um. Himmler saß zwei Reihen vor ihm und unterhielt sich mit dem Zivilisten, der sich ihm auf der Fahrt als Wilhelm Theodor Heinrich

Wulff vorgestellt hatte. Einer der beiden Wachsoldaten hockte auf einer Art Notsitz vorne neben dem Durchgang zum Cockpit, durch den Tom die beiden Piloten erkennen konnte. Neben dem Mann befanden sich auch mehrere Funkgeräte. Die zweite Wache saß ihm gegenüber, direkt an der Ausstiegsluke neben einem Rohrgestell, in dem sich mehrere Fallschirme befanden, und sah aus einem der Fenster nach draußen.

Langsam setzte die Junkers sich in Bewegung und rollte zum westlichen Ende der Startbahn. Der Pilot wendete und gab dann Vollgas. Wolken von Pulverschnee wurden von den Propellern aufgewirbelt und verloren sich hinter den Tragflächen im Nichts. Das Flugzeug wurde immer schneller. Die Vibrationen und das Rütteln waren unglaublich. Tom hatte in seinem Leben schon eine Menge Flugzeugstarts miterlebt, aber dieser war wahrhaftig einzigartig. Ein solch großes Flugzeug wie die JU 52 auf einer zugeschneiten Wiese zu starten, dazu gehörten eine Menge Mut und Nerven aus Stahl. Das Holpern wurde zunehmend schlimmer. Dann, mit einem Mal, war es vorbei. Ruhig glitt die Maschine in den Himmel und gewann schnell an Höhe.

Während er sich immer noch Gedanken über seine Flucht machte, schaute er interessiert aus dem Fenster. Schon oft war er über den verschneiten Osten Deutschlands geflogen. Inmitten einer weißen Landschaft sah er Wälder, zugefrorene Seen und kleine Ortschaften. Er wunderte sich. Alles wirkte so vertraut. Aus der Vogelperspektive sah die verschneite Welt nicht viel anders aus als im Jahr 2007. Sie überflogen eine größere Stadt. Unverkennbar Halle an der Saale. Zwar fehlten die Industriegebiete und ein großer Teil der Infrastruktur, wie sie im einundzwanzigsten Jahrhundert zu sehen waren. Aber er war sich sicher.

Er sah zu dem Wachtposten, der links von ihm neben der Tür hockte. Der Mann schien zu schlafen. Sein Kopf lehnte an dem Regal mit den Fallschirmen und die Augen waren geschlossen. Hin und wieder schmatzte er und kratzte sich an seinem Hals an der Stelle, wo das Band des Stahlhelms verlief. Die Maschinenpistole war ihm aus der Hand geglitten und lag mit dem Lauf gegen seine Oberschenkel aufrecht zwischen den Stiefeln des Mannes.

Tom sah nach vorne. Himmler schien ebenfalls zu dösen und der Zivilist neben ihm las in einem Buch. Der zweite Wächter hockte in dem Durchgang zu den Piloten und unterhielt sich mit den beiden. Wieder blickte er zu der Waffe des Schlafenden. Würde es eine bessere Gelegenheit geben? Wenn er sich nun entschloss, sein Schicksal in die Hand zu nehmen, gab es kein Zurück mehr. Das war sicher. Ein zweites Mal würde man ihn nicht unbeaufsichtigt und ohne Fesseln lassen.

Langsam stand er auf und bewegte sich gebückt nach links. Er streckte die Hand nach der Waffe aus. Nur noch wenige Zentimeter. Während er noch überlegte, ob es besser wäre die MP langsam und vorsichtig zu nehmen oder sie mit einem Ruck an sich zu reißen, schlug der Soldat auf einmal die Augen auf und sah ihn erstaunt an. Tom schoss blitzschnell nach vorne, riss die Waffe an sich und versetzte dem Mann mit dem Ellenbogen einen Schlag ins Gesicht. Der Soldat schrie auf und presste die Hände auf seine gebrochene Nase. Blut quoll zwischen seinen

Fingern hervor. Tom packte ihn am Kragen der Uniform und warf ihn auf den Boden. Noch bevor die zweite Wache begriff, was geschehen war, stand Tom hinter Himmler und drückte ihm die Maschinenpistole gegen den Schädel.

„Lass die Waffe fallen, oder euer Reichsheini ist tot!“, schrie er den Soldaten an, der hilflos zu Himmler blickte.

Der nickte zögerlich und der Mann legte die Waffe vor sich auf einen der Sitze. Schnell schaute er nach links, wo der andere Wächter auf dem Boden lag und sich immer noch die Hände vor das Gesicht presste.

„Steh auf und geh nach vorne!“, herrschte er den wimmernden Mann an, der ihn angstvoll anstarrte, dann aber doch über den Boden nach vorne zu seinem Kollegen kroch.

„Machen Sie keinen Scheiß, Berger!“, zischte Himmler, worauf Tom ihm den Lauf der Waffe noch fester in den Nacken drückte.

„Ich soll keinen Scheiß machen?“, schrie er wütend auf den SS-Führer ein. „Ihr macht den Scheiß! Nicht ich. Ich sollte euch alle abknallen. Ihr wahnsinnigen Massenmörder! Aber dann wäre ich nicht besser als ihr! Du willst von mir etwas über die Zukunft wissen?“, brüllte er Himmler nun direkt ins Ohr. „Gerne. Bitte. Kannst du haben. Vielleicht macht es dich geil, wenn du weißt, wann du verreckst. Plan schon mal den 23. Mai 1945 ein! Tolle Schlagzeilen an dem Tag: *Heinrich Himmler begeht zwei Wochen nach seinem geliebten Führer Selbstmord.*“

Tom stieß den SS-Führer von sich, zielte aber weiter auf dessen Kopf. Das Schreien hatte wahre Wunder bewirkt. Nun ging es ihm besser. Endlich war er wieder Herr der Lage. Doch was nun? Wie sollte es weitergehen? Einen Plan gab es nicht.

Als nächstes musste er irgendwie aus diesem verfluchten Flieger rauskommen. Die Frage war nur, wie? Er könnte den Piloten zur Landung zwingen. Aber sämtliche Landebahnen wurden von der Wehrmacht oder der SS bewacht. Die würden ihn spätestens beim Verlassen der Maschine erschießen. Fuck! Der Zeitpunkt war wohl doch unglücklich gewählt. Wenn er sich jetzt ergab, würde Himmler ihn in Ketten legen lassen. Verfluchter Mist. Er schaute sich um. Sein Blick fiel auf das Gestell mit den Fallschirmen. Ein Absprung mit dem Fallschirm war für ihn nichts Neues. Er hatte gemeinsam mit Olaf und Jan schon Hunderte Absprünge absolviert, aber nicht unter solchen Bedingungen. Nicht mit solch primitiver Ausrüstung. Er besaß weder die richtige Kleidung noch einen Lenkschirm. Die einfachen Schirme der vierziger Jahre ließen sich nicht steuern, er wäre dem Wind vollkommen ausgeliefert.

„Legen Sie die Waffe nieder, Berger, Sie haben doch keine Chance“, zischte Himmler und unterbrach damit seinen Gedankenstrom.

„Natürlich hab ich die“, brüllte er zurück.

Er packte den SS-Führer erneut am Kragen, zog ihn von seinem Sitzplatz und schubste ihn zu den beiden Wachleuten im vorderen Teil des Flugzeuges.

„Sie auch!“, herrschte er Wulff an, dem die nackte Angst ins Gesicht geschrieben stand.

Langsam und mit erhobenen Händen stand der Astrologe auf und stellte sich zu den anderen. Himmler kauerte auf dem Boden und wimmerte nun wie ein kleines Kind.

Tom ging rückwärts zu den Schirmen, griff den obersten aus dem Gestell und zog ihn mit einer Hand umständlich auf den Rücken, während er die Waffe weiterhin auf seine Gegner richtete.

„Sie sind wahnsinnig, Berger“, kreischte Himmler.

„Maul halten!“, schrie er den Nazi an, der angstvoll zurückwich.

Er sah sich um. Auf einem der Plätze lagen schwarze Lederhandschuhe. Er packte sie. Da es nicht möglich war sie anzuziehen, ohne die Waffe aus der Hand zu nehmen, steckte er sie einfach in die Tasche. Er würde sie später bestimmt brauchen. Dann umklammerte er den Hebel der Türverriegelung und zog daran.

Als die Tür aufschlug, wurde es schlagartig eisig kalt. Der Lärm des Windes und der Motoren war ohrenbetäubend. Kurz zögerte er. Aber eine andere Möglichkeit gab es nicht. Entschlossen sprang er hinaus und wurde direkt von einem Luftstrom erfasst. Die Kälte stach in seinem Gesicht wie tausend Nadeln. Innerhalb von Sekunden spürte er, wie ihm die Hände taub wurden. Es fasste die Reißleine des Fallschirms und zog daran. Zum Glück war die Junkers nicht so hoch geflogen. Als der Schirm sich endlich öffnete, war er nur noch zwei- bis dreihundert Meter vom Boden entfernt. Die Gurte des Fallschirms schmerzten höllisch, als der Schirm seinen Fall abbremste. Vielleicht hätte er sich doch die Mühe machen sollen, diese richtig festzuzurren. Jetzt war es zu spät. Schnell kam der Boden näher, während der Wind ihn auf ein kleines Wäldchen zutrieb. Dann spürte er schneebeladene Tannenzweige, die ihm durch das Gesicht peitschten, und einen stechenden

Schmerz an seinem linken Oberschenkel. Über sich vernahm er das Zerreißen von Stoff, bevor er unsanft auf dem Boden aufschlug.

Benommen rappelte er sich hoch und begann die Befestigungsgurte des Schirms zu lösen, dessen Reste über ihm in den Ästen einer Tanne hingen. In der Ferne hörte er immer noch das Brummen der Flugzeugmotoren. Zitternd nahm er die Handschuhe aus der Manteltasche und zog sie über seine bläulichen Finger. Sein Oberschenkel schmerzte fürchterlich. Er hob den Mantel und sah, dass die Jeans an dieser Stelle total zerfetzt und mit Blut getränkt war. Die Wunde musste trotz der Schmerzen warten. Jetzt musste er erst einmal sehen, dass er von hier weg kam.

Über sich hörte er, wie das Flugzeuggeräusch wieder lauter wurde. Der Pilot musste gewendet haben und suchte nun nach ihm. Tom umklammerte die MP. Er musste weiter. Es würde nicht lange dauern, bis das Fußvolk anrückte, um ihn zu jagen. Himmler würde ihn nicht so einfach entkommen lassen.

Er stolperte weiter in das Wäldchen hinein. Solange die JU 52 am Himmel war, konnte er sich nicht über das freie Feld wagen. Nachdem er eine Zeit lang gelaufen war, blieb er stehen, um zu lauschen. Außer dem Rauschen der Baumkronen im Wind war nichts zu hören. Das Flugzeug musste weiter geflogen sein. *Weiter! Tom, du musst weiter*, hämmerte es in seinem Schädel. Sein Körper war wie betäubt von der Kälte. Das Einzige, was er spürte, war das schmerzhafte Pochen in seinem Oberschenkel. Nach einigen Minuten wurde der Wald lichter und er stand plötzlich im Freien. Er blickte über eine hügelige, schneebedeckte

Landschaft. Am Horizont verschwand die Sonne gerade hinter einer kleinen Ortschaft, dort musste Südwesten sein. Im Südwesten lag nach seiner Berechnung auch das Jonastal. Die Richtung stimmte also schon mal.

Tom schätzte die Entfernung bis zu den ersten Häusern des Dorfes auf vier bis fünf Kilometer. Bei dem hohen Schnee und in seinem angeschlagenen Zustand war das ein gutes Stück zu laufen. Aber es war machbar. Vielleicht konnte er in dem Dorf einen Unterschlupf für die Nacht finden. In wenigen Minuten würde es dunkel werden, so lange würde er sich noch im Schutz der Bäume aufhalten.

Er ließ sich auf ein Stückchen trockener Erde am Fuß einer Tanne sinken und sah den letzten Strahlen der Sonne zu, deren gelbe Scheibe schon verschwunden war.

Vorsichtig klappte er den Mantel zur Seite und begutachtete die Wunde an seinem Oberschenkel. Zum Glück schien die Blutung von allein zum Stillstand gekommen zu sein. Die Verletzung schien auch bei Weitem nicht so schlimm, wie er zuerst gedacht hatte, trotzdem tat es nun, als sein Adrenalinspiegel langsam sank, verflucht weh. Mehr Sorgen als um die Fleischwunde machte er sich um seine Füße, die mittlerweile klatschnass und saukalt waren. Bei einer Schneetiefe von gut und gern vierzig Zentimetern waren Turnschuhe und Jeans nicht die optimale Bekleidung.

Er sah wieder zum Horizont. Von den Häusern, deren Umrisse immer mehr in der Dunkelheit verschwanden, stieg Rauch auf und verlor sich in dem nur noch dünnen Streifen Abendrot, der über dem Dorf lag. Tief sog er die kalte Luft ein. Er war frei. Zumindest vorerst.

Merkwürdig, wie friedlich das Land aussah, wenn er nicht gewusst hätte, dass Deutschland sich in diesem Moment im größten Krieg der Menschheitsgeschichte befand! Wirklich verrückt!

Wie spät es wohl war? Er blickte auf sein Handgelenk. Eine Geste der Gewohnheit. Erst dann fiel ihm wieder ein, dass er keine Uhr mehr besaß. Die *Breitling*, ein Geschenk des Großvaters zu seinem letzten Geburtstag, baumelte nun am Handgelenk dieses SS-Offiziers Maurer. Als er die Uhr morgens im Labor an Maurers Handgelenk sah, hatte er es nicht gewagt den Mann, den er vielleicht noch brauchen würde, vor seinem Chef Himmler des Diebstahls zu bezichtigen.

„Du musst weiter, Tom“, sagte er laut zu sich selbst. Er stand auf und stapfte durch den Schnee in Richtung der kleinen Ortschaft, deren Namen er noch nicht einmal kannte.

*

Maurer klatschte zum wiederholten Mal in die Hände. Diese Nachricht war der krönende Abschluss für einen ansonsten doch eher beschissenen Tag. Noch einmal las er die Nachricht, die vor nicht einmal fünf Minuten aus dem Funkraum gekommen war und die es geschafft hatte, seine üble Laune mit einem Mal zu beseitigen. Der Zeitreisende war geflohen. Himmlers Leute hatten sich übertölpeln lassen. Über die genaueren Umstände der Flucht stand da nichts. Nur, dass der Flüchtling sich irgendwo südwestlich in der Nähe der Lutherstadt Wittenberg aufhalten würde.

Für seinen Geschmack sehr vage Angaben. Es amüsierte ihn, sich auszumalen, wie der Mann dort hingekommen war, da das Flugzeug doch direkt vom Jonastal nach Berlin fliegen sollte. Entweder hatte es dort aus irgendeinem Grund einen geheimen Zwischenstopp gegeben oder der Zeitreisende hatte es irgendwie anders geschafft, aus einem fliegenden Flugzeug zu flüchten. Eine Vorstellung, die in Maurers Kopf die wildesten Fantasien entstehen ließ. Denn die wirklichen Fähigkeiten des Mannes kannte ja niemand. Unter den Soldaten waren die tollsten Gerüchte im Umlauf, die er natürlich nicht alle glaubte. Sonderbar war dieser Berger allemal und wer wusste schon, welche Fähigkeiten die Menschen der Zukunft einmal haben würden. Himmler war selbst schuld. Was musste er diesen Berger auch unbedingt mitnehmen, bevor sie ihn eingehender erforscht hatten. Wie dem auch sei, er, Obersturmbannführer Hans Maurer, amüsierte sich köstlich über Himmlers Niederlage.

Zwar hatte er durch die Flucht des Mannes aus der Zukunft keinen direkten Vorteil. Aber die einzigen Beweise über dessen Existenz lagen nun wieder gut verschlossen in seinem neuen Tresor, den er am Vormittag extra für die Relikte hatte besorgen lassen. Er war wieder im Rennen. Ein Grund zu feiern. Er ging zum Schreibtisch und nahm aus dem Fach unter den Schubladen eine Flasche Whisky und ein Glas heraus. Dann goss er sich ein, hob das randvolle Whiskyglas in die Höhe und prostete in Richtung des Porträts mit dem Führer über dem Kamin.

„Heil Hitler!“

Kapitel 9

23. Dezember 1944, 18:32 Uhr
Retzau / Sachsen-Anhalt

Karl Adler zog mehrmals an der zweiflügeligen Haustür des Bauernhauses. Beim dritten Mal rastete das Schloss endlich ein.

„Jeden Winter der gleiche Mist“, knurrte er und drehte dann den Docht der Sturmlampe höher, um im Schein der Flamme besser sehen zu können.

Diese verfluchte Tür. Je kälter es draußen wurde, umso mehr verzog sich das Holz des Rahmens und desto schlechter ließ sie sich schließen. Seit sechsundfünfzig Jahren lebte er nun, genau wie vor ihm sein Vater und Großvater, auf dem Hof und solange er denken konnte, machte die Haustür jeden Winter diese Zicken.

Jeden Abend führte ihn der letzte Rundgang vor dem Schlafengehen zu den Tieren in die Ställe. „Ich schau noch mal nach dem Rechten“, sagte er immer zu seiner Frau Else, die dann früher immer lachend den Kopf schüttelte und in dieser Zeit die Kinder ins Bett brachte. Früher. Oft hatte ihn damals sein jüngster Sohn Peter begleitet, der war schon als Vierjähriger seiner Mutter entwischt und ihm hinterher gekommen. ‚*Vater, darf ich auch nach dem Rechten schauen?*‘, fragte er ihn dann jedes Mal und machte sich gemeinsam mit ihm auf die letzte Runde durch die

Ställe. Else hatte nachher immer so getan, als würde sie schimpfen, wenn sie beide dann nach gut zwanzig Minuten ins Haus zurückkehrten. Aber jedes Mal verrieten ihre kleinen Lachgrübchen, dass sie, genau wie er, glücklich darüber war, dass ihr Jüngster solch großes Interesse und Freude an dem Hof, den Tieren und der Landwirtschaft zeigte.

Die beiden älteren Brüder Hannes und Hermann waren nicht zum Bauern geboren. Hannes lernte beim örtlichen Bäckermeister das Handwerk des Bäckers und Hermann zog es in den Nachbarort zu einem Hufschmied, bei dem er in die Lehre ging. Es stellte sich jedoch schnell heraus, dass es nicht nur allein das Beschlagen der Pferde war, das den Jungen jeden Morgen die zehn Kilometer mit dem Fahrrad ins Nachbardorf führte, sondern auch Klara, die Tochter des Hufschmieds. Die beiden hatten im letzten Juni geheiratet und Klara war nun guter Hoffnung.

Heute würde Karl Adler die letzte Runde alleine machen. So wie immer in den vergangenen vier Monaten. Solange war es her, dass sie Peter geholt hatten. Wie seine beiden Brüder war auch der Jüngste zum Militär eingezogen worden. Zum Dienst für Führer und Vaterland. Soweit war es nun schon in diesem Land gekommen, dass selbst sechzehnjährige Kinder zum Sterben an die Front geholt wurden.

Lange war es her, dass auf dem kleinen Hof gelacht worden war. Die kleinen Lachgrübchen auf Elses Wangen waren längst verschwunden und tiefen Sorgenfalten auf ihrer Stirn gewichen. Die sonst so lebenslustige Frau war nur noch ein Schatten ihrer selbst.

Als sie im Juni, während Hermanns Fronturlaub, dessen Hochzeit mit der hübschen Klara feierten, hatten sie noch nicht geahnt, welches Unglück auch über ihr Haus kommen würde. Niemand wusste an diesem Tag, dass Hannes bereits seit einer Woche tot war. Gefallen am 6. Juni 1944 in Frankreich, an einem Strand in der Normandie.

Vom Tod ihres Hannes erfuhren sie erst im September, zwei Tage nachdem auch Peter eingezogen worden war, durch den Brief eines verwundeten Kameraden ihres Sohnes. Er schrieb, dass Hannes, von mehreren Schüssen getroffen, sofort tot gewesen sei und nicht gelitten habe. Ein makabrer nicht wirklicher Trost.

Bei dem Schreiben lag ein Brief, geschrieben von Hannes selbst und blutverschmiert. Ein Abschied für die Mutter. Vorsorglich niedergeschrieben, falls ihm etwas zustoßen sollte. Ein Brief, verfasst in der Hoffnung, dass er nie gebraucht würde. Nun ein letzter Gruß vom Sohn. Einem Sohn, dessen toter Körper jetzt in kalter französischer Erde ruhte.

Else hatte es das Herz gebrochen. Die Falten des Briefbogens waren ausgefranst, als hätte ihn jemand zusammengefaltet und monatelang mit sich herumgetragen.

Fast noch schlimmer war die Ungewissheit um das Wohlergehen von Hermann und Peter. Peters letzter Brief war vor drei Wochen von der Westfront gekommen. Hermanns letzter Gruß von der Front im Osten war noch zwei Wochen älter. Die Ungewissheit fraß Else auf und täglich wurde es schlimmer. Und morgen war Weihnachten.

Karl betrat den Schweinestall und sah zu den beiden Sauen, die friedlich grunzend jede in ihrem Pferch auf dem frischen Stroh lagen. Er hielt die Lampe über die beiden Tiere, um sie genauer zu betrachten. Es würde nicht mehr lange dauern. Schon in den nächsten Tagen müssten die Ferkel kommen.

Sorgfältig verschloss er die Tür mit dem Riegel. Dann ging er über den Hof in Richtung des *‚neuen Stalls'*. Der *neue Stall*, in dem die sechs Milchkühe und die beiden Ziegen untergebracht waren, war nicht mehr der Jüngste. Karls Vater hatte ihn vor über vierzig Jahren gebaut, als das alte Gebäude während eines Sturmes so stark beschädigt wurde, dass ein Neubau unausweichlich gewesen war. Aber alle in der Familie nannten ihn seitdem den *‚neuen Stall'*.

Als er an dem großen Misthaufen vorbeiging, stutzte Karl. Er senkte die Lampe und besah sich den frischen Schnee. Da waren eindeutig Fußspuren, die der Wind schon mit frischem Pulverschnee zuwehte. Wäre er nur eine halbe Stunde später hier vorbeigekommen, wären die Fußabdrücke schon nicht mehr zu sehen gewesen.

Er folgte den seltsamen Abdrücken. Solch ein merkwürdiges Muster, wie es diese Schuhe im Schnee hinterließen, war ihm noch nie untergekommen. Kreise und Wellenlinien.

Die Spur führte zur Scheune. Auch das Öffnen des Scheunentores hatte der Schnee dokumentiert. Der Fremde musste das Tor nur soweit geöffnet haben, dass er hindurchschlüpfen konnte.

Da die Scheune nur diesen einen Eingang hatte und die Fußabdrücke nur zu dem Gebäude hin, nicht aber wieder von ihm weg führten, schloss Karl, dass der Fremde sich noch immer im Inneren befinden musste. Wenn da nicht die seltsame Form der Abdrücke wäre, hätte er auf einen Landstreicher getippt. Das war in der Vergangenheit schon öfter vorgekommen. Gerade wenn es kalt wurde oder stark regnete, suchten diese arbeitsscheuen Zeitgenossen einen Unterschlupf für die Nacht. Nein, ein Landstreicher schied aus.

Karl überlegte. Womöglich gehörten die Abdrücke zu einem Amerikaner. Wer wusste schon, was die Amis für seltsame Schuhe trugen, wenn sie mit ihren Bombern über Deutschland flogen. In den letzten Wochen hatte er oft riesige Bomberverbände am Himmel beobachtet, die sich heftige Kämpfe mit der deutschen Luftwaffe lieferten. Allerorts stürzten beschädigte Flugzeuge vom Himmel oder explodierten, bevor sie unten ankamen. Es handelte sich dabei leider nicht nur um Feindflugzeuge. Auch viele der deutschen Jagdflugzeuge gingen verloren. Viele junge Burschen ließen auch hier in der Heimat, weit weg von der Front, ihr Leben.

Vor nicht einmal vier Tagen war einige Kilometer von hier ein Amibomber abgestürzt. Die Besatzung konnte sich mit dem Fallschirm retten. Man hatte sie schon kurz darauf dingfest machen können und nach Halle gebracht. Zu dumm, dass er nicht dabei gewesen war. Vielleicht wüsste er dann, welche Schuhe die Amerikaner trugen.

Er wusste, was zu tun war. Schnell ging er zurück ins Haus.

Else saß noch immer am Küchentisch und strickte. Seit ihre Augen nicht mehr die besten waren, strickte sie ausschließlich dicke Wollstrümpfe, die sie gelegentlich auch an Bekannte und Nachbarn verkaufte. Stricken konnte sie, ohne hinzusehen. Immer das gleiche Muster. Immer das gleiche Grau. Je ein Paar hatte sie jedem der beiden Söhne bereits vor Wochen zu Weihnachten mit der Feldpost geschickt. Ein Drittes lag eingepackt in teures Geschenkpapier auf der Kommode. Daneben stand ein etwa dreißig Zentimeter großes, poliertes, silbernes Kreuz mit dem Heiland daran. In einem ebenfalls silbernen Leuchter brannte eine einzelne Kerze.

Sie schaute kurz auf, als Karl die Stube betrat, widmete sich dann aber wieder ihrer monotonen Arbeit, die sie selbst blind verrichten könnte, und betrachtete dabei die flackernde Flamme der Kerze.

Karl ging zum Küchenschrank. Er fasste hinter den Giebel des mannshohen Schrankes und zog einen Karabiner des Typs Mauser 98 hervor. Die Waffe hatte seinem Bruder gehört, der sie 1918 von der Westfront mitbrachte. Er tastete nochmals hinter die Verzierung und brachte eine alte Blechdose mit Klappdeckel zum Vorschein. Während er die Waffe unter den Arm klemmte, nahm er zwei der Ladestreifen mit den je fünf Schuss Munition heraus. Dann schob er die Dose wieder zurück auf den Schrank. Einen der Ladestreifen steckte er in seine Manteltasche, den zweiten führte er in das Gewehr ein und lud dann die Waffe durch.

Eine Stimme ließ ihn herumfahren:

„Karl, was tust du da?“

Else war aufgestanden und sah ihn verständnislos an.

„Nichts, Else“, beruhigte er sie. „Ich muss nur noch mal nach dem Rechten schauen.“

Er ließ sie stehen, nahm die Sturmlampe vom Tisch und ging hinaus. Als die verflixte Tür wieder nicht ins Schloss fallen wollte, ließ er sie entgegen seinen Gewohnheiten nur angelehnt.

Der Wind hatte die Fußabdrücke fast ganz verweht. Als er vor dem Scheunentor stand, atmete er noch einmal durch. Die Lampe in seiner Linken, die zusätzlich auch den Lauf hielt, und die rechte Hand mit dem Zeigefinger am Abzug des Karabiners, schob er das Tor vorsichtig mit dem Lauf des Gewehres auf.

In der Scheune war alles ruhig. Zwischen den Bergen von Heu stand der große Leiterwagen mitten in dem großen Raum. Davor konnte er undeutlich die Umrisse des an den Wagen gekoppelten Lanz Bulldog erkennen. Langsam ging er an dem Gespann vorbei und schwenkte dabei die Waffe hin und her. Als er bereits auf Höhe des Hinterrades war, vernahm er ein Geräusch. Ein Rascheln im Heu von der anderen Seite der Scheune. Vorsichtig drehte er sich um und ging den selben Weg wieder zurück. Am Tor vorbei und nun hinter dem Wagen auf den Heuhaufen zu.

Plötzlich sprang ein Mann dahinter hervor. In seiner Hand hielt er eine Maschinenpistole. Karl stolperte zurück und betätigte den Abzug des Karabiners. Ein Schuss löste sich und neben dem Mann im Wehrmachtsmantel splitterte das Holz eines Eichenbalkens.

„Stehen bleiben“, schrie er, während er das Gewehr erneut durchlud.

„Nur ruhig, Mann“, antwortete der Fremde, hielt dabei aber die Mündung seiner MP weiterhin auf ihn gerichtet.

Karl spürte, wie er zu zittern begann.

„Waffe runter oder ich schieße!“, zischte er den blonden Kerl an.

Die länglichen Haare des Fremden waren klatschnass und hingen ihm wirr ins Gesicht. Er humpelte, während er einen Schritt beiseite ging und sich scheinbar geschwächt an dem Balken anlehnte. Dann nickte der Kerl und flüsterte nur:

„Okay, aber Sie zuerst.“

Karl dachte gar nicht daran, seine Waffe als erster herunterzunehmen.

Während er noch die nächsten Schritte überlegte, begann der Fremde erneut schwach zu sprechen.

„Mann, nimm die Waffe weg, wenn ich dich hätte erschießen wollen, hätte ich das schon längst getan.“

Das leuchtete Karl ein. Ganz langsam ließ er das Gewehr sinken, aber nur so weit, dass er es jeden Moment wieder emporreißen und feuern konnte. Diesmal stand er fest mit beiden Beinen auf der Erde. Der nächste Schuss würde treffen. Ein einigermaßen beruhigendes Gefühl. Das Gefühl wurde noch besser, als auch der Fremde die MP sinken ließ.

„Wer sind Sie? Und was machen Sie in meiner Scheune?“, fragte er nun mit fester Stimme.

Der Fremde überlegte. Dann keuchte er, sichtlich geschwächt.

„Mein Name ist Berger, Tom Berger, und ich habe nur einen warmen Platz für die Nacht gesucht.“

Wie ein Amerikaner hörte sich der Kerl nicht an. Er sprach einwandfreies Hochdeutsch. Aber der Name Tom klang doch sehr nach Ami.

„Sind Sie Amerikaner?“, fragte er deshalb.

Der Mann hustete und schüttelte den Kopf.

„Ich bin Deutscher. Hören Sie, Herr …“, er zögerte „… wie immer Sie auch heißen. Ich brauche nur einen Platz zum Schlafen. Morgen früh bin ich wieder weg.“

„Oder todkrank“, unterbrach ihn eine Frauenstimme.

Karl drehte sich um. Im halb offenen Scheunentor stand Else und hielt wie er eine Sturmlampe in der Hand.

„Karl, du siehst doch, dass der Mann verletzt und krank ist, bring ihn bitte ins Haus, damit ich mir die Verletzung ansehen kann.“

Karl war sichtlich geschockt und wehrte ab.

„Aber Else, ich kann doch nicht einfach einen wildfremden …“

Sofort erkannte er, dass es zwecklos war, seiner Frau zu widersprechen und so schluckte er die letzten Worte herunter.

„Karl, unsere Söhne sind auch in der Fremde und ich hoffe, dass auch ihnen geholfen wird, wenn sie krank oder in Not sind!“

Sie drehte sich auf dem Absatz um und ging wieder hinaus.

Karl sah zu dem Fremden, der mindestens genauso überrascht war wie er selbst.

„Und noch etwas“, ließ ihn die Stimme seiner Frau vom Tor erneut herumwirbeln. „Ich möchte keine Gewehre im Haus haben. Morgen ist Weihnachten.“

Dann verschwand sie abermals und Karl sah nur noch, wie der Lichtschein ihrer Lampe auf dem Hof schwächer wurde und endgültig erlosch. Karl ließ die Waffe nun vollends sinken. Er wusste genau, wenn seine Frau diesen wütenden Blick aufsetzte und ihm klare Anweisungen gab, war es besser, ihr nicht zu widersprechen.

Das schien auch der Fremde begriffen zu haben, denn als er erneut zu dem Mann sah, legte der seine MP gerade auf den Boden und schob sie mit dem Fuß in den Heuhaufen neben sich. Karl blickte dem Mann einige Sekunden fest in die Augen, dann schob auch er das Gewehr unter das Heu.

„Na gut, Freundchen, aber ich warne dich. Ein mieses Ding, und es scheppert."

Tom folgte dem Bauern zum Haus. Der Wind, der über den Hof fegte, war noch heftiger geworden und wirbelte Unmengen an Schnee herbei. Beruhigt stellte er fest, dass seine Spuren im Schnee, die ihn wohl verraten hatten, nicht mehr zu sehen waren. Für die SS würde es sehr schwer werden ihn nach diesem Sturm zu verfolgen. Dem alten Bauern traute er nicht, aber bei der Frau war er sich ziemlich sicher, dass diese ihn nicht verraten würde. Wie dem auch sei, eigentlich war es das Beste, was ihm passieren konnte. Im Haus würde es wärmer sein als da draußen in der Scheune. Seine Füße waren entsetzlich kalt und durchgefroren. Die Schmerzen waren so heftig, dass er kaum noch laufen konnte. Er musste endlich diese verdammten Turnschuhe ausziehen.

Als sie in die Küche kamen, stand die Frau an einem großen, mit Holz befeuerten Küchenherd und setzte einen Kessel mit Wasser auf.

„Ziehen Sie die nassen Sachen aus", sagte sie knapp und deutete auf einen der sechs Stühle, die um einen großen, weiß gestrichenen Küchentisch standen und über dessen Lehne ein Handtuch hing.

Auf dem Tisch lagen eine graue Hose, ein Hemd, Unterwäsche und obendrauf ein Paar dicke Strümpfe.

„Karl, holst du bitte die Flasche mit dem Apfelkorn aus der guten Stube?"

Der Alte knurrte, gab aber keine Widerrede, sondern verließ den Raum, während Tom die Handschuhe und den nassen Mantel auszog und sie auf einen der anderen Stühle warf. Wer hier die Hosen anhatte, war eindeutig.

Als der Bauer zurückkam, schwenkte er in der einen Hand eine halb volle Bügelflasche ohne Etikett mit bräunlicher Flüssigkeit darin. In der anderen Hand hielt er zwei Gläser, die er nun auf den Tisch stellte und bis zur Hälfte füllte. Dann sah er immer noch skeptisch zu Tom, der gerade sein T-Shirt ausgezogen hatte und es zu dem Mantel über die Stuhllehne hing. Tom merkte, wie der Mann ihn mit den Augen regelrecht scannte. Immer wieder sah er stirnrunzelnd zu den Turnschuhen, die ihn besonders zu irritieren schienen.

Bereits beim Ausziehen spürte er die Wärme des Ofens auf seiner nackten Haut. Er setzte sich hin und hängte das Handtuch über die Schultern.

Dann zog er die nassen Schuhe aus. Seine Füße schmerzten höllisch. Warum das so war, zeigte sich, als er die Socken vorsichtig und unter Schmerzen abstreifte. Die Füße waren blitzblau und an den Zehen zeigten sich deutlich Frostbeulen.

„Verfluchte Scheiße!", entfuhr es ihm leise, während er sich die Bescherung ansah.

„Bei uns wird nicht geflucht", hörte er die Frau sagen, die sich interessiert die wunden Füße besah. „Das wird schon wieder", beruhigte sie ihn.

„Karl, hol mir sofort Kartoffeln aus dem Keller."

Tom bemerkte, wie der Alte noch etwas sagen wollte, dann aber abbrach, sich eines der Gläser nahm und seinen Unmut damit hinunterspülte.

„Und Sie, Herr …"

Sie stockte.

„Ich heiße Thomas", half er ihr weiter.

„Draußen in der Scheune sagten Sie, Sie hießen Tom oder so", hakte sie neugierig nach.

Er nickte.

„Meine Freunde nennen mich Tom. Eine Kurzform von Thomas. Mein vollständiger Name ist Thomas Johannes Berger."

Sie nickte und reichte ihm das zweite Glas.

„Thomas ist ein schöner Name. Sie sollten ihn nicht hinter dieser albernen Kurzform verstecken. Mein Vater hieß auch Thomas. Mein Name ist übrigens Else, Else Adler. Und mein Mann heißt Karl", sagte sie nun mit einem leichten Lächeln im Gesicht. „Und nu trink das, Thomas. Apfelkorn aus unseren eigenen Äpfeln. Hab ich selbst gemacht."

Tom griff das Glas. Erst jetzt merkte er, wie sehr seine Hände immer noch zitterten. Er musste die zweite Hand zu Hilfe nehmen, um nicht alles zu verschütten. Er roch daran. Sofort stieg ihm der starke Alkoholdunst in die Nase. In einem Zug spülte er die Flüssigkeit hinunter. Der Korn brannte im ersten Moment fürchterlich in seiner Kehle.

Sekunden später jedoch merkte er die wohlige Wärme, die sich in ihm ausbreitete.

„Zieh bitte noch die nasse Hose aus“, sagte Else.

Tom zögerte kurz.

„Jungchen, musst keine Angst haben, ich guck dir schon nix fort. Ich hab drei Jungs großgezogen. Ich schau auch weg, wenn es sein muss.“

Tom zog die zerrissene Jeans herunter. Die Wunde an seinem Oberschenkel schmerzte noch immer.

„Kleinen Moment“, sagte Else und holte, während Tom die Hose ganz auszog, eine Emailleschüssel aus dem Schrank.

Sie goss etwas dampfendes Wasser aus dem Kessel und nahm ein sauberes Tuch, einen Waschlappen und ein Stück Seife aus einem Waschtisch neben dem Herd. Dann begann sie um die Wunde herum das verkrustete Blut abzuwaschen. Dabei fiel ihr Blick auf seine schwarzen Mikrofaser Boxershorts, bei deren Anblick sie ungläubig mit dem Kopf schüttelte.

„Sieht schlimmer aus, als es ist“, sagte sie, nachdem sie fertig war.

Sanft wickelte sie das weiße Tuch um sein Bein und reichte ihm eine lange Unterhose.

Währenddessen war Karl mit einem Eimer voller Kartoffeln zurückgekommen und stellte sie auf den Küchentisch. Else nahm sich ein Messer und begann sie zügig zu schälen.

„Thomas, es würde mich aber doch interessieren, wem ich Obdach gebe“, sagte sie, ohne von ihrer Arbeit aufzusehen.

Tom überlegte, wie er den beiden erklären sollte, wo er herkam, ohne dass sie ihn für verrückt hielten und wieder vor die Tür setzten. Er entschied sich für die Wahrheit. Mit ein wenig Glück würden sie ihm glauben. Immerhin gab es einige Beweise für seine Herkunft.

Während er sich anzog, stellte Else einen Topf auf den Herd und schüttete mit viel Wasser die Kartoffeln hinein. Dann setzte sie sich, genau wie Karl, an den Tisch und sah ihn erwartungsvoll an. Er spürte die Blicke der beiden, die geduldig auf eine Antwort warteten. „

Ich weiß nicht, wo ich beginnen soll“, erklärte er vorsichtig. „Die Geschichte ist so unglaublich, dass ich sie selbst immer noch für einen wirren Traum halte.“

Wieder sah er zu den beiden Alten. Karl nahm die Flasche mit dem Apfelkorn und goss erneut die beiden Gläser voll.

„Vielleicht geht’s so besser“, sagte er und schob ihm das Glas zu.

Diesmal setzte er es direkt an den Mund und kippte es mit einem Schluck hinunter. Dann bückte er sich, nahm einen der nassen Turnschuhe vom Boden und stellte ihn mitten auf den Tisch.

„Mein Name ist, wie ihr ja schon wisst, Thomas Johannes Berger. Ich bin wie ihr deutscher Staatsbürger und stamme aus dem Jahr 2007.“

Bis auf das Ticken der Standuhr in der Ecke war nichts mehr zu hören. Ungläubig starrten die beiden Bauersleute auf den Schuh, der mitten auf dem Tisch in einer Pfütze stand. Während Karl vorsichtig danach griff, um ihn von allen Seiten zu betrachten, bekreuzigte Else sich gleich zweimal. Ohne auf weitere Reaktionen der beiden zu warten, erzählte Tom seine Geschichte. Von dem versunkenen U-Boot. Den Kristallen. Der keltischen Anlage, dem Überfall während des Experiments und seinem Erwachen im Jahr 1944. Selbst von seiner Begegnung mit Maurer, der SS und Himmler, bis hin zur Flucht. Er ließ nichts aus. Ob es nun an dem Alkohol lag oder nicht.

Als er geendet hatte und die beiden schweigend anblickte, fühlte er sich auf wundersame Weise besser. Eine unvorstellbare Last war von ihm gefallen.

Wortlos stand Else auf, ging zum Herd und schüttete die Kartoffeln durch ein Sieb. Das Wasser fing sie in einer großen Schüssel auf, goss noch etwas kaltes aus einem Eimer dazu und stellte die Schüssel mit der weißlichen, dampfenden Brühe vor ihn auf den Boden.

„Das hilft gegen die Frostbeulen“, sagte sie und ging zurück zum Herd.

Tom steckte die Füße in die Schüssel. Das Wasser war heiß, aber wohltuend. Er sah zu Karl, der immer noch den Schuh betrachtete. Else schaufelte derweil einen Berg Kartoffeln auf einen Teller, nahm eine Gabel mit langen, spitzen Zinken und reichte Tom beides.

„Ich glaube dir, Thomas“, sagte sie dann und ließ sich wieder auf dem Stuhl nieder. „Die Geschichte ist zu verrückt, als dass sich jemand das ausgedacht haben könnte.“

Karl stellte den Schuh wieder auf den Tisch und nickte stumm. Schweigend und in Gedanken sahen die beiden ihm zu, während er die Kartoffeln aß. Die erste Mahlzeit für diesen Tag.

Als er fertig war und den Teller von sich schob, saßen die beiden ihm immer noch stumm gegenüber.

„Danke schön", sagte er höflich.

Es war das einzige, was ihm gerade einfiel, um die gespenstische Stille zu durchbrechen. Er betrachtete Else, die wirkte, als wollte sie ihn etwas fragen, sich aber nicht traute. Dann überwand sie sich.

„Thomas, wenn Sie wirklich aus der Zukunft kommen - Wissen Sie vielleicht, wann der Krieg vorbei ist und meine Jungen wieder nach Hause kommen?"

Er sah in Elses Augen, aus denen nun Tränen hervorquollen und über ihr sanftes Gesicht bis zum Kinn rollten. Sofort griff Karl um die Schulter seiner Frau und drückte sie fürsorglich an sich.

„Im Mai ist der Krieg vorbei", sagte Tom und griff zögerlich nach den rauen Händen der Frau, die sie wie zum Gebet gefaltet vor sich auf den Tisch streckte.

Erneut schaute sie ihn an.

„Und meine Jungs, kommen sie dann nach Hause?"

Er zögerte, was sollte er dieser verzweifelten Mutter bloß sagen?

„Ich weiß es nicht genau. Ich kenne Ihre Söhne ja nicht. Aber bis Mai ist es nicht mehr lange und ich weiß, dass viele der jungen Männer unversehrt nach Hause kommen werden."

Es war die Wahrheit. Natürlich kamen viele nach Hause. Aber genauso viele würden auch auf den Schlachtfeldern des Krieges bleiben oder in einem der Gefangenenlager sterben. Tom brachte es nicht über sein Herz, der Frau so viel Wahrheit zuzumuten und schämte sich dafür.

Else zog eine ihrer Hände zurück und wischte sich mit dem Ärmel der Strickjacke die Tränen von den Wangen. Dann fasste sie wieder seine Hände und drückte sie fest.

„Danke, Thomas! Danke, dass Sie uns neue Hoffnung geben. Erzählen Sie noch ein wenig vom Kriegsende, es tut gut, Ihnen zuzuhören."

Während Karl aufstand, um weitere Holzscheite in den Ofen zu werfen, erzählte er den beiden Alten vom Kriegsende. Von Hitlers Selbstmord und dem Fall Berlins. Er berichtete ihnen von den Jahren des Wirtschaftswunders und erzählte ihnen frei heraus Vieles über die Zukunft. Auch die Teilung Deutschlands in zwei Staaten erwähnte er. Doch entgegen seinen Erwartungen schienen sie nicht entsetzt darüber. Die Nachricht vom baldigen Ende des Krieges schien die beiden so zu beflügeln, dass ihnen die politischen Wirren der Nachkriegszeit augenscheinlich gleichgültig schienen.

Als er während seines Berichtes immer häufiger gähnen musste und auch die zweite Flasche Apfelkorn, die Karl aus der guten Stube geholt hatte, langsam zur Neige ging, erhob sich Else:

„Sie sollten sich ausruhen, Thomas, damit Sie wieder zu Kräften kommen. Ich zeige Ihnen einen Platz für die Nacht."

Er beobachtete, wie die Frau die immer noch brennende Sturmlampe vom Tisch nahm, zur Kommode ging, sachte über ein Päckchen aus bedrucktem Papier strich und die Kerze daneben ausblies.

Er folgte ihr auf einen Wink hin durch den Flur, hinauf in den zweiten Stock. Dort öffnete sie die Tür einer

Kammer und trat ein. Das Dachzimmer war spärlich eingerichtet, aber sauber und ordentlich. In einer Ecke unter der Dachschräge stand ein frisch bezogenes Bett mit einem Nachttisch daneben. Auf diesem befanden sich eine Öllampe, ein Päckchen Streichhölzer und ein dickes, in Leder gebundenes Buch. Eine Bibel. Sie stellte die Sturmlampe daneben und entzündete dann die kleinere Lampe mit einem der Streichhölzer.

„Gute Nacht, Thomas“, sagte sie, ging zur Tür, nickte noch einmal und schloss sie hinter ihm.

Tom setzte sich auf das Bett und lauschte. Er hörte die leisen Schritte der Bäuerin, wie sie die Treppe wieder hinunterstieg. Er ergriff die Bibel und schlug sie auf. Das letzte Mal, dass er ein solches Buch in seinen Händen gehalten hatte, war in der Schule gewesen. Er glaubte auch nicht an das, was in dem Buch der Bücher stand, fand es aber doch faszinierend, wie viele Menschen Energie aus den Worten ihres Gottes schöpften. Er selbst glaubte eigentlich noch nicht einmal an die Existenz einer göttlichen Kraft. Im Hause Berger war Glaube immer eine eher nebensächliche Sache gewesen. Für seinen Großvater zählten nur Fakten. Handfeste, wissenschaftlich fundierte und erwiesene Fakten.

Langsam und in Gedanken blätterte er die ersten Seiten um und las eine handgeschriebene Widmung: ‚*Unserem geliebten Hannes zur ersten Heiligen Kommunion. Else und Karl Adler, Retzau, 12. April 1935.*‘ Er musste schlucken. Das Buch gehörte einem der Söhne, um dessen Leben seine Eltern bangten. Vermutlich war es auch sein Bett, in dem er nun lag.

Kapitel 10

24. Dezember 1944, 09:20 Uhr
Retzau / Sachsen-Anhalt

Tom schlug die Augen auf. Er brauchte einen kurzen Moment, um sich zurechtzufinden. Ach ja, er war in diesem Bauernhaus in …? Er überlegte. Wo er genau war, hatte er gestern gar nicht gefragt.

Sein Schädel dröhnte entsetzlich. Dieser verdammte Apfelschnaps! Das Zeug hatte ja richtig gut gewärmt. Nur hätte er nicht so viel davon trinken sollen. Er wusste genau, dass er keinen Schnaps vertrug. Jedes Mal am nächsten Morgen war ihm speiübel und sein Schädel fühlte sich an, als würde unaufhörlich jemand mit dem Hammer darauf schlagen. Bei seinem Freund Olaf war das anders. Die norddeutsche Frohnatur konnte, genau wie sein Bruder Jan, bis morgens um vier saufen, um dann gegen acht Uhr schon wieder putzmunter beim Frühstück zu sitzen.

Wie spät es wohl war? Zu dumm, dass er keine Armbanduhr mehr besaß.

Er stand auf, hob die graue Hose und das Hemd vom Fußboden auf und zog sich an.

Als er die Socken überstreifen wollte, stutzte er. Elses Kartoffelwasser hatte wahre Wunder bewirkt. Die Frostbeulen an den Füßen waren fast vollkommen verschwunden.

Dann ging er zum Fenster und warf einen Blick hinaus. Der Winter hatte das Land fest im Griff. Es schneite immer noch. Kein Pulverschnee, der horizontal vom Wind getrieben über den Boden fegte, sondern dicke, weiße Flocken, die entfernt an Watte erinnerten. Die Wege zwischen der Scheune, dem Haus und den Stallgebäuden waren bereits geräumt worden. Große Hügel aus frisch aufgehäuftem Schnee lagen rechts und links der schmalen Pfade. Karl musste schon früh aufgestanden sein.

Als Tom die Tür zum Gang öffnete, strömte ihm der Duft von frisch gebackenem Brot entgegen. Zügig polterte er die Treppe hinunter und kam gerade in die Küche, als Else das Brot aus dem großen Herd holte.

„Guten Morgen“, sagte er freundlich.

Sie fuhr herum.

„Guten Morgen, Thomas, ich hoffe, du hast gut geschlafen“, antwortete sie sehr gut gelaunt.

„Ähm, ja“, antwortete er verdutzt.

Die Laune der Frau war wesentlich besser als noch am Vorabend und schien ihm plötzlich sehr befremdlich. Toms Großmutter pflegte immer zu sagen: *„Man muss fragen, wenn man etwas wissen möchte. Wer nicht fragt, bleibt dumm.“* Und so fragte er:

„Sie sind so gut gelaunt, Else, ist etwas geschehen?“

Else stürzte die Kastenform mit dem Brot auf ein Brett auf dem Küchentisch und zog sie vorsichtig hoch. Das Brot dampfte. Strahlend stellte sie die Form daneben, ging wortlos zu der Kommode mit dem Kreuz und nahm einen zusammengefalteten Brief und eine blass rosa Postkarte an sich.

„Heute Morgen mit der Post gekommen. Der Heini, das ist unser Briefträger hier im Ort, der ist extra als erstes zu uns gekommen, weil er ja wusste, dass ich so sehr auf Post von den Jungs warte“, sagte sie und strahlte dabei. „Stell dir vor, Thomas, unser Hermann schreibt, er sei in Frankfurt/Oder. Im Lazarett Lutherstift. Er wurde von zwei Kugeln schwer an der Schulter verwundet und soll in den nächsten Tagen mit einem Lazarettzug nach Hause gebracht werden. Es gehe ihm aber den Umständen entsprechend gut, schreibt er. Und du errätst nie, wo unser Peter steckt!“

Triumphierend winkte sie mit der rosa Postkarte. Tom schaute fragend. Woher sollte er wissen, wo Elses Sohn steckte?

„Peter ist in Amerika!“

Sie hielt ihm die Karte hin. Tom griff danach und las. *Prisoner of War Card* stand da neben der Adresse von Else und Karl Adler. Tom drehte die Karte um und las den kurzen, handgeschriebenen Text auf der Rückseite. *„Liebe Eltern, ich bin in einem Kriegsgefangenenlager in Amerika. Es geht mir gut und ich bin gesund. Euer Peter.“*

Merkwürdige Geschichte. Nie hätte Tom geglaubt, dass eine Mutter so glücklich wäre, wenn der eine Sohn verwundet und der zweite in Gefangenschaft geraten war. Im Jahr 2007 für jede Mutter ein Albtraum. Hier war es wirklich das sprichwörtliche Glück im Unglück.

Lächelnd reichte er Else die Karte zurück.

„Das freut mich für Sie. Ich denke, damit sind die beiden erst einmal aus dem Schneider.“

Else ging zum Küchentisch und ließ sich auf einen der Stühle sacken. Dann drückte sie den Brief und die Karte an die Brust und begann zu schluchzen.

Tom ging zu ihr und legte ihr seine Hände auf die Schulter.

„Sie werden sehen, Else, alles wird gut."

Sie nickte und wischte sich wie am Vorabend die Tränen mit dem Ärmel der Strickjacke fort. Dann stand sie wieder auf und ging zurück an den Herd.

„Möchtest du einen Kaffee, Thomas?"

„Gerne."

Sie griff eine blauweiße Emailletasse von einem Regal und goss ihm von dem dampfenden, schwarzen Kaffee aus einer Kanne, die auf dem Herd stand, ein.

„Ist übrigens richtiger Bohnenkaffee", sagte sie stolz, als sie ihm die Tasse reichte.

Er nickte. Aus Erzählungen wusste er, dass Bohnenkaffee in den letzten Kriegsjahren zu Mangelware geworden war und es stattdessen meist nur Ersatzkaffee, im Volksmund Muckefuck, gegeben hatte. Der Kaffee-Ersatz wurde aus verschiedenen Getreidesorten und sogar aus Eicheln hergestellt.

Er nippte an dem heißen Getränk und war erstaunt. Der Kaffee schmeckte wesentlich besser, als der aus seiner Padmaschine im einundzwanzigsten Jahrhundert. Er schmeckte ein bisschen wie der, den Philip, Großvaters Butler, bei Toms seltenen Besuchen immer aufbrühte.

„Hm, der tut gut", beantwortete er Elses fragenden Blick.

„Hab ich getauscht gegen selbst gemachte Butter", erklärte sie stolz. „In den letzten Monaten kommen ja immer mehr Städter zum Hamstern aufs Land. Denen in den Städten geht's ja noch viel schlechter als uns. Da können wir noch richtig froh sein, dass wir noch alles selbst machen."

„Wo ist denn Karl?", fragte er, als Else sich wieder dem Brot zuwandte.

„Der ist bei den Kühen im *neuen Stall*", erklärte sie.

Er trank den Kaffee, stand dann auf und ging zur Tür. Als er die Klinke schon in der Hand hielt, fiel ihm noch etwas ein.

„Ach, Else, wo ist denn der *neue Stall*?"

Sie lachte:

„Das schäbige Gebäude links neben der Scheune."

Er nickte und schaute sich suchend um. Die Bäuerin schaute ihm belustigt zu.

„Suchst du etwas, Thomas?"

„Wo sind denn meine Schuhe?"

Sie griff neben den Ofen und zog ein Paar schwere, abgenutzte Stiefel hervor.

„Nimm lieber die. Die sind von Hannes. Der hat ungefähr deine Größe. Ist vielleicht besser, wenn du Schuhe trägst, die nicht so auffällig sind wie die deinen."

Erneut setzte er sich auf den Stuhl und zog die Stiefel an. Tatsächlich passten sie wie für ihn gemacht. Dieser Hannes hatte die gleiche Größe wie er. Merkwürdig, dass Else von ihm nichts erzählte. Der Name Hannes stand ja auch in der Bibel, droben in der Kammer auf dem Nachttisch.

Tom verließ das Haus und stapfte über den vom Schnee geräumten Pfad zum neuen Stall.

An der Tür kam ihm Karl bereits mit einer hölzernen Schubkarre entgegen, auf der sich dampfender Mist türmte.

„Morgen, Jungchen", rief er ihm entgegen.

So wie es schien, war auch Karl nach den Lebenszeichen seiner Söhne bestens gelaunt.

„Guten Morgen, Karl", antwortete Tom freundlich und trat zur Seite in den tiefen Schnee, um den Bauern vorbei zu lassen.

Karl kippte den Inhalt der Karre auf den Misthaufen und stellte das Gefährt dann ab.

„Wie geht es deinen Verletzungen, Thomas? Besser?"

Tom nickte und sah dann in Richtung der Felder, von wo er gestern gekommen war. Karl schien das nicht entgangen zu sein.

„Der Schnee hat all deine Spuren verwischt", sagte er und sah ebenfalls in Richtung der Felder und des Wäldchens dahinter. „Hattest aber Glück, dass du hinter dem Wald runtergekommen bist."

Tom stutzte.

„Warum?"

Der Alte lachte:

„Na, weil man es von hier nicht sieht. Hätte jemand von den Schwätzern im Dorf deinen Fallschirm gesehen, wär's schon rund und du hättest die SS längst im Nacken. Hast richtig Schwein gehabt, Jungchen. Ich war heute Morgen auch schon ein paar Mal gucken, hab aber weit und breit nix von der schwarzen Brut gesehen."

Er ging zur Fensterbank und nahm ein Fernglas, um es Tom zu reichen. Er sah hindurch. Nun konnte er den

Waldrand genau erkennen. Es war weit und breit nichts zu sehen. Merkwürdig, dass die ihn nicht suchten.

„Danke, Karl“, sagte er und gab dem Alten das Fernglas zurück.

Der tat erstaunt.

„Du musst dich nicht bedanken, Jungchen. Ich müsste mich eher bei dir bedanken.“

Jetzt war es Tom, der erstaunt war.

„Wieso müssen Sie mir danken? Ich schlafe in Ihrem Haus, esse von Ihrem Tisch und lasse mich von Ihrer Frau verarzten. Außerdem verstecken Sie mich vor der SS.“

Der Alte schüttelte grinsend den Kopf.

„Erstens kannst du ruhig Du zu mir sagen, Jungchen, und zweitens hat Else das erste Mal seit Langem wieder gestrahlt, nachdem du uns gestern erzählt hast, dass der Krieg bald vorbei ist. So glücklich habe ich sie schon lange nicht mehr erlebt. Sie meinte heute Morgen sogar, du wärst gar kein Mensch aus einer anderen Zeit, sondern bestimmt ein Engel, den Gott ihr zu Weihnachten geschickt hat.“

Karl schaute sich um und tippte sich dann an die Schläfe.

„Ist natürlich Quatsch, aber seit dem Tag, wo wir die Nachricht bekommen haben, dass Hannes gefallen ist, hat sie kein einziges Mal mehr gelacht. Sie wollte noch nicht einmal mehr Weihnachten feiern. Weißt du, mir ist egal, was du bist und woher du kommst. Hauptsache, Else ist wieder ein bisschen glücklich.“

Tom sah erst den Alten und dann die Stiefel an seinen Füßen an. Wieder entging Karl nichts.

„Musst dir keine Gedanken machen“, sagte er nun mit einer tiefen Traurigkeit in seiner Stimme. „Hannes hätte dir die Schuhe auch geliehen, wenn er noch leben würde. War ein hilfsbereiter Bursche, der Hannes. Aber Hauptsache, wir haben nun Nachricht von Peter und Hermann.“

Dann klopfte er Tom auf die Schulter, packte die Schubkarre und ging zurück in den Stall. Tom folgte ihm und wortlos begann er dem Alten zu helfen, das verschmutzte Stroh zwischen den Kühen mit der Mistgabel zusammenzukratzen und auf die Karre zu laden. Die Arbeit war nicht gänzlich neu für ihn. Zwar hatte er bisher nur geholfen, Pferdeställe auf Großvaters Anwesen in Südfrankreich auszumisten, aber ob Kuh oder Pferd war eigentlich egal. Mist blieb Mist. Und dieser Krieg war ganz großer Mist.

Vieles hatte er schon über den Zweiten Weltkrieg gehört, gelesen oder in Reportagen gesehen. Aber hier zu sein und das Schicksal dieser Menschen mitzuerleben war anders. In Büchern war der Krieg so weit weg. Die Menschen nur Bilder in Schwarzweiß auf vergilbtem Papier. Aber hier, hier war alles echt. Elend und Sorgen von Menschen aus Fleisch und Blut. Live und in Farbe.

Er musste wieder an die junge Frau mit den kurzen Haaren und der Tätowierung auf dem Unterarm denken. Anna. Ein schöner Name. Toms Großmutter hieß auch Anna und hatte genauso graue, durchdringende Augen wie die junge Frau in dem Gefängnis im Jonastal. Tom hielt in seiner Bewegung inne. Ein kalter Schauer packte ihn.

„Anna! Anna Berger geborene Stern“, sagte er laut vor sich hin.

Das war unmöglich.

Tom bemerkte Karl, der mit der Arbeit aufhörte und zu ihm herüber sah.

„Hast du was gesagt, Jungchen?"

Er nickte.

„Karl, ich muss weiter. Kannst du mir erklären, wie ich schnellstens zurück ins Jonastal komme?"

Zu Mittag gab es nur einen kleinen Imbiss, wie Else betonte. Zur Feier des Tages würde sie am Abend eine Gans zubereiten, die sie am Morgen noch bei einem Nachbarn gegen Milch und geräucherten Schinken getauscht hatte.

Während des Essens erzählte er den beiden, warum er unbedingt zurück ins Jonastal musste. Auch von Anna erzählte er und von seinem Verdacht, wer diese Anna wirklich war, oder zumindest in seiner Zukunft sein könnte. Karl und Else hörten ihm schweigend zu.

Am Ende seiner Erzählung fragte er dann eher beiläufig:

„Else, würdest du mir nach dem Essen eine Schere borgen?"

„Warum das?", fragte die Bäuerin.

„Ich muss mir die Haare schneiden, mit der langen Mähne falle ich zu sehr auf", erklärte er knapp.

„Kommt nicht infrage", protestierte sie. „Wie sieht das denn aus, wenn ich dich da allein dran herumschneiden lasse? Nachher fällst du noch mehr auf als bisher. Ich mach das schon. Meinen Jungen schneide ich auch immer die Haare. Und zwar ordentlich!"

Als sie den Tisch abgeräumt und alles abgewaschen hatte, nahm sie einen der Küchenstühle und stellte ihn mitten in den Raum.

„Da, hinsetzen!“

Nachdem er sich auf den Stuhl gesetzt hatte, packte Else ein Handtuch und warf es ihm über seine Schultern. Dann nahm sie einen nassen Waschlappen aus der Waschschüssel, die auf dem Küchentisch stand, und begann, damit seine Haare zu befeuchten.

„Eigentlich schade drum“, meinte sie eher beiläufig.

„Wieso?“, fragte Tom.

Else kicherte leise.

„Der Engel auf dem Bild in der Kirche hat genauso schöne, blonde Haare wie du. Heute Morgen, nachdem der Heini die guten Nachrichten gebracht hatte, hab ich noch zu Karl gesagt, der Thomas ist bestimmt ein Engel, den uns der Heiland zu Weihnachten geschickt hat.“

Während Tom auf den Boden sah und sich immer noch Gedanken machte, wie er von hier aus ins Jonastal kommen könnte, wirbelte Else mit einer Schere über seinem Kopf. In diesem Zweihundert-Seelen-Kaff Retzau gab es ja noch nicht einmal ein Auto, geschweige denn einen Bahnhof. Wie könnte er es anstellen, von hier fortzukommen? Er könnte zu Fuß etwa zehn Kilometer bis zum nächsten Bahnhof nach Raguhn laufen und sehen, wie er dort mit dem Zug wegkommen würde. Aber was, wenn er kontrolliert würde? Die SS und die Gestapo kontrollierten die Bahnhöfe. Zumindest hatte Karl das bei ihrem Gespräch vor dem Essen behauptet. Der Alte wollte ihm wirklich helfen. Aber durfte er die beiden netten Bauersleute in die Sache mit hineinziehen? Die beiden riskierten schon jetzt Kopf und Kragen, nur weil sie ihn bei sich versteckten. Aber allein würde er es nicht schaffen.

Das dreimalige laute Zuschlagen der Haustür riss ihn aus seinen Gedanken. Im Flur hörte er Karl fluchen.

„Verdammte Tür“, schrie der Bauer.

Er war nach dem Essen „mal eben weg“, wie er sich ausdrückte.

Als die Küchentür geöffnet wurde, sah Tom kurz auf. Sein Kopf wurde aber sofort wieder von Else nach vorne gedrückt.

„Still halten“, meckerte sie. „Ich bin ja gleich fertig.“

Trotzdem schielte Tom nach oben. Karl zog gerade seinen Mantel aus und hängte ihn an den Haken hinter der Tür. Auf dem Boden neben ihm lag ein großer, weißer Leinensack.

„Jungchen, ich weiß nun, wie du hier wieder fortkommst, ohne dass die Schwarzen vom Reichsheini dich kriegen“, erklärte er stolz.

Dann nahm er den Sack und schüttete den Inhalt neben die Schüssel mit dem Wasser auf den Tisch. Automatisch drehte Tom sich zur Seite, um einen Blick auf die Sachen zu erhaschen, doch wiederum wurde sein Kopf von der Bäuerin nach vorne zu Boden gedrückt.

„Ich sagte doch, ich bin gleich fertig.“

Das Häufchen Haare, das Else im Anschluss zusammenfegte, war nicht zu verachten. Die Frau hatte ganze Arbeit geleistet. Er ging zu dem Spiegel, der über dem Waschtisch hing, und betrachtete den kurzhaarigen, unrasierten Mann darin. Der Anblick war ungewohnt, aber bis auf den Dreitagebart ordentlich.

Dann besah er sich den Haufen an Kleidern auf dem Tisch. Er staunte nicht schlecht.

„Das ist jetzt nicht dein Ernst, Karl. Wo, um Himmels willen, hast du das her?“

Tom griff eine grüngraue Uniformjacke vom Tisch und betrachtete sie. Auf einer der Kragenecken prangten die Runen der SS, auf der anderen war ein einzelnes Quadrat zu sehen.

„Das Zeug gehört dem Willi Schmidt. Ist alles dabei: Jacke, Mantel, Hose, Stiefel und Papiere.“

Er fischte ein Holzkästchen aus dem Kleiderhaufen und öffnete es. In dem Kasten lagen mehrere Ausweise und Dokumente.

„Und was soll ich damit?“, fragte Tom ungläubig.

Karl schlug sich mit der flachen Hand auf die Stirn.

„Jungchen, bist doch sonst so helle. Anziehen sollst du das. Ab heute bist du der SS-Unterscharführer Willi Schmidt.“

„Nein, wie soll denn das gehen, Karl? Und was sagt der richtige Willi Schmidt eigentlich dazu? Wenn die Sache auffliegt, wäre er genauso dran wie ich.“

Karl guckte ihn mit einmal ganz seltsam an und plötzlich, aus heiterem Himmel, begann er schallend zu lachen. Während der Alte sich immer noch lachend auf einen Stuhl sinken ließ, ergriff Else das Wort.

„Dem können sie nichts mehr, dem Herrn Schmidt. Der ist schon vor acht Wochen gestorben. Herzschlag, hat der Arzt gesagt. Ist einfach im Bett eingeschlafen.“

Tom legte die Jacke zurück auf den Tisch.

„Oh, das tut mir leid“, sagte er mit ehrlichem Bedauern.

„Mir nicht!“, rief Karl und sprang vom Stuhl auf. „Gut, dass die Drecksau unter der Erde ist.“

„Karl“, unterbrach Else ihren Mann, „so redet man nicht über Tote.“

„Papperlapapp“, winkte Karl ab. „Seinetwegen ist unser Peter jetzt im Krieg. Du weißt genauso gut wie ich, dass er dafür gesorgt hat, dass der Junge auch noch fort musste und jetzt in dem Amerika da sitzt. Selbst die Ilse ist doch froh, dass der alte Drecksack ins Gras gebissen hat. Dein sauberer kleiner Bruder war nämlich nicht so ein lieber Kerl, wie der Pastor es bei der Beerdigung von der Kanzel gepredigt hat. Erzähl dem Thomas doch mal, in welchem Bett er gestorben ist, der Hurenbock. In der Dorfschänke hat er im besoffenen Kopp getönt, wie viele der Witwen und einsamen Soldatenfrauen er schon getröstet hat. Will gar nicht wissen, an wie vielen der Bälger im Dorf er beteiligt ist. Aber das musste er ja tun. Einer musste sich ja darum kümmern, dass dem Führer die arischen Soldaten nicht ausgehen. Der Führer braucht starke deutsche Jungen, die für ihn in den Krieg ziehen und verrecken. Hart wie Kruppstahl, zäh wie Leder, flink wie Windhunde.“

Karl ließ wütend die Faust auf den Tisch knallen.

Tom schaute zu Else, die sich hinsetzte und mit den Tränen kämpfte. Auch Karl war das aufgefallen. Er stellte das Kästchen auf den Tisch und brummelte nun verschämt etwas wie „ich muss noch mal nach dem Rechten sehn“. Dann nahm er seinen Mantel vom Kleiderhaken und verließ den Raum. Kurz darauf wurde die Haustür dreimal hintereinander zugeschlagen und es war still.

Tom setzte sich neben Else und griff eine Hand der Bäuerin. Wie immer in solchen Momenten wusste er nicht, was er sagen sollte. Else wischte sich, wie schon so oft, mit dem Ärmel eine einzelne Träne von der Wange, holte tief Luft und sagte dann mit fester Stimme.

„Karl hat recht. Willi war ein Schwein. Schon als Kind war er ein schlechter Mensch. Aber wenn seine Sachen dir noch helfen können deine Anna zu finden, war er wenigstens noch für etwas gut."

Er nickte und griff nun nach dem Kasten mit den Papieren, die er nacheinander herausnahm und studierte. Geburtsurkunde Willi Schmidt, geboren 14.06.1901. Parteibuch der NSDAP, Führerschein, Soldbuch der SS. Der Mann war gut und gern sechzehn Jahre älter als Tom.

Er legte die Urkunden zurück in den Kasten und nahm einen grauen Ausweis heraus, auf dem unter einem Reichsadler mit Hakenkreuz stand: Kennkarte. Er schlug ihn auf. Neben einem Bild des Gestorbenen befanden sich dessen Fingerabdrücke. Auf der anderen Seite die persönlichen Daten.

Mit diesen Papieren wollten Karl und Else ihn losschicken? Toms Zweifel wuchsen mit jeder Minute. Der Kerl auf dem Passbild sah ihm nicht im Geringsten ähnlich. Willi Schmidt hatte pechschwarzes Haar, das man wohl mit Pomade oder etwas ähnlichem zu einem glänzenden Seitenscheitel geformt hatte.

Schon der Gesichtsausdruck des Mannes war ihm unsympathisch. Die Betitelung als Drecksack, die Karl für Elses verstorbenen Bruder gewählt hatte, schien allein schon aufgrund dessen, wie er auf dem Bild aussah, zu passen. Manchen Leuten sah man das Arschloch, das sie waren, schon aufgrund ihrer arroganten Mimik an. Und in diese Rolle sollte er schlüpfen?

Schon bei der ersten Kontrolle würden die merken, dass er nicht dieser Willi Schmidt war und ihn verhaften oder direkt erschießen.

„Else, ich sehe deinem Bruder doch gar nicht ähnlich, das funktioniert niemals. Noch nicht mal das Alter passt. Er ist ... er war“, verbesserte Tom sich, „dreiundvierzig. Ich bin siebenundzwanzig.“

Eingehend betrachtete ihn die Frau.

„Stimmt, ähnlich siehst du ihm weiß Gott nicht. Aber das kriegen wir schon hin“, sagte sie dann entschlossen, ging zum Tisch und begann alles wieder in den Sack zu stopfen.

Tom sagte nichts. Else war einfach Klasse, jemanden mit so viel Optimismus hatte er selten erlebt.

Sie nahm ihm den Ausweis aus der Hand, legte ihn wieder zu den anderen in die Kiste und verstaute diese auch in dem Sack. Dann reichte sie ihm den Sack.

„Hier, bring das nach drüben in die Vorratskammer. Morgen sehen wir weiter.“

„Wie morgen?“, fragte er entsetzt. „Ich muss weiter, Else, mir läuft die Zeit weg.“

Fast hätte er über sein unbeabsichtigtes Wortspiel gelacht. Er, als Zeitreisender, glaubte, ihm liefe die Zeit davon. Aber es war so. Wie viel Zeit er noch hatte, wusste er nicht wirklich.

Er konnte nur mit Gewissheit sagen, dass die Kristalle, die er dringend brauchte, um den Zeittunnel zu öffnen, irgendwann Anfang Januar in Danzig an Bord von U-864 gebracht würden. Wie, wann genau und warum das geschah, wusste er nicht. Er konnte nur hoffen, dass er rechtzeitig im Jonastal sein würde, um das Zeitfenster noch einmal öffnen zu können.

„Thomas, heute ist Heiligabend." Else riss ihn aus seinen Gedanken. „Wo willst du denn da noch hin? Morgen früh wird Karl dich zum Bahnhof bringen. Ich glaube kaum, dass bis dahin noch ein Zug fährt."

Er nickte. Heiligabend hatte er total vergessen. Die Bäuerin hatte recht. Er musste ruhig bleiben und besonnen handeln. Unüberlegte und voreilige Schritte würden ihn seinem Ziel nicht näher bringen. Einem Ziel, bei dem es schon jetzt genug Wenn und Aber gab.

Den Nachmittag verbrachte er damit, Karl auf dem Hof zu helfen. Er mistete den Schweinestall aus, fütterte die Hühner und schaufelte nochmals den Schnee von den Wegen, der immer noch in dicken Flocken vom Himmel fiel.

Während er die Arbeiten stumm verrichtete, schlugen die Gedanken in seinem Schädel Purzelbäume. Immer wieder dachte er an Anna. Ob sie seinen Großvater schon kannte? Er hatte sich nie dafür interessiert, wie und wann die beiden sich kennengelernt hatten.

Die meisten Gedanken machte er sich allerdings über Ellens Worte. Worte, die er fast verdrängt hatte. Die Wissenschaftlerin behauptete, dass die Anlage im Jonastal bei den Versuchen während des Krieges Materie ausgestoßen habe. Die Nazis hätten nicht richtig gewusst, wie sie die Steine platzieren mussten. Außerdem besaßen sie ja nur vier der Steine. Was, wenn der Tunnel nur eine Einbahnstraße war? Was, wenn er ins tiefste Mittelalter oder sonst wohin katapultiert wurde? Oder wenn es ihn beim Versuch, durch die Zeit zu gehen, zerreißen würde? Würde ihm der SS-Mann überhaupt helfen? Wütend schlug er mit der Schaufel in einen Haufen Schnee. Es gab einfach zu viele Fragen, die mit W begannen. Aber einfach hier bleiben und sich auf dem Hof verkriechen würde er nicht. Er musste ins Jonastal, wie es weiter ging, würde er dann sehen. Es gab immer einen Weg.

Am Abend schmückte er gemeinsam mit Karl in der guten Stube den Weihnachtsbaum, den dieser am Nachmittag aus dem Wald geholt hatte, in dem Tom mit dem Fallschirm gelandet war. Der Bauer berichtete ihm, dass trotz intensiver Suche von dem Schirm nichts mehr zu sehen sei. Tom spürte, wie er sich verkrampfte. Was, wenn die SS den Fallschirm gefunden hatte und nun auf seiner Spur war. Vielleicht wurden er und der Hof auch schon beobachtet. Er trat ans Fenster und spähte in die Dunkelheit. Nichts zu sehen.

„Jungchen, nu mach dir mal keinen Kopf." Karl stand plötzlich neben ihm und klopfte ihm auf die Schulter. „Da draußen ist keiner. Wenn die den Fallschirm gefunden hätten, wären die schon längst hier. Glaub mir, der taucht erst wieder auf, wenn der Schnee schmilzt. Hilf mir lieber, dass der Baum schön wird, da freut sich die Else."

Tom nickte und widmete sich wieder dem Tannenbaum. Wann er das letzte Mal so Weihnachten gefeiert hatte, wusste er nicht. Die letzten Jahre war er an Weihnachten immer mit Olaf und Jan in der Karibik um die Häuser gezogen. Bei den diversen X-Mas-Partys, die sie dabei besuchten, ging es auch nie darum, die Ankunft des Jesuskindes zu feiern. Nein, eigentlich ging es nur darum, sich zu besaufen und irgendein Betthäschen klar zu machen. Für einen Moment überlegte er sogar, ob ihm der Name des Mädchens aus dem letzten Jahr noch einfiel, doch bevor er ihm wieder in den Sinn kam, drifteten die Gedanken wieder ins Jonastal und zu seiner Reise dorthin ab.

Vorsichtig hängte er die Glaskugeln an den Baum, während Karl die Kerzen befestigte und eifrig Engelshaar verteilte.

„Musst mit dem Zeug aufpassen“, erklärte er Tom, „darf man nicht zu nah an die Kerzen tun, dieses Engelshaar brennt wie Zunder. Der Peter, der hat uns als Kind mal fast die ganze Bude abgefackelt damit.“ Er hielt inne. „Thomas, meinst du, der Peter darf auch Weihnachten feiern bei den Amis?“

Tom nickte.

„Klar feiern die auch Weihnachten. Glaub mir Karl, deinem Jungen konnte nichts Besseres passieren, als dass er in amerikanische Gefangenschaft gekommen ist. Die Burschen kommen nach dem Krieg alle heil zurück. Die Amerikaner stellen nur die hohen Tiere vor Gericht.“

Karl nickte beruhigt.

„Es ist gut, dass du heute bei uns bist, Thomas.“

Kapitel 11

25. Dezember 1944, 06:10 Uhr
Retzau / Sachsen-Anhalt

Als Karl ihn weckte, war es draußen noch dunkel.

Tom fühlte sich überhaupt nicht ausgeschlafen. Nach dem köstlichen Weihnachtsessen hatte er noch bis tief in die Nacht mit den beiden Bauersleuten in der guten Stube gesessen.

Er konnte sich an kein besinnlicheres Weihnachtsfest als das am gestrigen Abend erinnern. Beim Schein der Kerzen, die sich flackernd in den silbernen Glaskugeln spiegelten, saßen sie dort und unterhielten sich. Keine Geschenke, kein Fernseher. All der Konsum des einundzwanzigsten Jahrhunderts war weit weg.

Wie schon am Abend davor hörten die beiden staunend seinen Erzählungen zu.

Karl amüsierte die Vorstellung, dass in einigen Jahren sogar die Kerzen am Christbaum mit elektrischem Strom brennen würden.

„Else“, erklärte er irgendwann, „sobald der Krieg vorbei ist, bekommen wir auch elektrisches Licht. Ich bin es leid, dass wir immer noch die alten Öllampen und Kerzen brauchen. Fast das halbe Dorf hat schon einen Anschluss. Sobald die Jungs wieder da sind, wird das nun gemacht. Und nun Prost.“

Dann hob er das Glas mit dem Apfelschnaps und kippte den Inhalt, wie jedes Mal, mit einem Schluck hinunter. Tom trank an diesem Abend nur ein einziges Glas des Gesöffs. Jedes Mal, wenn er Karl zuprostete, nippte er nur einmal kurz und stellte es dann wieder auf den Tisch. Er würde in den nächsten Tagen seine Kräfte und seinen Verstand brauchen. Ein Brummschädel wäre da nicht unbedingt hilfreich.

Else packte gerade mehrere, in Papier eingeschlagene Pakete in einen Rucksack, als Tom an diesem Morgen die Küche betrat. Über einer Stuhllehne hing die frisch gebügelte SS-Uniform.

„Ah, guten Morgen, Thomas“, begrüßte sie ihn. „Ich habe dir ein wenig Wegzehrung eingepackt. Ist ja schon ein Stück bis Arnstadt.“

Er nickte.

„Danke, Else. Vielen Dank! Was würde ich nur ohne euch beide machen!“

Dann betrachtete er die grünlich-graue Uniform. Wohl war ihm immer noch nicht dabei, die Uniform eines SS-Mannes zu tragen. Aber es war die einfachste Art für ihn, unbehelligt zu reisen. Außerdem war das doch auch nur ein Stück Stoff. Er würde gemeinsam mit der Uniform ja nicht die Gesinnung oder das Gedankengut der Nazis anlegen. Ihm fiel ein Spruch ein, von dem er dummerweise nicht mehr wusste, wer ihn einmal gesagt hatte. *„Du bist nicht das, was du trägst, sondern du bist das, was du denkst und tust.“* Nachdem er dies mehrfach leise gesagt hatte, bis er es fast glaubte, griff er nach der Kleidung. Als er gerade das Feldhemd mit den Runen der SS am Kragen zuknöpfte, trat Karl ein. In seiner Hand hielt er die Maschinenpistole, die seit Toms Ankunft im Heu gelegen hatte. Else schaute die Waffe mürrisch an, sagte aber nichts.

„Dummerweise hast du nicht viel Munition dafür", meinte Karl und verstaute die Waffe zwischen einigen Kleidungsstücken.

„Ich hoffe, dass ich sie nicht brauchen werde", antwortete Tom.

Else, die gerade Kaffee aufbrühte, drehte sich abrupt um.

„Wenn du sie nicht gebrauchen möchtest, ist es vielleicht besser, du lässt sie hier, oder ihr werft sie noch schnell auf dem Weg nach Raguhn in den Mühlteich. Der ist gut und gern drei, vier Meter tief. Da findet das Teufelsding keiner mehr. Und den alten Karabiner nehmt am besten gleich mit und schmeißt ihn hinterher."

„Aber Else", versuchte Karl seine aufgebrachte Frau zu beruhigen.

Doch die wurde nur noch bissiger und fuhr ihm über den Mund, bevor er weitersprechen konnte:

„Nix, aber Else, ich hab dir schon ein paar Mal gesagt, dass ich keine Gewehre im Haus haben möchte. Stell dir vor, du hättest Thomas vorgestern getroffen und er läge jetzt mausetot drüben in der Scheune. Oder als Peter und der Heldrichs Junge mit dem Karabiner im Wald heimlich auf Kaninchen geschossen haben? Zum Glück ist da auch nichts passiert. Das nächste Mal hast du vielleicht nicht so viel Glück und es bleibt noch einer tot. Karl, schaff es weg! Schmeiß das Teufelsding in den Mühlteich oder vergrab es irgendwo."

Karl nickte wie ein reuiger Sünder.

„Du hast Recht, Else, wenn ich Thomas getroffen hätte, nicht auszudenken."

Dann ging er mit schlurfenden Schritten zur Tür.

„Ich geh die Pferde holen."

Kurz darauf hörte Tom noch, wie die Haustür mehrmals zugezogen wurde und dann mit einem Scheppern ins Schloss fiel.

Eine Stunde später ritt er neben Karl auf einem Haflingerwallach aus dem Dorf. Der Abschied von Else war sehr herzlich gewesen. Obwohl die ältere Frau ihn erst seit zwei Tagen kannte, fiel ihr der Abschied sichtlich schwer. Für den Fall, dass sein Versuch, zurück in seine Zeit zu gelangen, scheitern würde, rang die Bäuerin ihm das Versprechen ab, wieder zurückzukommen. Auf dem Hof sei immer ein Platz für ihn frei. Die Bäuerin hatte ihm so viel Verpflegung eingepackt, dass es locker für eine ganze Kompanie reichen würde. Auch mindestens zwei Paar Strümpfe, Unterwäsche und eine neutrale Montur zum Wechseln steckten in dem Rucksack.

Die Uniform des Gestorbenen, die er auf der Reise im Zug tragen würde, passte ihm wie angegossen. Tom war, als er vor dem Spiegel stand, erstaunt gewesen, wie sehr Kleidung einen Menschen verändern konnte. Else schaffte es auch, seine Frisur der ihres gestorbenen Bruders anzupassen. Wie bei dem Mann auf dem Passbild waren seine Haare nun zu einem fettig wirkenden schwarzen Seitenscheitel gekämmt, der aber fast vollständig von der Schirmmütze mit dem Totenkopfemblem verdeckt wurde. Schon toll, was man aus einer Mischung aus Pomade,

Ruß und Schuhcreme alles machen konnte. Karl war überzeugt, dass die Wachen bei einem höheren Rang nicht so genau hinsehen würden, eine Ansicht, die Tom nicht ganz mit dem Alten teilen wollte. Da er aber keinen besseren Vorschlag hatte, fügte er sich.

„Wo hast du denn die Pferde her?“, fragte er den Bauern, als sie die letzten Häuser gerade hinter sich ließen.

„Geborgt“, antwortete Karl und grinste dabei schelmisch wie ein Lausbub.

„Geborgt oder geklaut?“, fragte Tom zurück.

Der Alte überlegte kurz.

„Na ja. Ich bring sie ja wieder zurück, da sagt man doch geborgt, oder? Außerdem ist die Ilse ja über Weihnachten gar nicht zu Hause und hat mich gebeten, für sie nach dem Rechten zu sehen. Ihre Klepper müssen ja auch mal bewegt werden, jetzt, wo der Willi tot ist.“ Dann begann er laut zu lachen, worauf Tom ihn fragend ansah. „Bin ja mal gespannt, was sie dazu sagt, wenn sie merkt, dass die Klamotten und Papiere von ihrem noblen Gatten, dem alten Drecksack, fehlen.“

Nun musste auch Tom loslachen. Karl war wirklich eine Klasse für sich.

„Sag nicht, du hast die Uniform und das andere Zeug auch ‚geborgt‘?“

Der Alte schüttelte immer noch grinsend den Kopf.

„Nee, die sind geklaut, oder meinst du, ich bring die Lumpen wieder zurück?“

Während sie weiter durch die verschneite Landschaft ritten, ging hinter ihnen die Sonne auf. Der Schnee strahlte und glitzerte unter einem hellblauen Himmel. Nach einer halben Stunde tauchte links von ihnen ein einzelnes Haus auf. Wie an dem großen, vereisten Wasserrad unschwer zu erkennen, handelte es sich um die Mühle mit dem Mühlteich, in dem Karl die Gewehre versenken sollte.

„Schau dir das an, Thomas. Da siehst du wieder mal, auf was für dumme Ideen Frauen kommen." Er zeigte auf eine ebene, fast fußballfeldgroße, schneebedeckte Fläche hinter dem Mühlrad. „In den Teich wirft so schnell keiner was. Außer, er sprengt vorher ein Loch ins Eis."

Irgendwie war Tom enttäuscht. Die Maschinenpistole in seinem Rucksack bereitete ihm doch eine gehörige Portion Unbehagen. Vielleicht hätte er sie doch einfach auf dem Hof zurücklassen sollen. Andererseits musste er Karl zustimmen. Wer wusste schon, wofür er die Waffe noch brauchen würde. Sie dabeizuhaben bedeutete noch lange nicht, dass man mit ihr auch unweigerlich schießen oder gar töten musste. Er hätte auch in der Scheune nicht auf den alten Karl geschossen. Da war er sich hundertprozentig sicher. Dennoch hatte die MP sein Gegenüber eingeschüchtert. Auch ohne Munition konnte sie einem Gegner schon Respekt einflößen.

Während des ganzen Ritts begegnete ihnen nicht ein einziger Mensch.

Als sie sich Raguhn näherten, erkannte Tom sofort eine große Rauchwolke, die sich von Westen her der Stadt näherte. Eindeutig eine Lokomotive. Trotz des Weihnachtsfestes schien der Zugverkehr nicht zu ruhen. Eine Tatsache, die ihn beruhigte. Schon passierten sie die ersten Häuser. Der Zug kam indes langsam, aber stetig näher. Tom konnte nun auch den Bahnhof sehen. Ein winziger Fachwerkbau mit nur einem Bahnsteig davor. Über der Eingangspforte hing ein weißes Schild, auf dem in Schwarz die Buchstaben ‚Raguhn' standen.

Schnaufend rollte die schwere Dampflokomotive durch den Bahnhof, ohne anzuhalten. Tom zählte neun Güterwagen und einen Personenwagen. Da ihr Weg nun direkt an den Gleisen vorbeiführte, kam die Lok geradewegs auf sie zu. Er merkte, wie sein Pferd unruhig wurde und dabei hin und her tänzelte. Auch Karl bemühte sich, seines zu beruhigen. Das schnaufende Dampfross war den Tieren ganz und gar nicht geheuer.

Sie lenkten die Pferde abseits auf ein freies Feld, um den Abstand zwischen ihnen und dem Ungetüm zu vergrößern. Der Zug hatte den Bahnhof nun passiert und nahm wieder Fahrt auf. Immer schneller bewegten sich die Kolbenstangen hin und her und trieben die großen, roten Räder zur Eile an.

Toms Blick streifte über die Waggons und blieb auf einem Davidstern haften, der mit weißer Farbe auf die Seite eines Wagens geschmiert worden war. Sein Herz begann schneller zu schlagen.

Schon bevor er die ausgemergelten Gesichter an den offenen Luken der Wagen entdeckte, verstand er, welche Waren dieser Zug transportierte. Menschlichen Nachschub für die Vernichtungslager im Osten. An den Fenstern des Personenwaggons sah er uniformierte Männer in der gleichen Kleidung, die auch er nun trug. Er fühlte, wie der Kragen seines Feldhemdes, auf dem die Zeichen der Mörder, die Siegrunen, prangten, sich zuzog und ihm die Luft zum Atmen nahm. Ein unbekanntes Gefühl, das er kaum beschreiben konnte, überkam ihn: Wut, Trauer, Schmerz, Mitleid. Ein Gemisch aus allem. Zur Untätigkeit verdammt musste er zusehen, wie die Wagen, teilweise eingehüllt in dichte Qualmwolken, an ihm vorbeifuhren und sich rasch entfernten. Auch Karl sah dem Zug sichtlich geschockt und nachdenklich hinterher.

„Die armen Schweine. Die wollen auch nur leben", murmelte er leise.

„Du weißt, was mit den Juden passiert?", fragte Tom.

Der Alte nickte.

„Natürlich! Pfeifen ja die Spatzen von den Dächern. Gibt ja genug, die damit prahlen." Dann gab er dem Pferd einen leichten Tritt in die Flanken, worauf der Kaltblüter zurück in Richtung Straße trottete. „Aber Jungchen, da machst du nix dran. Ist halt so. Wer das Maul aufmacht, darf direkt mitfahren. Die haben immer noch ein Plätzchen frei."

Tom folgte ihm. Bis zum Bahnhof sprachen sie kein Wort mehr. Schon jetzt wusste Tom, dass er diese Begegnung niemals in seinem Leben vergessen würde. Die Wahrheit mit eigenen Augen zu sehen oder in einem Buch zu lesen war doch ein himmelweiter Unterschied.

Die Bahnhofsuhr zeigte zehn Minuten vor neun, als Tom gemeinsam mit Karl den menschenleeren Wartesaal des Bahnhofs betrat. Der Begriff Saal war sicherlich übertrieben. Entlang der Wände des etwa sechs mal sechs Meter großen Raumes standen mehrere Holzbänke.

Hinter einem kleinen Fenster, über dem die Aufschrift ‚Fahrkarten' stand, saß ein mürrisch dreinblickender Mann in der blauen Uniform der Reichsbahn.

Das Aussehen des Kerls bestätigte Toms klischeehafte Vorstellung von einem deutschen Beamten. Auf der Nase trug der Eisenbahner ein Monokel, darunter einen säuberlich gezwirbelten Oberlippenbart, auf dem Kopf eine Schirmmütze. Die ganze Erscheinung spiegelte wahrhaftig das typische Bild des preußischen Beamtentums wider. Das einzige, was nicht ganz passen wollte, war der Kaffeefleck auf seinem Uniformrock, der jedem Betrachter sofort an dem ansonsten tadellos gekleideten Mann ins Auge fallen musste.

„Morgen, Fred“, begrüßte Karl ihn, beugte sich zu dem Fenster hinunter und streckte ihm seine Hand entgegen.

„Heil Hitler, Herr Adler“, antwortete der in perfektem Hochdeutsch, ohne dabei eine Miene zu verziehen.

Die hingehaltene Hand des Bauern ignorierte er geflissentlich.

„Na, wenigstens kennst du noch meinen Nachnamen“, knurrte Karl und zog die Hand sichtlich beleidigt zurück.

Der Schnurrbartträger sah ihn kurz an und sagte nur mit Blick auf Tom,

„Herr Adler, Dienst ist Dienst und privat ist privat und während der Dienstzeit bin ich auch für Sie der Herr Bahnhofsvorsteher Müller. Vorschrift ist nun mal Vorschrift“.

Tom bemerkte, wie Karl die Fäuste ballte und etwas sagen wollte.

„Was kann ich für Sie tun, Herr Adler?“, fragte der Beamte.

Tom schob sich an Karl vorbei und beugte sich nun zu dem Mann hinab.

„Heil Hitler“, grüßte er, als hätte er das schon tausendmal getan. Eine Tatsache, die ihn selbst verblüffte.

„Ich würde gerne einen Fahrschein für den nächsten Zug nach Arnstadt lösen.“

Der Beamte musterte ihn argwöhnisch. Dann drückte er sein Monokel fester und begann in seinem Bürokratendeutsch zu sprechen.

„Arnstadt? Hier nur bis Bitterfeld. Nächste planmäßige Abfahrt zehn fünfzig. Planmäßige Ankunft Bitterfeld dreizehn dreißig. Anschlusszug nach Arnstadt vor Ort beim Dienstpersonal zu erfragen. Handelt es sich um eine dienstliche Fahrt?“

Tom überlegte, was er sagen sollte. Doch bevor er antwortete, keifte Karl von hinten:

„Ne, der Unterscharführer zieht privat in den Krieg.“

Zum ersten Mal zeigte der Bahnhofsvorsteher eine Regung. Er sah Karl, der immer noch versetzt hinter Tom stand, an, als wollte er ihn auffressen.

„Ich verbitte mir diesen Ton, Herr Adler, wir sind hier nicht in der Wirtsstube.“

Dann wandte er sich wieder mit dem aufgesetzten Beamtenblick an Tom.

„Dienstliche oder private Reise?“

Tom lächelte:

„Natürlich dienstlich.“

Der Mann griff in ein Fach neben sich, nahm ein Dokument heraus und reichte es ihm zusammen mit einem Bleistift.

„Name, Zuname, Rang, Geburtsdatum, Wohnort, Reiseziel, Truppenteil, Datum, hier unterschreiben.“

Tom nickte und deutete auf eine der Bänke.

„Ich setze mich kurz dorthin, zum Ausfüllen."

Der Beamte tat erstaunt, nickte aber dann.

„Wie Sie wollen, Herr Unterscharführer."

Tom ging zu der Bank und setzte sich. Karl, der sich neben ihm niederließ, raunte ihm leise zu.

„Schreib irgendeinen Namen, nur bloß nicht Willi Schmidt."

Fragend sah Tom den Alten an.

„Fred und Willi kannten sich", flüsterte der.

Wieder merkte Tom wachsendes Unbehagen. Hoffentlich wollte der Kerl nicht noch seinen Ausweis sehen. Da ihm auf die Schnelle nichts anderes einfiel, schrieb er einfach seinen richtigen Namen auf das Formular. Ein fiktives Geburtsdatum und als Wohnort Berlin. Bis auf seinen Namen und das Ziel alles erfunden. Kurz schaute er zu dem Beamten, der ihn immer noch argwöhnisch beobachtete.

Tom stand auf und ging zurück zum Schalter.

„Bitte schön!"

Er reichte dem Mann das Blatt. Der überflog es kurz und sah ihn dann an:

„Dienstausweis, bitte."

Tom wurde heiß und kalt.

„Der ist ganz unten im Rucksack", log er mit fester Stimme.

„Dienstausweis", wiederholte der Beamte und streckte fordernd seine Hand aus.

„Muss das sein?", schnaufte Tom.

„Vorschrift ist Vorschrift!"

Jetzt half nur die Flucht nach vorne. Angriff war immer die beste Verteidigung.

„Sie wollen mir hier etwas von Vorschrift erzählen?“, platzte Tom hervor. „Bevor Sie andere belehren, sollten Sie die Kleidervorschriften einmal genau studieren.“ Tom deutete auf den Fleck. „Stellen Sie sich vor, der Führer käme durch diese Tür und Sie sehen aus, als hätten Sie gerade aus einem Schweinetrog gesoffen.“

Der Mann wurde noch bleicher, als er eh schon war. Tom glaubte sogar zu bemerken, wie die Enden des Schnurrbartes um einige Zentimeter nach unten sackten.

„Entschuldigen Sie, Unterscharführer, aber, es war ein Ver …“, stammelte er.

„Geben Sie mir den Schein und dann gehen Sie sich reinigen“, zischte Tom. „Oder wollen Sie, dass ich Sie melde?“

Zitternd griff der Mann zu einem Stempel und schlug ihn hastig und fest auf das Formular, dann reichte er es Tom zurück.

„Entschuldigen Sie, Unterscharführer, entschuldigen Sie.“

„Heil Hitler“, schrie Tom ihn an.

„Heil Hitler“, stammelte der Beamte, nickte mehrmals und verließ, nachdem Tom sich abgewandt hatte, den Raum durch eine Tür in der hinteren Wand.

Tom holte tief Luft, ein Glück, dass der Kerl so ordnungsfanatisch war. Für einen Moment hatte er geglaubt, seine Reise wäre schon zu Ende, bevor sie überhaupt begonnen hatte.

Karl konnte sein Grinsen kaum verbergen.

„Da soll mal einer sagen, dass Kleider keine Leute machen“, flüsterte er ihm auf dem Weg ins Freie zu. „Wenn ich’s nicht gewusst hätte, dass du es bist, Jungchen, hätte ich dir den SS-Mann wirklich abgenommen. Mach weiter so und du fällst bestimmt nicht auf.“

Der Zug kam, so wie man es auch in sechzig Jahren noch kennen würde, mit fast einer dreiviertel Stunde Verspätung. Aber schon Minuten vorher kündeten graue Rauchschwaden am östlichen Horizont von seiner Ankunft.

Bevor Tom als einziger Reisender einstieg, verabschiedete er sich auf dem Bahnsteig von Karl. Der Alte riss ihn an sich und drückte ihn.

„Jungchen, ich wünsch dir nur das Beste. Dass du heimkommst. Und denk immer dran, wenn es nicht klappt, du bist bei uns immer willkommen.“

Tom nickte mehrmals, ein dicker Kloß in seiner Kehle hinderte ihn am Sprechen. Die Herzlichkeit, die ihm von diesen Menschen entgegengebracht wurde, war einzigartig.

„Danke, Karl. Ich werde euch nie vergessen. Gib Else von mir einen dicken Kuss.“

Dann stieg er ein. Während der Schaffner hinter ihm die Tür zuzog, setzte sich die Lokomotive schon schnaufend in Bewegung. Der Wagen vibrierte mit jeder Kolbenbewegung der mächtigen Dampfmaschine.

Er ging den Gang entlang und setzte sich in ein freies Abteil der 2. Klasse. Der Zug schien recht leer. Nur vereinzelt saßen verstreut einige Reisende. Meist Soldaten niederer Ränge. Die meisten Leute schienen noch zu

Hause das Weihnachtsfest zu feiern. Tom setzte sich auf den Fensterplatz in Fahrtrichtung. Die Sitze waren recht gemütlich, stellte er fest. Er erinnerte sich an seine letzte Fahrt mit der Bahn. Damals war er noch Schüler gewesen und mit dem ICE von Hamburg nach Berlin gereist. Die Sitze in dem modernen Hochgeschwindigkeitszug waren bei Weitem nicht so bequem wie diese gewesen.

Der Zug hielt noch mehrmals bis Bitterfeld. Da mehr Leute zu- als ausstiegen, füllten sich die Waggons langsam.

Während des zweiten Halts öffnete sich die Abteiltür und zwei Herren im gesetzten Alter nahmen ihm gegenüber Platz. Obwohl es ihn anwiderte, grüßte er wieder zackig mit „Heil Hitler." Der Gruß wurde prompt erwidert.

Um sich nicht in ein Gespräch verwickeln zu lassen, in dem er sich womöglich verraten könnte, stellte er sich schlafend und lauschte dem Gespräch der beiden aufmerksam.

„Der Krieg ist noch lange nicht verloren", tönte der Dickere mit brummiger Bassstimme. „Die neuen Wunderwaffen werden die endgültige Wende bringen."

Der Zweite, ein Hagerer mit Vollglatze, stimmte ihm zu.

„Der Führer wird wissen, was zu tun ist. Allerorts hört man schon von den Gegenoffensiven. Der Ami hat gar keine Chance gegen unsere gestählten Jungen. Wir Deutschen unterscheiden uns nun mal durch eiserne Disziplin, Gehorsam und die Liebe zum Vaterland von dem ganzen anderen Pack."

Nun nickte der Dicke.

„Sieh dir nur die Amerikaner an. Ein verlotterter Haufen aus Indianern, Juden und Negern. Zusammengewürfelt aus den unterschiedlichsten Nationen, aus denen sie oder ihre Väter abgehauen sind. Die wissen gar nicht, was Nationalstolz ist. Unsere Jungs kämpfen für ihr Deutschland."

Tom musste sich zwingen ruhig zu bleiben und den Schein des Schlafenden zu wahren. Am liebsten hätte er den beiden gesagt, welchen Mist sie da laberten. Wenn er eins hasste, waren es solche Dummschwätzer wie diese beiden, die wohlgenährt mit blank poliertem Parteiabzeichen im warmen Zug saßen und über Sachen sprachen, von denen sie beim besten Willen keine Ahnung hatten.

Um halb drei rollte der Zug mit mittlerweile einer Stunde Verspätung in Bitterfeld ein.

Kapitel 12

25. Dezember 1944, 16:10 Uhr
Jonastal / Thüringen

„Was heißt hier, die Batterien sind leer?“, schrie Maurer und schlug mit einer Reitgerte auf den Kartentisch in dem unterirdischen Labor. „Dann laden Sie sie gefälligst wieder auf! Dürfte doch nicht so schwer sein!“

Thelen wirkte noch kleiner und blässlicher als sonst.

„Aber Herr Obersturmbannführer, das sind keine Akkumulatoren, die Sie nach Belieben wieder aufladen können. Es ist wesentlich komplizierter als Sie denken.“

„Sie wollen wissen, was ich denke? Ich werde Ihnen sagen, was ich denke“, schrie er nun, worauf der Mann im weißen Kittel noch mehr zusammenzuckte. „Sie sind ein Scharlatan und Nichtsnutz, Thelen. Ein Parasit am Arsch von Himmler. Aber wenn ich mit Ihnen fertig bin“, Maurer flüsterte nun, „dann sind Sie wahrhaftig am Arsch. Schauen Sie sich die Drecksjuden, Sozialdemokraten und Schwachsinnigen im Lager an und gewöhnen Sie sich schon einmal an deren Anblick. Wenn ich mit Ihnen fertig bin, wird Ihnen auch Himmler nicht mehr helfen und jetzt bewegen Sie Ihren Arsch und bringen Sie diese Scheißbatterien wieder ans Laufen!“

Er packte die Gerte, als wollte er sie zerquetschen. Wie gerne hätte er Thelens Hals gepackt und zugedrückt, bis ihm die Augen aus dem Schädel quollen. Am Morgen hatte er von den Wissenschaftlern verlangt, das Zeittor erneut zu öffnen, diesmal ohne dieses ganze Brimborium mit den Druidenmänteln und dem heidnischen, übersinnlichen Quatsch. Bei der Anlage handelte es sich nach seiner Meinung um einen Apparat aus vergangenen Zeiten. Keine Zauberei. Nichts Okkultes. Das Ding war, wenn auch sehr altertümlich, lediglich ein Apparat, um von A nach B zu kommen. Das ging auch aus den vielen Zeichnungen hervor. Die Menschen, die ihn erfunden und gebaut hatten, mussten zugegebenermaßen sehr intelligent gewesen sein. Zumindest intelligenter als Thelen, dieser Schwachkopf und Speichellecker.

Maurer hatte lange darüber nachgedacht. Da das Wissen über diese Technologie verloren gegangen war, schloss er daraus, dass der Mensch sich eher zurückentwickelt haben musste. Dies alles stand zweifelsfrei für die Theorie, die viele SS-Kameraden mit ihm teilten. Der Mensch hatte sich zurückentwickelt, da die einzelnen Rassen sich vor Tausenden von Jahren miteinander vermischt hatten. Die arische Herrenrasse, die ursprünglich vom Kontinent Atlantis stammte, war nicht mehr rein. Die Herrenmenschen hatten sich mit den anderen Untermenschen vermischt und es war höchste Zeit, diesen Fehler wieder rückgängig zu machen. Dies konnte nur durch strengste Selektion, Ausmerzen und Beschneiden der unedlen Äste erfolgen. Die Ausrottung der Juden und Zigeuner war nur der erste Schritt. Der Mensch musste wieder neu gezüchtet werden. Und dass die Zucht ein Erfolg würde, stand für ihn zweifelsfrei fest, seit er den Zeitreisenden gesehen hatte. Ein

Arier durch und durch. Groß, muskulös, blond, blauäugig und intelligent. Einfach perfekt. Die Menschen in der Zukunft würden wieder reinen Blutes und ihnen an Wissen und Intelligenz überlegen sein.

Besonders die Intelligenz dieses Thomas Berger faszinierte ihn. Wie er von seinen Informanten im Innenministerium erfahren hatte, war der Mann tatsächlich aus dem fliegenden Flugzeug geflohen und spurlos verschwunden. Himmler hatte getobt. Der Pilot und die Wachleute waren so geschockt gewesen, dass sie im Nachhinein und bei dem Schneetreiben noch nicht einmal mehr den genauen Ort bestimmen konnten, an dem sie ihn verloren hatten.

Maurer verspürte eine gewisse Sympathie für diesen Mann. Wirklich ein Jammer, dass er nun auf und davon war. Bei der Gerissenheit des Kerls würden Himmlers Männer ihn auch nicht so schnell finden. Noch nicht einmal, wenn sie wüssten, wo sie suchen müssten. Deshalb war es für ihn umso wichtiger, dieses verdammte Tor durch die Zeit neu zu öffnen, um einen Blick hindurch zu erhaschen.

Einen Moment hatte er sogar mit dem Gedanken gespielt, selbst über die Schwelle in eine andere Zeit zu gehen. Der Gedanke war jedoch abwegig. Er selbst war viel zu wichtig, um dieses Wagnis einzugehen. Nicht, dass er Angst davor gehabt hätte. Es wäre nur besser, zuerst jemanden zu schicken, auf den er verzichten konnte. Keinen der Gefangenen oder gar einen von den Juden. Nein, der Mann musste von der SS und darüber hinaus absolut zuverlässig sein. Irgendeiner aus der Mannschaft würde sich schon bereit erklären. Nur müsste Thelen diesen Scheißapparat dafür wieder ans Laufen bekommen.

Er holte tief Luft. Er brauchte Thelen noch. Zumindest so lange, bis er selbst alles über diese Keltenanlage wusste. Ab sofort würde er die Experimente und Forschungen persönlich begleiten.

„Thelen, erklären Sie mir die Batterien."

Der Doktor nickte.

„Sehr wohl, Obersturmbannführer."

Thelen ging auf eines der Gefäße zu, die er am Abend des Experiments mit Säure hatte füllen lassen.

„Bei diesen galvanischen Zellen handelt es sich um sogenannte Primärbatterien oder Primärzellen. Eine solche Zelle ist ein elektrochemischer Energiespeicher."

„Thelen", unterbrach Maurer ihn gereizt, „sprechen sie verständliches Deutsch mit mir. Wie werden die Batterien aufgeladen?"

Thelen schüttelte den Kopf.

„Gar nicht, Herr Obersturmbannführer. Man kann Primärzellen nicht aufladen. Das Elektrodenmaterial wird durch die Benutzung auf Dauer zerstört. Diese", er deutete auf das steinerne Gefäß, „kann man zwar mehrmals mit der Säure befüllen, aber bei jeder Benutzung nimmt das Elektrodenmaterial ab, bis sie irgendwann keine Leistung mehr bringt. Das Öffnen des Zeittunnels vor drei Tagen hat wesentlich mehr Energie verbraucht, als die Zellen verkraften. Die Anlage scheint für den Transport von Gegenständen oder gar Menschen eigentlich nicht geeignet. Die keltischen Druiden nutzten sie ausschließlich zur Kommunikation mit den anderen Völkern, die ähnliche Plätze betrieben. Oder um mit ihren eigenen Stammesbrüdern aus der Zukunft und der Vergangenheit zu sprechen.

Ich denke nicht, dass sie jemals vorher einen Menschen durch die Zeit befördert hat. Zumindest wird in den Wandzeichnungen nichts davon erwähnt."

Maurer wurde langsam ungeduldig.

„Thelen, Sie strapazieren meine Nerven. Wie können wir das Ding wieder ans Laufen bringen?"

Der Doktor nickte mehrmals.

„Ähm, wir müssen einfach die Elektroden erneuern. Dann könnte es wieder funktionieren."

„Und warum tun Sie es nicht einfach und vergeuden stattdessen mit Ihrem Geschwätz meine Zeit?", fragte er nun sehr gereizt.

„Weil wir kein Material haben", erklärte Thelen und trat einen Schritt zurück.

Maurer seufzte. Er würde mit dem Kerl noch wahnsinnig.

„Was brauchen Sie?"

Der Doktor wühlte in einer seiner Kitteltaschen und zog einen zerknitterten Zettel hervor.

„Ich habe es berechnet. Um die Zellen wieder herzustellen, bräuchten wir zwölf Komma acht Kilo reines Gold für die Kathoden und rund 27 Kilo Magnesium für die Anoden."

Maurer schluckte.

„Sie wollen mich verarschen?"

Der Doktor schüttelte den Kopf und ging noch einen Schritt zurück. Der Mann schien Angst vor ihm zu haben, dennoch wusste er, dass Thelen seine Aussagen ernst meinte. Wo um Himmels willen sollte er fast dreizehn Kilo Gold hernehmen?

Er ging zu dem Gefäß und starrte hinein. Die Metallstäbe waren wirklich fast zur Gänze verschwunden. Sogar ein Teil der grünen Kupferadern war fort.

„Können wir nichts anderes nehmen? Zum Beispiel Eisen oder Kupfer?", fragte er.

Wieder schüttelte der Doktor den Kopf.

„Ich habe es genau berechnet. Es müssen wieder die gleichen Elemente benutzt werden. Ansonsten wäre die Ausgangsspannung zu klein."

Maurer überlegte.

„Verdammt, verdammt!", brüllte er und trat einen kleinen Tisch um, auf dem mehrere Papiere lagen, die nun wild durcheinander zu Boden flogen. „Verflucht, Thelen, Sie wollen mir weismachen, dass die vor ein paar tausend Jahren schon Elektroden aus Gold herstellen konnten?"

Der alte Doktor grinste stolz. Als er jedoch merkte, dass er Maurer dadurch nur noch mehr reizte, wurde er schnell wieder ernst.

„Der Einsatz von Gold war damals nicht das Problem, Obersturmbannführer. Das Problem war das Magnesium."

Maurer stutzte.

„Warum? Magnesium wird doch sehr häufig verbaut. Die IG Farben liefert das Zeug doch tonnenweise an die Rüstungs- und Flugzeugproduktion."

Der Wissenschaftler nickte.

„Ja, heute! Magnesium ist ja auch eines der meist verbreiteten Elemente auf der Erde. Selbst in dem Salz der Meere ist Magnesium gebunden. Aber leider kommt es in der Natur nicht als reines Element vor. Es wurde erst im

Jahr 1755 vom englischen Chemiker Joseph Black als Element entdeckt. Wer immer die Batterien in dieser Höhle hergestellt hat, die Intelligenz und der technische Verstand dieser Menschen müssen unserem weit überlegen gewesen sein."

Maurers Herz schlug schneller. Hatte er es nicht immer gewusst? Es handelte sich um einen Apparat, gebaut von der alten Herrenrasse.

„Ich werde Ihnen das verdammte Gold und Ihr Magnesium besorgen", knirschte er.

Wie er das machen sollte, war ihm noch nicht klar. Aber bisher war ihm immer etwas eingefallen. Sicher war nur, dass Zeitreisen eine teure und aufwendige Angelegenheit waren.

Als Maurer am Nachmittag den Hörer des Telefons auf seinem Schreibtisch auflegte, war er wieder bester Laune. Sturmscharführer Kunibert Werfert, ein Freund aus alten Tagen, hatte ihm soeben die Lieferung von 120 Kilo Magnesium zugesagt. Kunibert war oberster Wachoffizier in einem Lager der IG Farben und schuldete Maurer noch einen Gefallen.

Zufrieden zündete er sich eine Zigarette an und ließ sich in dem Sessel neben dem Kamin nieder. Beziehungen schadeten eben nur dem, der keine besaß.

Das Besorgen des Goldes war auch kein Problem gewesen. Er hatte Himmler die Situation einfach am Telefon geschildert. Er brauchte den Reichsführer SS auch nicht lange zu überzeugen. Schon nach wenigen Minuten sicherte er ihm zu, das Gold am nächsten Tag per Flugzeug zuzustellen.

Wie es schien, war Himmler bereits im Bilde und hatte nur auf Maurers Anruf gewartet. Wieder war ihm dieser Sauhund Thelen zuvorgekommen.

Es klopfte.

„Herein."

Die kleine Jüdin trat ein und brachte den Kaffee, um den er vor seinem letzten Telefonat gebeten hatte. Er deutete auf den Couchtisch neben seinem Sessel.

„Ich hoffe, das ist Bohnenkaffee und nicht dieser Dreck, den die anderen saufen?"

Sie nickte eifrig und beugte sich vor, um das Tablett auf den Tisch zu stellen. *Wirklich jammerschade, dass die Natur so viel Schönheit an diese Jüdin vergeudet hat,* ging es ihm durch den Kopf. Zufrieden beobachtete er das Zittern der schlanken Hand, als sie den Kaffee eingoss. Die Kleine hatte Angst vor ihm. Große Angst! Gut so. Ein Gefühl von übermäßiger Macht durchströmte ihn. Sie war ihm ausgeliefert. Sie gehörte ihm. Er könnte mit der kleinen Schlampe tun und lassen, was er wollte. Keinen würde es stören. Er könnte sie, wie ihre Vorgängerin, hier auf dem Schreibtisch nehmen, ihr anschließend die Mündung seiner Walther in den Mund schieben und ihr den Kopf wegschießen. Niemand würde sich beschweren. Niemand würde ihn bestrafen. Seine Männer würden die Leiche in eines der Massengräber werfen und kein Hahn würde nach ihr krähen.

„Wie war noch gleich dein Name, Jüdin?", fragte er die Kleine, die augenblicklich zusammenzuckte und ein wenig Kaffee über den Rand der Tasse schüttete.

„Anna", stammelte sie leise.

„Ah, Anna, schöner Name."

Blitzschnell fasste er sie am Arm und zog sie zu sich auf den Schoß. Im Gesicht des Mädchens spiegelte sich schieres Entsetzen. Die Kanne krachte zu Boden, zersplitterte in hundert Teile. Er spürte, wie sein Glied steif wurde, als sie sich auf seinem Schoß wand und versuchte, sich aus seinem Griff zu befreien. Kein Ton kam dabei über ihre Lippen. *Die kleine Nutte will es auch, sonst würde sie schreien,* dachte er. Er fasste in den Ausschnitt ihres Kleides und riss an dem Stoff. Die Knöpfe flogen beiseite und gaben den Blick auf ihre festen, weißen Brüste frei. Er stemmte sie hoch und schleppte sie zum Schreibtisch. Mit der freien Hand fegte er die Papiere beiseite und warf das zappelnde Stück Fleisch auf die polierte Arbeitsfläche. Der Versuch der Strampelnden, ihn in die Hand zu beißen, machte ihn nur noch geiler.

„Miststück", fluchte er und schlug ihr mit der Oberseite seiner Hand ins Gesicht.

Augenblicklich spritzte Blut aus ihrer Nase und ein roter, blutiger Striemen zog sich über ihre Wange. Ein Andenken an seinen Totenkopfring.

Während er mit einer Hand ihre Kehle auf den Tisch drückte, versuchte er seine Hose zu öffnen.

Urplötzlich ertönte draußen eine Sirene.

„Verdammte Scheiße!", brüllte er.

Hatte man denn nie seine Ruhe? Fliegeralarm am helllichten Tage? Sicher wieder so ein Fehlalarm, wie so häufig in den letzten Wochen. Meist wegen Flugzeugverbänden, die an ihnen vorbei in Richtung Osten flogen. Maurer fingerte weiter an seiner Hose herum. Immer noch wehrte sich die Schlampe wie ein Tier. Die Kleine hatte wesentlich mehr Feuer als die Letzte, die er auf diesem Tisch genommen hatte.

Von draußen war immer noch der lang gezogene Ton der Sirene zu hören.

Er horchte auf. Was war das? Andere Geräusche mischten sich in den Warnton. Nur Sekunden später hörte er Detonationen. Das alte Gemäuer um ihn herum zitterte und wackelte. Die Explosionen kamen näher.

„Scheiße", schrie er und schleuderte das Mädchen zu Boden.

Dann rannte er an das Fenster und sah hinaus. Über den Baumwipfeln der Allee sah er sie kommen. Wie ein Schwarm Vögel im Herbst. Am Horizont stiegen Rauchwolken auf. Drunten auf dem Hof begann die Flak zu feuern.

*

Anna rannte. Sie rannte so schnell, wie nie zuvor in ihrem Leben. Mit einer Hand hielt sie das zerrissene Kleid zusammen. In der Hoffnung, dass er ihr nicht folgen würde, stürmte sie die Treppe hinauf auf den Dachboden.

Mit einem Knall warf sie die Tür der Kammer zu und ließ sich dahinter auf den Boden sinken. Dann kam es über sie. Anna Stern begann zu weinen. Immer mehr. Die Tränen rollten über ihr Gesicht, mischten sich mit ihrem Blut und tropften schließlich auf die weiße Schürze, die sie um die Hüften trug. Dort hinterließen sie ein seltsames rotes Muster. Auch der muffige Geruch der Dachkammer, der sie so sehr an zu Hause erinnerte, konnte ihr nicht mehr helfen. Anna Stern würde sterben. Maurer würde sie umbringen, wie das Mädchen, dessen Blut sich für immer in die Dielenbretter des Arbeitszimmers eingebrannt hatte. Wenn nicht heute, dann morgen oder an einem anderen Tag. Aber er würde sie sicherlich töten. Nach einer Weile versiegten die Tränen. Vielleicht gab es einfach keine mehr. Anna wusste nicht, wo die Tränen herkamen, aber es wäre doch möglich, dass einfach keine mehr da waren.

Sie kroch über den Boden zu der alten Kommode gegenüber ihrer Bettstatt. Dort griff sie hinter den rechten geschnitzten Fuß. Langsam zog sie die kleine Ausweiskarte unter dem Schrank hervor. Ein kurzer Blick auf das Foto des Mannes mit den hübschen Augen.

„Hilf mir, Mann aus der Zukunft. Hilf mir!"

Sie lauschte. Erst jetzt bemerkte sie, dass es draußen wieder ruhig war. Keine Schüsse, keine Detonationen mehr. Bestimmt würden die Männer sie gleich holen. Sie ging zu dem Mansardenfenster und sah hinaus. Am westlichen Horizont ging gerade die Sonne unter. Aber auch der Himmel im Osten, da wo die Lager und unterirdischen Fabriken waren, leuchtete glutrot. Dicke Rauchschwaden stiegen in den kalten, immer noch recht klaren Himmel.

Im Hof rannten die Soldaten wie aufgescheuchte Hühner hin und her. Ihr Herz stockte, als sie Maurer erblickte, der gerade in seinen großen Wagen stieg. Müller, der mickrige Widerling mit den Pickeln, warf die Tür zu und setzte sich hinter das Steuer. Dann brauste der Wagen, gefolgt von einem der Mannschaftslastwagen, vom Hof, die Allee entlang in Richtung der Rauchschwaden.

Anna ließ sich auf das Bett sinken. Im Dämmerlicht besah sie sich das Bild und flüsterte leise.

„Thomas Johannes Berger, wo bist du?"

Sie erschrak, als es sogleich dreimal gegen die Tür klopfte.

Schnell steckte sie das Kärtchen neben sich unter die Decke. Sie raffte das zerrissene Kleid vor ihrer Brust zusammen und sagte, immer noch schluchzend, mit leiser Stimme:

„Ja bitte?"

Langsam wurde die Tür geöffnet. Im Schein der Glühbirne, die draußen in dem Korridor leuchtete, steckte Philip den Kopf herein.

„Alles in Ordnung, Anna?"

Obwohl überhaupt nichts in Ordnung war, nickte sie. Dann ergossen sich erneut Tränen über ihre Wangen. Philip trat ein und hockte sich vor sie. Sachte wischte er mit einem Tuch, das er aus seiner Jackentasche hervorkramte, über ihre blutenden Wangen.

„Alles wird gut, Anna. Alles wird wieder gut."

Sie schüttelte den Kopf.

„Nein, Philip, nichts wird gut. Er bringt mich um. Irgendwann bringt Maurer mich um."

Philip schwieg. Ihre Augen trafen sich.

„Es dauert nicht mehr lange, Anna, der Krieg ist fast vorbei. Die Russen marschieren von Osten her und die Amerikaner stehen schon am Rhein. Du musst nur noch ein bisschen durchhalten."

Wieder nickte Anna, obwohl sie Philip auch diesmal nicht glaubte.

„Zieh dir bitte etwas anderes an und komm dann herunter, wir sollten das Chaos im Arbeitszimmer beseitigen, bevor Maurer zurückkommt.“

Philip drückte ihre Schulter, erhob sich dann und verließ den Raum.

*

Maurer tobte, als er aus der schweren Cabriolimousine stieg. Um ihn herum herrschte Chaos.

Zwei Stolleneingänge waren verschüttet. Dummerweise gehörte auch der, der zu dem Labor und der keltischen Anlage führte, dazu. Diese verfluchten Amis. Heute lief wirklich alles schief.

„Sofort freiräumen!“, schrie er einen der Wachoffiziere an, der inmitten der rauchenden Trümmer umherlief.

Überall lagen Leichen. Der süßliche Geruch von verbranntem Fleisch stieg ihm in die Nase. Er kramte ein Taschentuch aus seiner Manteltasche und drückte es sich auf Mund und Nase.

Das Schienensystem, auf dem die Feldbahn mit den Loren zum Transport des riesigen Materialaufkommens fuhr, war total zerstört. Stücke der Gleise standen in die Luft, einfach verbogen, als wären sie nicht aus Stahl, sondern aus Gummi.

Eine Feldbahnlokomotive mit mehreren kleinen Kipploren lag umgestürzt wenige Meter entfernt. Der Lokomotivführer, ein Mann mittleren Alters in Sträflingskleidung und mit kaukasischen Gesichtszügen, lag halb unter dem Ungetüm begraben und wimmerte vor Schmerzen.

Von überall schrien Verletzte in Sprachen, die er teilweise noch nicht einmal kannte. Der Wachmann kam herbei gelaufen.

„Herr Obersturmbannführer, wir werden sofort nach Bergung der Verwundeten mit den Aufräumarbeiten beginnen."

Maurer packte den Mann am Kragen.

„Ich habe gesagt, Sie sollen sofort mit dem Freiräumen der Stollen beginnen. Wenn ich sage sofort, meine ich auch sofort. Ist das klar? Holen Sie das gesamte faule Pack aus dem Lager und lassen Sie sie schuften. Keiner hört hier auf zu graben, bis die Schäden behoben und die Stollen wieder frei sind. Haben Sie mich verstanden?"

Der Wachmann nickte und zögerte. Bevor er noch etwas sagen konnte, schob Maurer ihn beiseite.

„Wird's bald!"

Der Mann rannte los.

Maurer schritt zu dem eingeklemmten Lokführer, der Hilfe suchend die Hände zu ihm ausstreckte. Die Sträflingshosen des Mannes, bei dem es sich dem Aussehen nach um einen Russen handelte, waren oberhalb der Knie mit Blut vollgesogen. Der Rest seiner Beine verbarg sich unter der Maschine. Neugierig betrachtete er den Mann. Ein seltsamer Anflug von Mitleid überkam ihn. Er musste an seine Kindheit denken. An Rex, den Schäferhund. Er hatte das treue Tier wahrhaftig geliebt. Eines Tages war es dann von einem Lastwagen angefahren worden und wimmernd und jaulend am Straßenrand liegen geblieben. *„Hans, lass niemals ein Tier leiden. Sei gnädig"*, hatte der Vater damals gesagt.

Nachdem der Alte den Hund erschossen hatte, war der kleine Hans heulend nach Hause gerannt. Dennoch hatte er seine Lektion daraus gelernt. Heute, fast zwanzig Jahre später, zog er seine Walther aus dem Halfter, zielte auf das entsetzte Paar Augen vor ihm und drückte ab. Der Körper zuckte noch zweimal und kam dann zur ewigen Ruhe.

„Müller!“, schrie Maurer dann, worauf der Picklige auf ihn zugerannt kam und Haltung annahm.

„Jawoll, Obersturmbannführer.“

„Müller, Sie nehmen sich zwei, drei Mann und kümmern sich persönlich um die verletzten Gefangenen. Jeder, der nicht mehr arbeiten kann, wird sofort erschossen. Die anderen sollen graben. Wer sich weigert, wird ebenfalls sofort erschossen.“

Der Junge wurde blass und begann zu stammeln.

„Aber …“

Maurer schaute ihn mit eiskalten Augen an und hauchte nur:

„Sofort!“

Der bleiche Jüngling senkte den Kopf und wandte sich ab.

Maurer stolzierte zu dem eingefallenen Stollen, an dem die ersten Sträflinge begannen Steine und Betonblöcke beiseite zu räumen. Hoffentlich war drinnen noch alles in Ordnung! Was, wenn die Höhle mit dem Tor durch die Zeit eingestürzt war? Nein, das konnte nicht sein, dafür war sie zu tief im Inneren des Berges.

Hinter sich hörte er vereinzelt Schüsse. Wenigstens Müller tat seine Arbeit wie befohlen.

Kapitel 13

25. Dezember 1944, 22:34 Uhr
Arnstadt / Thüringen

Tom holte tief Luft, als er den Zug verließ und auf den Bahnsteig trat. Es war fast eine kleine Weltreise gewesen von Raguhn bis Arnstadt.

Die Uhr auf dem Bahnsteig zeigte kurz nach halb elf abends. Mit dem Auto hätte er diese Strecke im einundzwanzigsten Jahrhundert in nicht ganz anderthalb Stunden bewältigt. Hier war es ein ganzer Tag geworden. Allein der Aufenthalt in Bitterfeld. Geschlagene vier Stunden hatte er auf dem kalten Bahnsteig gesessen und auf den Zug nach Arnstadt gewartet. Anders als bei dem ersten Zug waren bei diesem sämtliche Waggons total überfüllt gewesen. Hinzu kam, dass er in jedem gottverlassenen Kaff zwischen Bitterfeld und Arnstadt hielt.

Hinter ihm rollte der Zug schnaufend und zischend wieder an. Dicke Rauchschwaden quollen über den kalten, dunklen Bahnsteig.

Nachdem der letzte Wagen den Bahnhof verlassen und sich der Qualm verzogen hatte, sog er noch einmal die mit einem leichten Geruch nach Wasserdampf und Kohle durchsetzte Luft ein.

Der Bahnsteig war fast menschenleer und bis auf das spärliche Licht der Sturmlaterne eines Bahnbediensteten, einem eher untersetzten, kahlköpfigen Mann Anfang fünfzig in blauer Uniform, war es stockduster.

Der Glatzkopf trat zu Tom, hob die Lampe auf Augenhöhe und sprach ihn mit einem starken Berliner Akzent an.

„Heil Hitler, Herr …“

Die Glatze zögerte.

„Unterscharführer Willi Schmidt“, half Tom ihm weiter.

Der Dicke nickte und streckte ihm die Hand entgegen.

„Pachulke. Mein Name is Adolf Pachulke. Entschuldijen Se, Herr Unterscharführer, aber mit de Ränge kenn ick mir nich so aus. Wird mir immer en Rätsel bleiben, wat de Punkte auf dem Abzeichen bedeuten. Se müssen wissen, ick bin nämlich kriegsuntauglich.“

Der Eisenbahner mit dem lustig klingenden Berliner Akzent klopfte auf sein rechtes Bein und lachte dabei. Das Geräusch klang hohl, wie wenn jemand auf ein Stück Holz schlug.

„Arbeitsunfall, bin vor en paar Jährchen ma beim Ankoppeln zwischen de Wajongs jeraten. Hat mir's Bein zerquetscht.“

Tom schaute ihn unsicher an. Erst jetzt bemerkte er, dass der Beamte, der nun neben ihm her zum Bahnhofsgebäude ging, hinkte. Der Mann besaß ein Holzbein.

„Oh, das tut mir leid.“

Der Alte winkte ab.

„Muss Ihnen nich leidtun. Det war ick selber Schuld. Hab halt nich richtig ufjepasst. Aber nu, wo die janzen jesunden Kerle im Krieg sind, ham se mir sojar befördert.“

Der Dicke mit der Berliner Schnauze war ihm auf Anhieb sympathisch. Kein Vergleich zu dem arroganten Wichtigtuer, den er am Morgen in Raguhn zurechtweisen musste.

„Wo wollen Se denn noch hin so spät, bei der Dunkelheit?“, fragte der Dicke nun.

Tom zuckte mit den Schultern. Eigentlich wusste er gar nicht, wo er hin wollte. Während der Fahrt hatte er schon überlegt, wo er ein Quartier für die Nacht herbekommen sollte.

„Ich muss zur Baustelle ins Jonastal. Aber ich denke, heute wird das wohl nichts mehr. Hier gibt es doch sicher ein Hotel?“, fragte er.

Der Dicke wackelte mit dem Kopf. War das ein Nein oder ein Ja?

„Bis heut Nachmittag jab's noch eins“, erklärte der Mann.

Tom verstand nicht.

„Hatten heut Nachmittag Fliejeralarm, die Amis kommen jetzt schon tagsüber. Diesmal war's wirklich schlimm. Zum Jlück ham se den Bahnhof nich jetroffen. Aber det Hotel is futsch. Volltreffer! Alles kaputt.“

Tom ließ seinen Blick durch die Dunkelheit gleiten. Die Lampe, die in der Hand des freundlichen Berliners hin und her schaukelte, schien ihm wie eine leuchtende Insel in einem Meer aus Dunkelheit. Lediglich ein einzelner Lichtstreifen einige Meter vor ihnen, der aus einem der verdunkelten Bahnhofsfenster drang, fiel ihm auf. Erst jetzt nahm er den Geruch nach Verbranntem wahr, der schwer in der Luft hing.

„Ziemlich dunkel hier“, raunte er dem dicken Berliner zu, der daraufhin heftig nickte.

„Verdunkelung wejen de Flugzeuje. Wir hatten die letzten Wochen ständig Fliejeralarm. Aber so schlimm wie heut war et bisher noch nich. Wie jesagt, tagsüber kommen de Amis und nachts de Inselaffen. Ick meene die Engländer“, verbesserte er sich, nachdem er Toms fragenden Blick gesehen hatte.

„Hören Sie, Herr Pachulke. Ich möchte nicht unhöflich erscheinen. Aber Sie wissen nicht zufällig, wo ich heute übernachten könnte?“

Der Dicke schmunzelte.

„Wir haben hier eene Notunterkunft für Mitarbeiter der Reichsbahn. Die is momentan frei und heut kommt auch keen Zug mehr. Det war eben der Letzte. Se können da übernachten, wenn Se wollen. Muss nur unter uns bleiben. De Vorschriften. Se verstehen? Ick will nämlich keenen Ärjer.“

Tom lachte auf und klopfte dem Berliner Urgestein auf die Schulter.

„Guter Mann, das bleibt selbstverständlich unter uns. Ich bin ja froh, dass ich überhaupt unterkomme.“

Er folgte Pachulke um die Ecke des Bahngebäudes zu einer Tür. Der Dicke kramte einen Schlüsselbund aus dem Uniformrock, ließ die verschiedenen Schlüssel durch die Finger gleiten, bis er den richtigen fand, und schloss die Tür auf.

„Is zwar nicht det Adlon in Berlin“, meinte Pachulke, während er nach dem Lichtschalter tastete, „aber wenigstens trocken und en Dach überm Koppe.“

Tom trat in den Raum, der nur von einer einzelnen Glühbirne erhellt wurde. Beim Anblick des spartanisch eingerichteten Zimmers wurde er wieder an sein Gefängnis von vor drei Tagen erinnert. Doch im Gegensatz dazu gab es hier ein Fenster, das von schweren, dunklen Vorhängen verdeckt wurde. In dem Raum standen zwei Etagenbetten mit Stahlrohrrahmen. Es roch unangenehm muffig und nach Schweiß. Tom warf den Rucksack auf das linke untere Bett. Dann reichte er dem Eisenbahner die Hand.

„Danke für das Quartier."

„Nich der Rede wert. Wenn de morjen früh jehst, zieh einfach de Tür hinter dir zu. Wiedersehen und noch jute Weiterreise."

Gerade, als der Dicke die Tür hinter sich ins Schloss ziehen wollte, drehte er sich noch mal um.

„Übrijens, für den Fall, dat de Inselaffen heut Nacht doch noch kommen. Der Einjang zum Bunker ist gleich zwanzig Meter von hier unterm Hauptjebäude."

Er zeigte nach draußen um die Ecke. Dann schloss er die Tür und Tom war allein.

*

Ein lautes, metallisches Quietschen riss ihn abrupt aus dem Schlaf. Nur Sekunden später begriff er, dass es sich bei dem Geräusch lediglich um die bremsenden Räder eines Zugs handeln konnte, der unweit von ihm auf dem Bahnsteig hielt.

Er starrte in die Dunkelheit und lauschte. Deutlich vernahm er das Zischen der Lokomotive und die gedämpften

Stimmen der Reisenden. Wie spät es wohl war? Er schwang sich aus dem Bett und tastete sich in die Richtung, in der er das Fenster vermutete. Sein Erinnerungsvermögen ließ ihn nicht im Stich. Bereits nach einigen Schritten spürte er, wie die Finger seiner ausgestreckten Hände den schweren Stoff der Vorhänge zu fassen bekamen. Langsam, nur einen Spalt weit, schob er sie beiseite. Draußen war es bereits hell. Das einzige, was er sah, war die Ziegelmauer des benachbarten Gebäudes in einigen Metern Entfernung. Ansonsten war die Gasse menschenleer.

Er ging zur Tür und betätigte den Lichtschalter. Dann begann er sich anzukleiden. Hinter der Tür befand sich ein Waschbecken mit einem Spiegel darüber, in dem er sich betrachtete. Sein am Vortag noch so kunstvoll gekämmtes und provisorisch gefärbtes Haar stand wild in alle Richtungen.

Im Rucksack fand er einen Kamm und die flache Blechdose mit dem Rest des Schuhcreme-Ruß-Pomade-Gemischs. So gut es ging versuchte er Elses Kunstwerk vom Vortag wieder herzustellen. Das Ergebnis konnte sich sehen lassen. Dann rasierte er sich gründlich. Ein echter Offizier der SS würde Wert auf ein gepflegtes Äußeres legen. Er durfte nicht auffallen. Als er mit allem fertig war, setzte er die Schirmmütze mit dem Totenkopfemblem auf und betrachtete sich noch eine Weile im Spiegel. Nicht einmal Olaf und Jan, seine besten Freunde, würden ihn so erkennen.

„Nun dann, Willi Schmidt, auf in den Kampf", sagte er zu seinem Spiegelbild und drehte sich um. Auf dem Bett lag immer noch der Rucksack.

Erst jetzt bemerkte er, dass das Kopfkissen, auf dem er geschlafen hatte, kohlrabenschwarz war. Die Schuhcreme in seinen Haaren hatte abgefärbt. Schnell zog er den Kissenbezug ab. Wohin damit? Nachdem er kurz überlegt hatte, entschied er sich, den Bezug in den Rucksack zu stecken und mitzunehmen. Er würde ihn nachher irgendwo entsorgen. Hier durfte er aber keinerlei Spuren zurücklassen.

Er strich das Bett glatt und tauschte das Kopfkissen noch gegen eines vom oberen Bett an der Wand gegenüber. Auch das Waschbecken reinigte er penibel. Als er das Licht löschte und die Tür des Zimmers hinter sich ins Schloss zog, deutete außer dem fehlenden Bettbezug nichts mehr auf seinen Aufenthalt hin.

Auf dem Bahnsteig herrschte reges Treiben. Soldaten mit den verschiedensten Uniformen und Zivilisten jeden Alters stiegen aus einem Zug, der gerade eingefahren war. Tom mischte sich in den Strom der Passanten, die zielstrebig den Bahnhof in Richtung Stadt verließen. Ein Blick auf die Bahnhofsuhr. Gleich halb zehn. Wie am Vortag schien die Sonne von einem klaren, blauen Himmel. Trotzdem war es bitterkalt.

Als Tom den Bahnhofsvorplatz erreichte, war er entsetzt. Viele der umliegenden Häuser waren zerstört oder beschädigt. Er blickte nach rechts zu dem Ort, wo sich in sechzig Jahren seine Lieblingseisdiele befinden würde. An der Stelle befand sich ein Berg aus Ziegelschutt. Von einigen Ruinen stiegen immer noch leichte Rauchwolken empor. Die Häuser waren vermutlich erst am gestrigen Nachmittag Opfer der Bomben geworden.

Tom hatte sich vorgenommen, zu Fuß durch den Wald und über Schleichwege zum Herrenhaus zu gelangen. Als Jogger kannte er die diversen Wege durch die ausgedehnten Wälder. Das Wetter war gut. Auch seine Kleidung war für den ungefähr sieben Kilometer langen Marsch bestens geeignet.

Er nahm die Ausfallstraße in Richtung Ohrdruf. Militärlastwagen fuhren in unregelmäßigen Abständen in Richtung Jonastal an ihm vorbei und genauso oft kamen die verschiedenen Lastwagen wieder zurück. Die zu transportierende Warenmenge musste beachtlich sein.

Kein Wunder, dass bei diesem Verkehrsaufkommen die Gerüchte über eingelagerte Kunstschätze in den Stollen in sechzig Jahren immer noch kursieren würden. Obwohl er nicht wirklich an die Geschichten der Verschwörungstheoretiker glaubte, amüsierte ihn der Gedanke, dass vielleicht gerade in diesem Moment das Bernsteinzimmer in einem der Transporter an ihm vorbeifuhr.

Nach einer viertel Stunde erreichte er den Stadtrand. Mehrere Bombentrichter verengten hier die Straße, sodass immer nur ein einziger Lastwagen die Stelle passieren konnte. Die Folge war ein kleinerer Stau stadteinwärts.

Zwei Wachmänner beaufsichtigten rund ein Dutzend Gefangene, die eifrig damit beschäftigt waren, die Schäden mit Hacke und Schaufeln auszubessern. Er passierte die Stelle und beobachtete dabei die Männer in den Fahrzeugen. Es handelte sich, wie er unschwer an den Uniformen erkannte, ausschließlich um Angehörige der SS.

Unter den wartenden Wagen, die in Richtung Stadt wollten, befand sich eine wunderschöne, weinrote Mercedes-

Cabriolimousine. Wird wohl irgendein hohes Tier sein, ging es ihm durch den Kopf. Er ging weiter und betrachtete interessiert den Wagen. Tom hatte ein Faible für diese alten Schlitten, die im Gegensatz zu modernen Autos eine zeitlose Eleganz ausstrahlten.

Im hinteren Teil des Wagens erkannte er einen Offizier, der sich in diesem Moment in seine Richtung drehte. Für einen Moment trafen sich ihre Blicke. Tom erstarrte. Der Mann, der ihn da aus eiskalten Augen anblickte, war kein geringerer als dieser verrückte Obersturmbannführer Maurer.

Schnell wandte er den Blick ab. Nun würde sich zeigen, wie gut seine Verkleidung wirklich war. Was, wenn Maurer ihn erkennen würde?

Für einen Moment kam ihm der Gedanke, einfach zu dem Wagen zu gehen und den Offizier anzusprechen. Schließlich hatte er ihn ja in seinen Plänen mit einkalkuliert. Maurer sollte ihm helfen, hier wieder fortzukommen. Nein, der Zeitpunkt war schlecht. Den Obersturmbannführer hier auf der Straße in der Nähe der Wachen und in Beisein seines Fahrers zu kontaktieren wäre zu gefährlich.

Ohne sich noch einmal umzudrehen, ging er weiter. Er hörte, wie hinter ihm eine Wagentür zuerst geöffnet und dann wieder zugeschlagen wurde. Tom ging noch schneller. Sein Herz schlug wie wild. Was, wenn er ihn doch erkannt hatte?

Dann hörte er einen Schuss. Er zuckte zusammen und obwohl er sich fest vorgenommen hatte, dies unter keinen Umständen zu tun, wirbelte er herum.

Die Szene, die er nun sah, schockierte ihn noch mehr als alles, was er bisher erlebt hatte. Maurer stand neben dem Wagen, vor ihm sackte gerade einer der Gefangenen zusammen. Während der SS-Mann immer noch die Pistole auf den Mann richtete, schlug dieser schon auf dem gefrorenen Boden auf. Blut spritzte rhythmisch aus einer Wunde auf der Stirn des Getroffenen. Der Körper zuckte unkontrolliert, während sich der Schnee unter ihm rot färbte. Dann war es vorbei. Das Herz hatte aufgehört zu schlagen. Das Zucken hörte auf und die Blutfontäne versiegte.

Die Stille war unerträglich.

Der Erste, der die Ruhe um den Toten brach, war Maurer selbst. Er hob seine Pistole empor, sodass jeder sie sehen konnte, und begann laut zu sprechen.

„Diese Walther P38 verfügt über ein Magazin mit acht Schuss. Sieben davon sind noch übrig. In ungefähr zwei, vielleicht auch drei Stunden werde ich mich auf dem Rückweg befinden. Sollte ich wieder warten müssen, weil ihr faules Pack diese verfluchte Straße immer noch nicht repariert habt, werden sieben von euch eurem Kameraden hier folgen."

Die Männer in der Sträflingskleidung starrten verängstigt zwischen dem SS-Mann und dem Toten hin und her.

Maurer drehte sich indes wieder zu seinem Wagen um. Bevor er einstieg, schaute er sich um, wobei sich ihre Blicke noch einmal kurz trafen.

Tom stand da wie angewurzelt und schaute dem Mercedes hinterher, der sich langsam in Richtung Arnstadt entfernte. Die Grausamkeit dieses Mannes, von dem er bisher geglaubt hatte, er könne ihm helfen, war unfassbar. Überhaupt, die Tatsache, dass ein Mensch derart grausam sein konnte, überwältigte ihn. Diesen Mann mit einem Tier zu vergleichen, wäre ein Unrecht gegenüber jedem Tier. Raubtiere töten, um zu überleben. Maurer tat es lediglich aus Spaß.

Er beobachtete noch, wie zwei andere Gefangene die Leiche an den Armen von der Straße zogen und wie die Füße des Toten die Spur aus rot gefärbtem Schnee durchpflügten. Dann wandte er sich ab und ging in Gedanken versunken seinen Weg weiter.

Wieder wusste er nicht, wie es weitergehen sollte. Seine Idee war es gewesen, zu diesem Maurer zu gehen und mit ihm einen Deal zu machen. Ein einfaches Tauschgeschäft. Wissen über die Zukunft gegen eine Rückreise ins Jahr 2007.

Tom schüttelte den Kopf. Niemals! Niemals würde er einen Pakt mit dem Teufel eingehen. Maurer war nicht dumm, davon war Tom überzeugt. Alles Wissen über die Zukunft würde dieser geisteskranke Mörder grausam nutzen.

Es musste noch einen anderen Weg geben. Aber wer könnte ihm helfen? Vielleicht Thelen? Oder einer der anderen Wissenschaftler, deren Namen er nicht kannte? Vielleicht würde er unter ihnen seinen späteren Großvater finden. Der alte Thomas Berger war hier gewesen. Er kannte die Höhle mit der Scheibe aus dieser Zeit und er würde es schaffen, einen der Kristalle zu entwenden. Schließlich war ja auch Anna hier. Anna Stern, die Frau, die Tom bei sich wie einen Sohn oder Enkel aufnehmen würde. Ihn erziehen und lieben, als wäre er ihr eigenes Kind. Vielleicht kannte sie ihren späteren Mann ja schon und könnte den Kontakt herstellen. Es konnte kein Zufall sein, dass beide hier gewesen waren. Die beiden hatten ihm zwar nie erzählt, woher sie sich kannten. Aber es musste hier geschehen sein. Hier im Jonastal im Jahr 1944 mussten sie sich begegnet sein.

Er musste zu Anna. Sie war die Lösung seiner Probleme und sie würde ihn zum älteren Thomas Berger bringen. Genau genommen war die Bezeichnung *‚älteren'* auch falsch gewählt, da sein Großvater ja 1944 ungefähr in seinem Alter sein musste.

Obwohl ihm die Orientierung schwerfiel, stapfte er entschlossen weiter in Richtung des Herrenhauses. Erstaunlich, welche Metamorphose die Gegend in sechzig Jahren durchmachen würde. Alles sah anders aus als in seiner Erinnerung.

Aber er war hier richtig. In der Ferne sah er mehrere Burgen, die stolz und wie Denkmäler auf den Gipfeln der umliegenden Berge thronten. Ihre Namen kannte er nicht, aber sie würden auch im Jahr 2007 noch genauso dastehen wie heute.

Er schätzte, dass er bereits gut und gerne anderthalb bis zwei Stunden unterwegs war, als er aus dem Wald auf offenes Gelände trat. In einiger Entfernung erspähte er das Herrenhaus. Durch die kahlen Baumwipfel erkannte er deutlich die großen Fenster des Arbeitszimmers. Ziemlich genau an dieser Stelle würde im Jahr 2007 der Hochsitz stehen. Da, wo einmal der See mit dem Grundwasser aus den Stollen sein würde, war eine kleine Talsenke, in der unter den Schneemassen die Umrisse von kleineren Sträuchern und Büschen zu erkennen waren.

Auf dem Marsch hierher hatte er sich immer wieder überlegt, wie er sich dem Hause nähern sollte. Er war zu dem Entschluss gekommen, dies ganz offensichtlich zu tun. Seine Tarnung war doch perfekt. Er war Willi Schmidt. Unterscharführer der SS. Würde er sich anschleichen und dabei entdeckt werden, wäre die Tarnung zum Teufel. Man würde ihn sofort für einen Spion oder ähnliches halten. Nein. ‚*Dreistigkeit siegt*', sagte Olaf immer und da war etwas dran. Er würde einfach so tun, als gehöre er hierher.

Schnell entledigte er sich seines Rucksackes und versteckte ihn in einem der Haselnusssträucher, die überall am Waldrand wucherten. Einen Moment zögerte er. Dann öffnete er ihn noch einmal und zog die Maschinenpistole heraus. Man konnte nie wissen. Außerdem machte die Waffe seine Tarnung perfekt. Die anderen Soldaten trugen schließlich auch Gewehre.

Nachdem er das Versteck des Rucksacks mit Schnee bedeckt hatte, ging er im Schutze des Wäldchens um die Senke herum und betrat schließlich einen der Wege, der ihn von der Rückseite an das Haus heranführte. Da er immer wieder bis über die Knie im Schnee versank, kam er nur langsam voran.

*

Anna wuchtete den Korb mit der Bettwäsche ins Freie. Die zweite Ladung für diesen Tag.

Das Wetter war herrlich. Die Sonnenstrahlen ließen die Eiskristalle auf der weiten, glatten Schneefläche, die sich hinter dem Herrenhaus erstreckte, glitzern wie ein Meer aus Millionen Edelsteinen. Keine Wolke störte das makellose Blau des Himmels.

Sie stellte den Korb auf einen Hocker neben der Wäscheleine und befühlte die Bettlaken, die sie bereits vor einer guten Stunde aufgehängt hatte und die nun sachte im Wind hin und her wehten. Sie waren schon fast trocken.

Die Augen geschlossen hob sie den Kopf und wandte ihr Gesicht in Richtung Sonne. Angenehme Wärme breitete sich auf ihren Wangen aus. Die Kraft der Sonne tat gut und half gegen die anhaltende Müdigkeit.

Seit Monaten schlief sie schlecht. Alpträume suchten sie heim, machten ihr zu schaffen und immer wieder wurde sie schweißgebadet aus dem Schlaf gerissen. Letzte Nacht war es noch schlimmer gewesen als sonst. Bis in die Morgenstunden hatte sie in der Dachkammer zusammengekauert auf dem Bett gelegen und gewartet, dass Maurer, dieser Satan, kommen würde, um sein Werk, das er am Nachmittag begonnen hatte, zu Ende zu bringen.

Sie hatte durch das Mansardenfenster gesehen, wie der schwere Wagen des SS-Mannes spät in der Nacht auf den Hof rollte. Sie hörte entfernte Schritte und das Schlagen von Türen im Haus. Stundenlang horchte und wartete sie auf Schritte, die die Treppe zum Boden hinauf kämen. Doch nichts geschah. Im Haus blieb alles ruhig. Auch die Sirenen, die in letzter Zeit oft die Bomber der Alliierten ankündigten, blieben stumm. Es schien, als machte der Wahnsinn in dieser Nacht eine Pause.

Morgens war sie trotz des wenigen Schlafes früh aufgestanden, um das Frühstück für Maurer und seine Männer vorzubereiten. In Maurers Arbeitszimmer, das sie am Abend während dessen Abwesenheit noch aufgeräumt und geputzt hatte, war sie nicht gegangen.

Ohne dass sie etwas hätte sagen müssen, war Philip an ihrer Stelle mit dem Tablett gegangen, um den Teufel zu bedienen.

Nach dem Frühstück war Maurer dann auch direkt mit dem Pickelgesicht Müller davongefahren. Wohin wusste sie nicht. Vielleicht hatte er sie und den Vorfall gestern ja vergessen. Ein Stück Hoffnung?

Wie sie dastand, das Gesicht gewärmt von den Strahlen der Wintersonne, fühlte Anna sich auf einmal beobachtet. Bloß Einbildung? Sie öffnete die Augen und sah sich um. Ihr Blick streifte über die verschneite Landschaft. In etwa einhundert Metern Entfernung stapfte ein Soldat durch den knietiefen Schnee in ihre Richtung. Eifrig begann sie die Wäsche aufzuhängen, im Augenwinkel beobachtete sie den Mann, der sich ihr näherte. Soweit sie es gegen die Sonne erkennen konnte, war er ein Angehöriger der SS, der nur langsam im Schnee vorankam.

Nachdem sie das letzte Betttuch über die Leine geworfen hatte, lief sie zurück zum Haus, hechtete die Stufen zum Hintereingang empor und warf hinter sich die Tür zu. Vorsichtig lugte sie durch die kleine Butzenscheibe der Tür. Merkwürdig, der Mann war verschwunden.

„Was gibt's denn da Interessantes zu sehen?“

Sie erschrak und fuhr herum. Hinter ihr stand zum Glück nur Philip und grinste sie an.

„Nichts“, murmelte sie, „ich dachte, da wäre jemand gewesen.“

Dann lief sie an dem Wachmann vorbei in die Küche, um das Mittagessen vorzubereiten.

*

Tom war enttäuscht. Er war Anna so nahe gewesen. Nur noch wenige Schritte hatten ihn von ihr getrennt. Er war in Versuchung gewesen, ihr hinterher zu rufen. Aber aus Angst, er könne sich verraten, hatte er es unterlassen. Es schien, als habe sein Auftauchen die junge Frau erschreckt. Warum das so war, konnte er sich nicht erklären. Was nun? Ins Haus wollte er nicht, viel zu gefährlich. Sein Blick fiel auf die Bettlaken an der Leine. Früher oder später würde Anna wieder herauskommen.

Er ging zu dem Brennholzverschlag, der sich nur wenige Meter vom Hintereingang direkt an der Hauswand befand. Dort öffnete er die Tür des etwa drei Mal drei Meter großen Lagerraums und schlüpfte hinein. Durch die Spalten zwischen den einzelnen Brettern und diverse Astlöcher seines Verstecks fiel schummriges Licht. Hier würde er warten. Wenn es sein musste, Stunden.

Nur ärgerlich, dass er den Rucksack mit Elses eingepackten Köstlichkeiten am Waldrand zurückgelassen hatte. Seine letzte Mahlzeit war schon etwas länger her: Gestern im Zug nach Arnstadt ein Stück der Weihnachtsgans vom Vorabend.

Die kontinuierliche Angst vor dem Tod kann einen Menschen in den Wahnsinn treiben. Anna wusste nicht, ob sie schon wahnsinnig war oder ob sie sich erst kurz vor der Schwelle zu diesem Zustand befand. Während sie am Küchentisch saß und Kartoffeln für den ewigen Eintopf schälte, überlegte sie krampfhaft, warum sie eben vor dem Mann weggelaufen war. Er hatte ihr nichts getan. Soldaten der SS gab es hier viele. Sie litt unter Verfolgungswahn, so viel war klar. Sicherlich ein Symptom des fortschreitenden Wahnsinns.

Sie schaute zu dem riesigen Topf, in dem das Fleisch für den Eintopf kochte. Der Deckel bewegte sich nicht mehr. Sie stand auf und ging zum Herd, hob den Deckel empor und schaute in die dampfende Suppe. Das Wasser dampfte nur noch. Der Ofen war nicht mehr heiß genug.

Sie blickte zu dem Korb, in dem für gewöhnlich das Brennholz für den Küchenherd lagerte, und stöhnte leise. Auch das noch! Sie würde neues Holz holen müssen. Genervt schnappte sie sich den Weidenkorb und verließ die Küche in Richtung Hinterausgang, wo sie kurz verharrte. Ein schneller Blick durch das Butzenfenster. Draußen war niemand zu sehen.

Sie holte tief Luft und öffnete die Tür. Bis zum Holzverschlag waren es nur einige Meter. Ängstlich sah sie sich um, während sie den Korb vor sich hertragend in Richtung des Schuppens ging.

Sie öffnete die Tür und trat in das Halbdunkel. Der Geruch des Brennholzes stieg ihr in die Nase. Ein Duft, den sie mochte. Eilig begann sie Holzscheite in den Korb zu stapeln.

Wieder überkam sie das merkwürdige Gefühl, beobachtet zu werden. Aber wer konnte sie hier beobachten? Als sie die Bewegung aus dem Dunklen hinter sich bemerkte, war es bereits zu spät. Jemand packte sie von hinten. Der Korb mit dem Holz schleuderte über den Boden. Eine Hand in einem ledernen Handschuh presste sich auf ihren Mund. In ihrer Panik strampelte sie wie wild. Doch sie wurde nur noch fester gepackt. Schließlich presste der Fremde sie mit seinem gesamten Körpergewicht gegen die Wand des Schuppens. Sie zuckte nur noch.

Eingeklemmt zwischen dem Körper des Mannes und der Bretterwand ergab sie sich schließlich ihrem Schicksal. War dies der Moment ihres Todes? Der Moment, an den sie seit Wochen immer denken musste? Deutlich nahm sie den warmen Atem des Mannes an ihrem linken Ohr wahr.

„Anna“, begann der Unbekannte zu flüstern. „Bist du Anna? Anna Stern?“

Sie nickte ängstlich.

Der Angreifer kannte ihren vollen Namen. Woher nur?

Erneut begann er zu flüstern:

„Du musst keine Angst haben. Ich werde dir nichts tun. Ich möchte nur mit dir reden.“

Anna nickte, sie war total verwirrt und Panik beherrschte sie immer noch.

„Ich werde dich jetzt loslassen“, flüsterte die Stimme. „Versprich mir, dass du nicht anfängst zu schreien.“

Wieder nickte sie schnell. Dann merkte sie, wie der Griff des Mannes sich lockerte und der Druck des Handschuhs auf ihrem Mund nachließ. Er packte sie vorsichtig bei den Schultern und drehte sie zu sich um.

Im Schein der Sonne, die durch die offene Schuppentür fiel, konnte sie nun endlich das Gesicht des Mannes direkt vor ihr erkennen. Sie war sich sicher, den Mann mit den kurzen, schwarzen und recht fettigen Haaren noch nie gesehen zu haben, aber irgendetwas an ihm schien ihr seltsam vertraut und bekannt. Noch immer zitterte sie am ganzen Leib, doch sie verspürte nicht mehr den Drang wegzulaufen, wie noch vor einigen Sekunden, als er sie gepackt hatte.

„Bist du wirklich Anna Stern?“, fragte er sie erneut.

Wieder nickte sie nur, immer noch unfähig zu sprechen. Woher kannte der Mann ihren Namen, noch nicht einmal Philip kannte ihren vollen Namen. Keiner der SS-Leute hatte ihn je erwähnt und niemand hatte hier je danach gefragt.

Der Unbekannte betrachtete sie wortlos. Das Gesicht unter der Kappe mit dem Totenkopf strahlte Freundlichkeit aus. Mit jeder Sekunde wurde sie ruhiger. Woher kannte sie ihn?

Sie räusperte sich.

„Wer bist du?“, stammelte sie immer noch mit einem Kloß in ihrem Hals.

Der Mann wich zurück.

„Das ist nicht wichtig“, flüsterte er. „Du musst mir helfen. Ich bin auf der Suche nach einem Mann.“

Anna verstand nicht. Wie sollte sie ihm helfen?

„Thomas Berger. Du musst mir unbedingt helfen, Thomas Berger zu finden.“

Sie erschrak. Der SS-Mann suchte den Zeitreisenden.

„Kennst du diesen Mann?“

Tom betrachtete Anna. Es war ihm schwergefallen, die junge Frau so grob anzupacken. Zuerst hatte er sein Glück kaum fassen können, als er durch einen Spalt in der Wand sah, wie sie mit dem leeren Korb auf sein Versteck zukam. Da er Angst gehabt hatte, sie könne sich erschrecken und davonlaufen, war es unausweichlich gewesen, sie erst einmal zu packen, bis sie sich beruhigte. Er konnte es einfach nicht riskieren, dass sie vor ihm davonrannte und ihm die Wachleute auf den Hals hetzte.

„Anna, kennst du einen Thomas Berger?“, wiederholte er seine Frage.

Dann plötzlich nickte sie. Tom war erleichtert.

„Wo ist er gerade? Kannst du mich zu ihm bringen?“

Sie schüttelte langsam den Kopf und sah ihn weiter starr und wie hypnotisiert an.

„Anna“, hörte er plötzlich eine Stimme von draußen. „Anna, wo bist du?“

Tom taumelte zurück in den Schatten.

Anna schnappte sich den halb vollen Korb und warf noch eilig einige Holzscheite hinein.

„Ich komme sofort“, rief sie.

Dann hob sie ihn hoch und ging hinaus. Als sie die Tür zuschob, hielt sie kurz inne.

„Ich komme wieder. Bleiben Sie hier.“

Er spähte wieder durch den Spalt und sah ihr zu, wie sie den Korb in Richtung Hintereingang schleppte, wo einer der Wachleute auf sie wartete. Es war derselbe Mann, den er schon mehrfach in dem Kellerverlies gesehen hatte und dessen Gesicht ihm nun auch merkwürdig vertraut erschien. Thomas Berger war es nicht, da war Tom sich sicher. Es gab keinerlei Ähnlichkeit. Vielleicht bildete er es sich auch lediglich ein, den Mann zu kennen, weil er ihm schon mehrfach begegnet war.

Tom beobachtete, wie der Soldat Anna entgegenging und ihr den schweren Korb abnahm. Zumindest war er ein Kavalier.

Kapitel 14

26. Dezember 1944, 14:34 Uhr
Jonastal / Thüringen

Hans Maurer streckte zufrieden die Beine unter seinem Schreibtisch aus und betrachtete die vertäfelte Decke des Arbeitszimmers. Alles lief bestens.

Laut seinem Informanten aus Himmlers Ministerium war der Zeitreisende immer noch verschwunden. Die Schäden am Tunnel waren beseitigt und soeben hatte er persönlich die Ladung Magnesium am Güterbahnhof in Arnstadt abgeholt. Das Gold würde gegen 17 Uhr am Feldflughafen eintreffen.

Kurzum, er war bester Laune. Er nahm die Walther P38 aus dem Halfter und zog das leer geschossene Magazin heraus.

Während er das Bild des Führers über dem Kamin betrachtete, begann er neue Patronen in das Magazin der Waffe zu stecken. Acht an der Zahl. Eine Tätigkeit, die er mittlerweile blind erledigen könnte.

Ein Klopfen an der Tür riss ihn aus seinen Gedanken.

„Herein!"

Mit einem Tablett auf den Armen trat Philip ein.

„Das Mittagessen, Obersturmbannführer!"

„Stellen Sie es auf den Tisch, Schmitz", sagte Maurer knapp und deutete vor sich auf den Schreibtisch.

Der Soldat tat, wie ihm befohlen.

„Wo ist die kleine Jüdin?", fragte Maurer.

Der Wachmann verzog keine Miene.

„In der Küche, Obersturmbannführer."

Maurer roch an dem Eintopf und nickte zufrieden.

„Kochen kann sie ja, die kleine Schlampe. Wie hieß sie noch?"

Philip zuckte gleichmütig mit den Schultern.

„Kann mir die Namen der Juden nicht merken, Obersturmbannführer. Soll ich nachfragen?"

„Nein, schon gut, Schmitz. Die Frage war mehr hypothetisch."

Der Soldat nickte knapp.

„Wünsche guten Appetit, Obersturmbannführer."

„Ihnen auch, Schmitz."

Dann verließ er den Raum.

Maurer sah ihm hinterher. Eine merkwürdige Persönlichkeit, dieser Philip Schmitz. Aber, und davon war er überzeugt, der Mann war ihm, dem Führer und dem Eid der SS treu bis in den Tod. Vielleicht der passende Kandidat für das morgige Experiment. Schmitz war loyal, aber sicherlich entbehrlich.

Er kostete von dem Eintopf. Köstlich!

Maurer liebte Eintopf.

Seine Mutter hatte auch immer diese Durcheinandersuppe gekocht, wie sie sie immer nannte. Rein kam, was gerade da war. Mal Bohnen, mal Linsen, Karotten, Kartoffeln, Kohl, Speck, Fleisch, Wurst oder Graupen. Im Zweifelsfalle eben alles durcheinander. Immer anders, aber immer lecker.

Wäre wirklich schade gewesen, wenn er die Kleine gestern erschossen hätte. Obwohl - Frauen, die kochen konnten, gab es sicherlich noch mehr in den Lagern. Mehr als er jemals erschießen könnte.

*

Doktor Thelen legte den Hörer auf die Gabel des Telefons. Die Nachricht, die er soeben aus Berlin erhalten hatte, beunruhigte ihn zutiefst. „Es ist aus", hatte Himmler ihm erklärt. „Thelen, der Krieg ist verloren. Sehen Sie zu, dass Sie alles Wichtige mitnehmen und von dort verschwinden, bevor die Amerikaner vor der Tür stehen!"

Thelen konnte es nicht fassen. Himmler glaubte wirklich nicht mehr an den Endsieg. Die Verluste an den immer schneller zurückweichenden Fronten waren so immens, dass der Reichsführer der SS tatsächlich daran dachte, hinter Hitlers Rücken mit dem Feind über Kapitulation zu verhandeln.

Er stand auf und ging zu dem Kartentisch, auf dem die vier Kristalle in einem kleinen Kasten lagen. Die Kräfte der Steine waren unvorstellbar.

Er nahm den roten Stein und ging mit ihm hinüber in die Höhle mit der großen keltischen Scheibe. Mehrere seiner Männer waren damit beschäftigt, die Batterien instand zu setzen. Morgen würde er einen letzten Versuch unternehmen und danach erst einmal verschwinden. Er würde wiederkommen. Der Krieg musste irgendwann vorbei sein. Das Ende war bereits absehbar. Die Zeiten würden wieder ruhiger werden. Irgendwann könnte er seine Forschungen hier beenden. Ohne Maurer, diesen ignoranten Idioten, der noch nicht einmal verstand, um was es hier wirklich ging.

Er setzte sich auf einen Hocker und betrachtete die große Scheibe, die ruhig dalag. Ein Meisterwerk. Wie bei den vergangenen Malen schloss er die Augen und versuchte, seinen Geist zu leeren. Als er sichtlich entspannt war, nahm er, wie schon so oft, den Kristall und hielt ihn vor sein Gesicht.

Plötzlich schien es, als würde die Höhle in ein rotes Licht getaucht. Die Arbeiter an den Batterien waren auf einmal verschwunden. Stattdessen sah er acht Männer in langen Gewändern. Einer von ihnen hielt eine kleine, tellergroße Scheibe in seinen Händen, die er aufmerksam betrachtete. Die anderen traten nacheinander auf die große Scheibe und steckten Kristalle, wie den roten, den er gerade in seinen Händen hielt, in die zahlreichen Vertiefungen in der Scheibe. Als sie alle Kristalle platziert hatten, nahm jeder der Sieben einen Krug mit einer Flüssigkeit und schüttete den Inhalt in die Batteriegefäße. Dann, nach einigen Minuten, begann der große Kristall an der Decke über der Scheibe zu leuchten. Das gleiche Spektakel wie vor einigen Tagen.

Thelen ließ den Kristall sinken. Er kannte die Szene. Hunderte Mal hatte er es schon durch den roten Kristall beobachtet. Nicht nur diese Szene. Nein, fast jedes Mal war es anders. Aber es spielte immer an dieser Stelle. Durch den roten Kristall war es möglich, in die Vergangenheit zu blicken. Dabei ging es aber leider immer um die Vergangenheit, die der Kristall auch selbst gesehen hatte. Er funktioniert, so vermutete Thelen, nur an Orten, wo der

Kristall sich selbst einmal befunden hatte. Er konnte nur die Momente in der Höhle sehen, die der Kristall selbst bei seinen Aufenthalten dort aufgezeichnet hatte.

Die Bilder in den anderen Kristallen dagegen waren verschwommen. Aber auch sie mussten mächtige Kräfte haben, die er noch nicht verstand. Was er verstand, war, dass man alle sieben brauchte, um das komplette Potenzial der Kristalle nutzen zu können. Interessant fand er auch, dass er immer wieder diesen Druiden mit der tellergroßen Scheibe in den Visionen sah. Vermutlich handelte es sich bei der kleineren Scheibe um eine genaue Anleitung, wie die Steine auf die Scheibe gesetzt werden mussten.

Würde der neue Versuch morgen überhaupt Sinn machen oder sollte er warten, bis sich vielleicht noch mehr Teile des Kristallpuzzles fanden? Nein. Er musste den Versuch durchführen. Maurer würde darauf bestehen. Der Kerl war so irre, der würde ihn glatt erschießen, wenn er nicht seinen Willen bekam. Vielleicht war es ja ganz interessant, die Kristalle nochmals beliebig anzuordnen und einfach zu sehen, was sich tat. Steuern oder beeinflussen würden sie die Scheibe nicht können, da war er sich sicher. Solange sie nicht alle Kristalle und die kleine Anleitungsscheibe besaßen, war es jedes Mal ein Schuss ins Unbekannte. Schade war es nur um den Schwund der Goldelektroden.

*

Draußen war es bereits dunkel, als die Tür des Verschlages, in dem Tom geduldig wartete, geöffnet wurde. Es war Anna. Kurz vor der Dämmerung hatte er sie beobachtet, als sie die Bettwäsche von der Leine nahm. Trotz der kurz geschorenen Haare war sie eine wunderschöne junge Frau. Kein Wunder, dass der alte Thomas Berger ihr total verfallen war.

„Komm mit", flüsterte sie und fasste ihn an der rechten Hand.

„Wohin?", zischte er.

Leider bekam er keine Antwort. Stattdessen zog sie ihn hinter sich her zu dem Hintereingang. Er folgte ihr willig, umfasste aber trotzdem den Griff der Maschinenpistole etwas fester.

Sie gingen ins Haus. Tom kannte den Weg durch die Küche. Der Raum unterschied sich aber doch sehr von dem in seiner Zeit gut sechs Jahrzehnte später. Anstatt der modernen Edelstahleinrichtung mit den vielen Elektrogeräten erblickte er einen altertümlichen Herd, der eine wohlige Wärme ausstrahlte, als sie an ihm vorbeiliefen.

„Was, wenn wir erwischt werden?", flüsterte er.

„Alle sind fortgefahren, zum Flughafen", erwiderte Anna.

Sie rannte die Treppe hinauf bis zum Dachboden. Sofort erkannte er die Tür zu dem Raum, in dem er bei seinen späteren Besuchen im Jonastal nächtigen würde.

Anna stieß die Tür auf und zog ihn hinein. Es roch nach alten Sachen. Muffig und verstaubt. Im hinteren Teil der eigentlich recht geräumigen Kammer stapelten sich unzählige alte Möbel und Kisten. Unterhalb des Mansardenfensters stand eine Liege, auf der sich säuberlich und ordentlich glatt gezogenes Bettzeug befand. Was sollte er hier?

„Anna! Wo ist Thomas Berger?“, fragte er erneut.

Wortlos kniete sie sich vor eine alte Kommode, zog etwas darunter hervor und reichte es ihm.

„Du bist Thomas Berger“, flüsterte sie. „Ich habe dich erkannt. Du bist der Mann aus der Zukunft.“

Tom starrte auf das Bild auf seinem Personalausweis. Enttäuscht ließ er sich auf das Bett nieder und schaute zu ihr auf.

„Anna! Es muss hier noch jemanden mit diesem Namen geben. Irgendwo in deinem Umfeld muss es einen Mann geben mit dem Namen Thomas Berger.“

Sie verneinte.

„Hier gibt es niemanden, der so heißt. Außer dir.“

Das konnte nicht sein, irgendwas lief hier schief. Aber was? Er stand wieder auf und ging in der Kammer hin und her. *Denk nach, Tom! Denk nach!*

„Hast du einen Freund, einen Mann, einen Verlobten oder etwas Ähnliches?“

Anna dachte nach und nickte:

„Philip ist ein guter Freund. Er passt auf mich auf und beschützt mich vor Maurer.“

Tom horchte auf.

„Philip Schmitz?“

Sie nickte.

„Woher kennst du ihn?“

Tom schluckte.

„Ist eine längere Geschichte.“

Philip war oder vielmehr würde der Butler seiner Großeltern sein. Aber er würde kein Butler im herkömmlichen Sinne werden. Kein Dienstbote oder einfacher Angestellter.

Philip würde vielmehr ein Freund und sehr enger Vertrauter der Bergers sein.

„Philip ist der Mann, der dir heute Mittag bei dem schweren Korb geholfen hat?“

Sie nickte:

„Philip hilft mir immer, wenn er kann.“

„Ich weiß, Anna. Das wird er auch weiterhin tun“, sagte Tom, während er sich wieder auf die Liege setzte.

Anna setzte sich ihm gegenüber auf den Boden. Die Füße ausgestreckt und den Rücken an die Kommode gelehnt, betrachtete sie ihn stumm.

„Und was nun, Anna? Wie soll ich je wieder hier fortkommen?“

Sie zuckte mit den Schultern und lächelte ihn an.

„Wo willst du denn überhaupt hin?“

„Na, in meine Zeit zurück“, antwortete er ihr fast schon empört.

Sie nickte wieder.

„Ist es in deiner Zeit schöner als hier?“

„Ja, Anna, es ist viel schöner als hier.“

Ellen fiel ihm wieder ein, wie sie niedergeschossen auf dem kalten Boden der Halle lag. War seine Zeit wirklich besser? Dann musste er an Maurer denken, der wahllos Menschen auf der Straße erschoss und dabei noch das Gesetz auf seiner Seite hatte. Ein dubioses, unrechtes Gesetz. Niemand in dem jetzigen Staat würde ihn für den heutigen Mord bestrafen.

„Meine Zeit ist nicht perfekt. Aber im Gegensatz zu dem Unrecht hier ist sie wundervoll. Deshalb muss ich hier wieder fort. Ich gehöre nicht hierher.“

Er betrachtete die Frau auf dem Fußboden, über deren Wangen nun dicke Tränen kullerten. Nach kurzem Zögern ging er zu ihr und zog sie zu sich hoch. Sofort schlang sie ihre Arme um seinen Hals und begann noch heftiger zu weinen. Sie standen eine ganze Weile da. Ihr Gesicht auf seine Schulter gedrückt, spürte er ihre Wärme. Noch nie war es ihm so angenehm gewesen, einen Menschen so nah zu spüren.

Dann, unvermindert, schob sie ihn ein Stück von sich. Mit dem Ärmel wischte sie sich die Tränen aus den Augen und begann entschlossen zu sprechen.

„Thomas Berger, ich werde versuchen dir zu helfen, aber du musst mich mitnehmen."

„Anna, das geht nicht. Ich kann dich nicht mitnehmen."

Plötzlich funkelten ihre Augen zornig und traurig zugleich. Ihr Gesicht mit den schönen, grauen Augen wirkte mit einem Mal wie das eines trotzigen Kindes, dem man sein liebstes Spielzeug weggenommen hatte.

„Du musst mir aber helfen. Wenn ich hier bleibe, bringt er mich um. Gestern hätte er mich schon beinahe bekommen. Das nächste Mal bringt er mich um. Maurer ist der Teufel und er wird mich kriegen. Ich weiß es."

Tom erschrak. Das war nicht das *‚Ich will aber'*-Benehmen eines trotzigen Kindes. In Annas Stimme schwang Todesangst mit. Sie musste wirklich und wahrhaftig Todesangst vor diesem Mann haben. Angst, die, nachdem was er heute erlebt hatte, berechtigt war.

Bevor er noch etwas sagen konnte, hörte er von draußen das Brummen von Motoren und das Knirschen von vielen Rädern auf gefrorenem Kies. Er hechtete ans Fenster. Mehrere Lastwagen und Maurers schwerer Mercedes fuhren auf den Hof.

„Wir reden nachher weiter“, hörte er Anna hinter sich.

Als er sich umdrehte, sah er nur noch, wie die Tür von außen zugezogen wurde.

„Verdammt“, fluchte er leise.

Die Geschichte wurde immer verzwickter. Wo zum Teufel steckte der Mann, den er irgendwann Großvater nennen würde?

Er besah sich die Soldaten, die im Schein einiger Straßenlaternen von den Lastwagen sprangen. Vielleicht war er jetzt dabei. Zu dumm, dass er von hier die Gesichter der Männer nicht richtig erkennen konnte.

Den Mann mit dem Ledermantel, der aus dem hinteren Teil der Cabriolimousine stieg, erkannte er sofort. Maurer! Der Teufel, wie Anna ihn nannte. Den Fahrer des Wagens kannte er ebenfalls. Philip, irgendwann die gute Seele des Hauses Berger. Auf der Beifahrerseite stieg der junge Wachmann mit den vielen Pickeln aus, dessen Namen er nicht wusste. Die Männer gingen in Richtung Haus und verschwanden unter der Dachkante. Vielleicht sollte er sich an Philip halten. Vielleicht wüsste der eine Lösung für seine Probleme. Er kannte den Butler nur als einen vernünftigen, klar denkenden Menschen. Er musste irgendwie an ihn herankommen.

Philip folgte Maurer ins Haus. Ein ungutes Gefühl beschlich ihn. „Kommen Sie bitte gleich mit unserem Abendbrot in das Esszimmer. Ich möchte während der Mahlzeit gerne etwas mit Ihnen besprechen“, hatte sein Chef ihm während der Fahrt zugeraunt. Während der Obersturmbannführer die Treppe in die obere Etage emporstieg, ging Philip mit Müller in die Küche. Müller war seit gestern noch verstörter als sonst. Der Junge sprach seit der Fahrt mit Maurer zu den Stollen gestern kaum noch ein Wort. Philip hatte versucht zu erfahren, was geschehen war, aber Müller blieb stumm wie ein Fisch.

In der Küche war es warm. Es roch noch immer nach dem frischen Brot, das Anna am Nachmittag gebacken hatte. Dazwischen mischte sich der Geruch des aufgewärmten Eintopfs vom Mittag.

Philip konnte den ewigen Eintopf der letzten Wochen nicht mehr sehen. Er sehnte sich nach zu Hause. Dem Hof in der Pfalz. Seinen jüngeren Geschwistern. Seinen Eltern und vor allem nach Marie, seiner Verlobten. Mindestens einmal in der Woche schrieben sie sich. Das letzte Mal hatte er sie bei seinem dreitägigen Heimaturlaub zu Ostern gesehen. Nach dem Krieg würden sie heiraten, das stand außer Frage. Hoffentlich dauerte es nicht mehr allzu lange. Ob Deutschland den Krieg gewann oder verlor, war ihm gleichgültig. Hauptsache, es war bald vorbei. Eine Einstellung, für die er sich fast schämte und die er damals bei seinem Eintritt in die Hitlerjugend und dem späteren Wechsel in die SS als Verrat bezeichnet hätte. Aber es war, wie es war. Er hatte zu viel Leid und Tod gesehen. Die Art und Weise, wie Maurer und viele seiner Kameraden mit Menschen umgingen, widerte ihn an.

Anna stand am Küchentisch und schnitt Brot. Schwer und gleichmütig ließ er sich auf einen Stuhl sinken und beobachtete sie. Sie erinnerte ihn an seine Marie und es tat ihm weh, wie die anderen mit ihr umsprangen. Immer öfter musste er die Fäuste in den Taschen ballen.

„Wie weit bist du mit dem Essen für Maurer?“, fragte er.

„Bin fast fertig“, antwortete sie ihm.

Dabei klang sie so ruhig und ausgeglichen wie schon lange nicht mehr.

Er stutzte.

„Ist etwas vorgefallen?“, fragte er neugierig.

„Nein, weshalb?“

„Nur so.“

Er winkte ab. Noch immer machte er sich Gedanken, was Maurer von ihm wollte. Bei dem Spinner wusste man nie. Von Tag zu Tag wurde es schlimmer mit dem Obersturmbannführer. In den letzten Wochen verging fast kein Tag mehr, an dem er nicht irgendeinen Gefangenen abknallte. Auch die Tobsuchtsanfälle wurden immer zahlreicher und heftiger. Die Tatsache, dass Maurer ihn aus einer Laune heraus aufforderte, mit ihm zu Abend zu essen, beunruhigte ihn außerordentlich. Wenn er so etwas tat, dann mit Berechnung. Philip kannte den SS-Mann mittlerweile so gut, dass er genau wusste, dass Maurer alles aus reiner Berechnung tat. Sogar das Schikanieren und Umbringen von Leuten diente lediglich dem Zweck, sein krankes Ego zu stärken.

„Nimm heute Abend bitte das große Tablett und zwei Gedecke für den Obersturmbannführer“, gab er Anweisung.

„Bekommt er noch Besuch?“, fragte sie zögerlich.

Philip nickte.

„Man könnte es so sagen."

Er bemerkte, wie sie ihn nun wieder gewohnt ängstlich ansah.

„Keine Angst, Anna. Ich bring's ihm. Du kannst hierbleiben."

Zehn Minuten später stellte er das Tablett auf den großen Tisch im Esszimmer und begann ihn zu decken. Er war gerade fertig, als Maurer den Raum betrat.

„Sehr gut, Schmitz."

Maurer trat vor und öffnete die Terrine mit dem Eintopf.

„Hm, köstlich. Man soll es ja kaum glauben, aber aufgewärmt am Abend schmeckt es fast noch besser als frisch. Sie müssen wissen, ich liebe Eintopf."

Philip wusste es. Jeder im Haus wusste es.

„Nehmen Sie Platz, Schmitz."

Maurer setzte sich an das Kopfende und wies auf den zweiten gedeckten Platz rechts neben ihm. Wortlos setzte Philip sich hin. Die Sache wurde ihm immer unsympathischer. Wenn Maurer so schleimte, wollte er hundertprozentig etwas.

Maurer griff die Suppenkelle und füllte die Teller.

„Guten Appetit, Schmitz."

„Guten Appetit, Obersturmbannführer."

Eine Weile aßen sie schweigend.

„Wann sind Sie eigentlich das letzte Mal befördert worden, Schmitz?"

Philip ließ den Löffel sinken.

„Im Frühjahr, Herr Obersturmbannführer."

Maurer sprach, während er seelenruhig weiter aß:

„Schmitz, ich habe mir überlegt, Sie zum Hauptsturmführer zu befördern."

Nun wäre normalerweise der Punkt gekommen, sich zu freuen. Nicht im Traum hätte er mit einer solchen Beförderung gerechnet, zumal er dann zwei komplette Dienstgrade überspringen würde. Der Haken an dieser Beförderung musste immens sein.

„Und was soll ich dafür tun?", rutschte es ihm deshalb heraus.

Eine Frage, für die er sich sogleich hätte ohrfeigen können. Um nichts in der Welt wollte er den Jähzorn des Vorgesetzten schüren. Doch Maurer senkte ebenfalls den Löffel und begann zu lachen.

„Sie sind mein Mann, Schmitz. Die SS braucht Männer wie Sie, die direkt auf den Punkt kommen."

Maurer stand auf und ging zum Wandschrank. Philip beobachtete, wie er ihn öffnete, eine Flasche Cognac und zwei Gläser entnahm, diese auf den Tisch stellte und vollgoss. Randvoll!

„Sie und ich, mein lieber Schmitz, wir werden Geschichte schreiben."

Philip verstand nicht.

„Darf ich fragen, wie das vonstattengehen soll, Herr Obersturmbannführer?"

„Sie dürfen, Schmitz. Sie dürfen."

Maurer nahm eines der Gläser und prostete ihm zu. Philip tat es ihm gleich

„Morgen Vormittag, mein lieber Schmitz, werden Sie als erstes Mitglied der Projektgruppe Keltenring den Tunnel durch die Zeit beschreiten."

Während Maurer den Cognac hinunterspülte, ließ Philip das Glas wieder auf den Tisch sinken. Er spürte, wie alles Blut aus seinem Gesicht wich und er starr vor Schreck und Angst wurde. Der Kragen seines Feldhemdes schnürte sich zu und nahm ihm die Luft zum Atmen. Das konnte nicht Maurers Ernst sein! Der Mann war total wahnsinnig. Entgeistert schaute er seinen Vorgesetzten an, der sich erneut aus der Flasche eingoss.

„Na, da sind Sie platt, Schmitz? Sie haben die Ehre, als erster moderner Mensch durch die Zeit in die Zukunft zu reisen. Und wenn Sie zurückkommen, wovon ich im Übrigen fest überzeugt bin, werden Sie uns über die technischen Entwicklungen des einundzwanzigsten Jahrhunderts in Kenntnis setzen."

Maurer setzte das zweite Glas an und schüttete es hinunter. Er ging um Philip herum, der noch immer stumm, fast apathisch, am Tisch saß und das noch immer volle Cognacglas festhielt.

„Überlegen Sie doch, was das für Sie bedeutet, Schmitz, wir werden einen Tunnel durch die Zeit erschaffen. Sie werden hinübergehen und mit der deutschen Führung des Jahres 2007 Kontakt aufnehmen."

Er griff in die Tasche und holte den kleinen Apparat des Zeitreisenden hervor.

„Das ist ein Telefon des Jahres 2007. Man kann damit von überall auf der Welt mit jedem anderen Menschen telefonieren. Stellen Sie sich das einmal vor! Wenn unsere Nachfahren schon so weit sind, ein solches Gerät zu entwickeln! Zu was werden sie noch in der Lage sein? Welche Waffen und für uns wertvollen Erfindungen wird es geben? Sie werden morgen Vormittag in die Zukunft reisen und abends holen wir Sie wieder zurück. Für uns hier, die wir leider zurückbleiben müssen, werden das lange Stunden werden. Sie können sich die Zeit einteilen. Sie können je nach Erfordernis nur eine Stunde, einen Tag oder einen Monat dort verweilen. Egal wie lange Sie bleiben! Sie sind ein Zeitreisender. Sie werden nach unserer Zeit nur exakt neun Stunden fort sein. Und wenn Sie morgen Abend wieder da sind, packen Sie, nachdem Sie mir alles ganz genau berichtet haben, Ihren Koffer und machen Urlaub zu Hause. Was glauben Sie, wie Ihre Liebste sich freuen wird, wenn Sie an Neujahr zu Hause sind? Na? Nun sagen Sie doch mal was."

Maurer packte ihn freundschaftlich an der Schulter.

Langsam löste sich Philip aus der Starre.

„Habe ich eine Wahl, Obersturmbannführer?"

Er drehte sich um und sah in das grinsende Gesicht Maurers.

„Natürlich haben Sie eine Wahl. Bei uns wird niemand zu seinem Glück gezwungen. Selbstverständlich können Sie auch schon heute Ihre Koffer packen und an Neujahr Ihr neues Kommando an der Ostfront antreten."

Kapitel 15

26. Dezember 1944, 19:45 Uhr
Jonastal / Thüringen

Anna stand in der Küche und spülte die letzten Teller. Wo Philip bloß mit dem Geschirr von Maurer blieb? Der Wachmann war schon seit weit über einer Stunde fort. Vermutlich aß er immer noch gemeinsam mit dem SS-Mann im oberen Esszimmer.

Ständig musste sie an Thomas Berger denken, der droben in der Kammer saß und auf sie wartete. Vorhin, als alle im Haus wohnenden Wachleute in der Küche am Tisch saßen und aßen, war sie schnell mit einem Henkelmann voller Eintopf und einem Kanten Brot hinauf gelaufen.

Der Mann aus der Zukunft saß noch genauso auf dem Bett wie vorher. Bevor er etwas sagen konnte, hatte sie ihm die Essensration gegeben, war wieder durch die Tür gehuscht und nach unten gelaufen, dabei kam sie am Esszimmer vorbei. Maurer hatte recht laut gesprochen, die zweite, eine leise Stimme, war scheinbar die von Philip gewesen. Zu dumm, dass sie durch die dicken Eichentüren nicht genau verstehen konnte, was gesprochen wurde. In den Bruchstücken, die sie hörte, war es um eine Reise in die Zukunft gegangen, um einen Tunnel.

Als sie Stimmen von unten aus dem Flur hörte, war sie dann schleunigst zurück in die Küche gerannt. Wenn

Maurer oder einer seiner Männer sie beim Lauschen ertappen würde ... An die Konsequenzen wollte sie gar nicht denken.

Gerade als sie das schmutzige Wasser in den Ausguss schütten wollte, kam Philip mit dem Tablett herein. Sofort merkte Anna, dass etwas ganz und gar nicht in Ordnung war. Der Mann war kreidebleich und wirkte total verstört. Er ging zum Spülstein, stellte wortlos das schmutzige Geschirr ab und ließ sich dann auf einem der Stühle an dem großen Küchentisch nieder.

Während sie die beiden Teller und die übrigen Sachen noch schnell spülte, beobachtete sie den Wachmann. Philip starrte total apathisch auf die Tischplatte und wirkte mit einem Mal so fremd. Es musste etwas Schlimmes vorgefallen sein. Sie trocknete ihre Hände und ging zum Tisch. Obwohl sie es eilig hatte, wieder hinauf in die Kammer zu Thomas zu kommen, fühlte sie sich dem Wachmann gegenüber verpflichtet. Philip war immer für sie da, wenn sie traurig war und Kummer hatte. Immer versuchte er sie zu beschützen und ihr zu helfen. Sie konnte jetzt nicht einfach hinaufgehen und ihn mit seinen Sorgen, die er offensichtlich hatte, alleine lassen.

Sie setzte sich ihm gegenüber und ergriff, ohne zu zögern, wortlos seine Hände, die ausgestreckt vor ihm auf der Tischplatte ruhten. Philip hob den Kopf und sah sie an. Tränen standen in seinen Augen, lösten sich und rannen in dünnen Streifen über seine Wangen.

Anna war erschrocken. Ein so starker, mutiger Kerl wie Philip weinte! Eine Zeitlang sahen sie sich stumm an. Dann nahm sie all ihren Mut zusammen.

„Was ist geschehen, Philip? Kann ich dir helfen?"

Ein Lächeln huschte über sein Gesicht. Er packte ihre Hände fester.

„Du? Wie willst du mir helfen, Anna? Du brauchst doch selbst alle Hilfe dieser Welt, um das hier zu überstehen."

Sanft streichelte er über ihre Hände und schien zu überlegen, was er sagen sollte.

„Anna, wenn es nach Maurer geht, bin ich morgen nicht mehr da. Versprich mir, dass du dann alleine auf dich aufpasst."

„Was redest du da, Philip? Wo willst du denn hin?"

Erneut ein gequältes Lächeln in den glasigen Augen.

„Ich will nirgendwohin, Anna. Aber Maurer will, dass ich etwas für ihn erledige."

Anna überlegte.

„Hat das etwas mit dem Mann aus der Zukunft zu tun? Sollst du in seine Zeit reisen?", fragte sie.

Philip war sichtlich erstaunt.

„Woher weißt du davon?"

„Man hört so einiges."

„Du hast gelauscht!"

Sie nickte.

„Dann weißt du auch, dass mir niemand helfen kann. Maurer hat mich vor die Wahl gestellt. Entweder ich mache bei seinem irrsinnigen Versuch mit oder ich muss an die Ostfront."

„Und du hast dich nicht für die Ostfront entschieden?"

„Nein, Anna, da geh ich nicht noch einmal hin. Mit Müh und Not hab ich es schwer verwundet aus Stalingrad geschafft. Ich war einer der letzten, die mit dem

Rotkreuzflieger raus sind. Ich geh da nicht nochmal hin. Vorher schieß ich mir selbst in den Schädel."

Anna war entsetzt. Philip hatte nie zuvor über diese Sachen gesprochen. Sie hatte immer geglaubt, für die Männer wäre das Leben um so viel leichter als für sie. Aber dass viele von ihnen auch schon dem Tod ins Gesicht gesehen hatten, darüber hatte sie sich nie Gedanken gemacht.

Plötzlich kam ihr eine Idee. Obwohl sie selbst bezweifelte, dass diese wirklich gut war, packte sie erneut die Hände des Soldaten fester.

„Philip, ich glaube, ich weiß jemanden, der dir helfen kann."

Dann sprang sie von dem Stuhl, der polternd hinter ihr zu Boden fiel, und zog ihn an der Hand mit sich. Philip war so erstaunt, dass er nur langsam die Sprache wiederfand.

„Anna, wo willst du denn hin?", zischte er, während sie ihn schon aus der Küche zerrte.

„Wirst du schon sehen, sei bitte leise!"

Sie liefen die Treppe hinauf durch den Korridor und blieben vor der Tür zur Dachkammer stehen. Sie zögerte.

„Philip, egal, was nun passiert. Versprich mir, dass du nicht böse mit mir bist und dass du ihm nichts tun wirst."

Dem Soldaten stand die Ratlosigkeit ins Gesicht geschrieben.

„Wem, Anna, wem soll ich nichts tun?"

Ohne ihm zu antworten, öffnete sie die Tür und trat ein.

Tom erschrak, als er das Gepolter auf der Treppe vor der Dachkammer hörte. Das war nicht Anna. Das waren mindestens ein Paar schwere Soldatenstiefel, die da die Treppe heraufstürmten. Er packte die Maschinenpistole und sprang auf. Wohin nun? Sein Blick fiel auf die zugedeckten Möbel.

Die Personen draußen blieben vor der Tür stehen. Ohne noch länger zu überlegen, hechtete er neben die Tür. Würde sie sich öffnen, hätte er hinter dem Türblatt noch eine kleine Chance, nicht gesehen zu werden.

Gerade als er sich an die Wand drückte, wurde die Tür geöffnet. Sein Herz pochte. Die Finger glitten an den Abzug der MP. Dann sah er Anna, die als Erste in den Raum trat. Aber es war noch mindestens eine weitere Person bei ihr. Anna drehte sich suchend im Raum, während sie die Hand eines Fremden hielt.

„Thomas, wo bist du?"

Dann sah sie ihn und erschrak beim Anblick der Waffe, die er auf sie richtete. Die Tür flog ins Schloss. Tom konnte nun den Mann bei ihr sehen. Es war Philip, der ihn und die MP anstierte.

„Was soll das?", stammelte der Wachmann und wich zurück, bis er mit den Beinen an das Gestell von Annas Schlafstatt stieß. „Anna, was hat das zu bedeuten?", keuchte Philip wieder und hob die Hände empor, noch bevor Tom ihn dazu aufforderte.

Was war bloß in Anna gefahren, ihn bei Philip zu verraten? Sicherlich, der spätere Butler und rechte Hand des alten Berger war ein guter Kerl. Aber er war auch immer noch Mitglied der SS.

„Thomas, nimm die Waffe runter!"

Anna war es, die das Wort ergriffen hatte.

„Bitte, Thomas, Philip hat versprochen, dir nichts zu tun. Du musst ihm helfen. Nimm jetzt die Waffe weg."

Sie flehte beinah.

Langsam senkte er die MP. Hatte er gerade richtig gehört? Er sollte Philip helfen? Er, der selbst auf Hilfe angewiesen war, sollte helfen? Tom verstand nicht.

„Wie kann ich ihm helfen, Anna?"

Dann begann sie zu erzählen. Von dem Gespräch, das sie am Abend belauscht hatte, und davon, was Philip ihr in der Küche mitgeteilt hatte. Der Wachmann stand auch nach Annas Bericht immer noch reglos mit erhobenen Armen vor dem Bett und blickte auf die zum Boden gerichtete Waffe.

Was sagte Anna da? Maurer wollte das Zeitportal in die Zukunft morgen öffnen? Tom grinste, das war seine Chance. Vor seinem geistigen Auge entwickelte sich ein Plan. Alles war auf einmal so klar. Jetzt musste er nur noch den Wachmann für seine Pläne begeistern.

„Nehmen Sie doch bitte die Hände herunter, Philip. Ich denke, wir beide haben viel zu besprechen."

Langsam, mit steinerner Miene senkte der SS-Mann die Hände. Tom stellte die Waffe neben die Tür und ging zu dem Berg mit den Möbeln. Er brauchte nicht lange suchen. Rasch fand er zwei alte Polsterstühle mit Armlehnen. Einen schob er dem Soldaten hin, auf den zweiten setzte er sich selbst. Anna ließ sich im Schneidersitz auf dem Bett nieder und hörte Tom aufmerksam zu. Je länger er sprach, desto freundlicher und entspannter wurde Philips Miene. Es war schon spät in der Nacht, als der Wachmann Toms Hand schüttelte und sich von den beiden verabschiedete.

Nachdem die Tür der Kammer ins Schloss gefallen war, stand Tom noch einen Moment da. Er hörte das Knarren der Treppe und Schritte, die sich entfernten. Sein Vortrag war sehr gut gewesen. Er hatte seine Idee bestmöglich verkauft. Doch er selbst hatte Zweifel. So viele unvorhersehbare Ereignisse konnten eintreten und alles zunichtemachen.

Er betrachtete die Maschinenpistole, die immer noch neben dem Türstock an der Wand lehnte. Morgen würde er sie brauchen. Er würde auf einen Menschen schießen müssen. Eine Tatsache, die ihm ganz und gar nicht passte, aber unumgänglich war.

Er drehte sich um und sah zu Anna, die mit angezogenen Beinen und dem Gesicht zur Wand auf ihrer Pritsche lag. Leises Schluchzen war zu hören. Er setzte sich auf die Kante der Liege und strich ihr sanft und unbeholfen über die Schulter. Auch ohne nachzufragen wusste er, warum sie weinte.

„Du bist traurig, weil Philip und ich morgen fort sind, nicht wahr?“, fragte er leise.

Sie drehte sich um und sah ihn mit ihren großen, hellgrauen Augen an. Es tat ihm weh, sie so traurig zu sehen. Die ältere Anna, die Frau, die ihm wie eine Mutter gewesen war, war so viel anders. Eine Frau, die pure Lebensfreude ausstrahlte. Aber es handelte sich hier um ein und dieselbe Person. Unvorstellbar, wie die Zeit und die Ereignisse einen Menschen prägen und verändern konnten.

Sie griff nach seinen Händen und drückte sie gegen ihre Wangen. Tom spürte die Tränen auf ihrer glatten Haut.

„Es ist schade, dass ich nicht mitkommen kann“, flüsterte sie. „Aber ich versteh es ja. Ich weiß, dass es nicht geht. Du gehörst in deine Zeit und ich in meine. Ich hätte dich gern besser kennengelernt.“

Tom dachte nach. Für einen Moment überlegte er, ihr die Wahrheit zu sagen. Aber war es wirklich gut, ihr etwas über ihre Zukunft zu sagen? Nein, er durfte ihr nicht erzählen, dass und unter welchen Umständen er sie eines Tages wiedersehen würde. Nach kurzem Überlegen sagte er nur:

„Anna, ich weiß genau, dass du den Krieg überleben wirst. Glaube mir, du wirst ihn überleben. Warum das so ist, weiß ich nicht. Aber du wirst es schaffen!“

Sie nickte und drückte sich an ihn. Es war gut sie zu spüren.

*

Ein fürchterliches Klingeln oberhalb seines Kopfs ließ Tom aus dem Schlaf schrecken. Er merkte eine Bewegung direkt neben sich, dann hörte das Klingeln so plötzlich, wie es eingesetzt hatte, wieder auf. Er erkannte das Mansardenfenster über dem Bett. Draußen war es noch dunkel, nur der Mond schien sachte in das Zimmer und verbreitete ein unwirkliches, schemenhaftes Licht.

„Blöder Wecker“, murmelte neben ihm eine vertraute Stimme. Es war Anna.

Erst jetzt bemerkte er, dass er geschlafen hatte. Er lag neben ihr auf der schmalen Pritsche. Ihr Kopf lehnte an seiner Brust.

„Ich habe geschlafen?“, flüsterte er fragend.

„Ist das ungewöhnlich?“, flüsterte sie zurück.

Tom verstand nicht.

„Wieso sollte das ungewöhnlich sein?“

Sie kicherte.

„Na, vielleicht schlafen die Menschen in der Zukunft nicht mehr.“

Tom musste sich ein Lachen verkneifen.

„Die Menschen in der Zukunft sind nicht anders als die heute.“

Sie schob ihn beiseite, sodass er fast zu Boden gefallen wäre, hätte er sich nicht schnell aufgesetzt.

„Also, die Leute heute müssen auf jeden Fall aufstehen“, alberte sie und huschte an ihm vorbei zum Lichtschalter neben der Tür.

Tom hielt sich kurz die Hand vor die Augen, als die Glühbirne an der Zimmerdecke zu leuchten begann. Er hasste grelles Licht am Morgen.

„Was ist das denn?“

Anna stand an einem alten Waschtisch und betrachtete sich entsetzt in einem Spiegel, der darüber hing. Ihr Gesicht war übersät mit schwarzen Striemen. Sie rannte zurück zum Bett und starrte auf das Kopfkissen. Da, wo Tom gelegen hatte, war der Bezug kohlrabenschwarz. Dann sah sie fragend zu Tom.

„Ähm, eigentlich bin ich naturblond“, stammelte der.

„Und was ist das?“

Sie zeigte auf ihr Gesicht.

„Das ist jetzt ein echtes Problem. Aus Schuhcreme, Ruß und Pomade.“

Sie lief zurück zum Waschtisch, goss kaltes Wasser aus einer Kanne in die Waschschüssel und begann ihr Gesicht mit einem Stück Seife zu schrubben.

Tom betrachtete die Zeiger des Weckers, der auf einem kleinen Nachttisch am Kopfende der Liege stand. Es war sechs Uhr früh.

Es dauerte fast eine halbe Stunde, bis Tom und Anna in der Küche ankamen. Elses Schuhcremegemisch war wesentlich hartnäckiger gewesen als vermutet. Annas Gesicht war vom Schrubben richtig rot geworden. Trotzdem hatte sie am Ende noch darüber lachen müssen.

Zu ihrer Verwunderung brannte im Küchenherd bereits Feuer und es roch herrlich nach Kaffee. Philip saß als einziger an dem großen Tisch und nippte an einer dampfenden Tasse.

„Dachte, ihr kämt schon nicht mehr“, brummelte er.

Dann sah er Annas Gesicht.

„Was ist denn mit dir passiert?“

Wieder musste die junge Frau kichern. Sie zeigte auf Toms Frisur, die er sich wieder tadellos hergerichtet hatte.

„Versteh ich nicht“, sagte der Wachmann.

Sie winkte grinsend ab und ging zum Herd. Tom setzte sich gegenüber von Philip an den Tisch. „

Haben Sie gut geschlafen?“

Der SS-Mann verneinte.

„Gar nicht. Hab die halbe Nacht wach gelegen und bin dann in die Küche zum Feuer machen.“

Er sah wieder zu Anna und deutete dann, nochmals zu Tom gewandt, fragend auf sein eigenes Gesicht.

„Was hat sie eben gemeint?“, flüsterte er.

Tom grinste.

„Sie hatte Schuhcreme im Gesicht“, flüsterte er zurück.

Philip schaute nun noch verwirrter.

„Wie kommt die denn ins Gesicht?“

Dann sah er auf die kurzen, schwarzen Haare, die unter Toms Schirmmütze hervorlugten. Ein Grinsen huschte über das Gesicht des Mannes, als er begriff. Doch sofort wurde er wieder ernst.

„Ihr habt doch nicht etwa …?“

„Nein, wir haben nicht“, sagte Tom.

Der SS-Mann nickte zufrieden. Gerade als Tom noch etwas sagen wollte, wurde die Tür aufgestoßen. Herein kam der Pickelgesichtige. Als er Tom erblickte, nahm er erschrocken Haltung an.

„Heil Hitler, Herr Unterscharführer.“

Tom hob ebenfalls den Arm und grüßte den Mann mit dem verhassten Nazigruß. Die Prozedur wiederholte sich noch vier Mal an diesem Morgen, jedes Mal, wenn einer der Soldaten, die zur Stammbesatzung des Hauses gehörten, den Raum betrat. Jedem der Männer wurde Tom von Philip als Unterscharführer Willi Schmidt vorgestellt. Alle bis auf Philip hatten niedrigere Ränge als Tom. Der war ebenfalls Unterscharführer. Wie der Wachmann es am späten Vorabend vorausgesehen hatte, erkannte ihn niemand. Alle hielten ihn für einen Besucher aus Berlin. Tom hoffte, dass auch Maurer sich so leicht täuschen lassen würde.

Punkt halb acht verließ Philip die Küche. Mit dem Frühstückstablett trat er in Maurers Arbeitszimmer. Der

Obersturmbannführer saß an seinem Schreibtisch und reinigte seine Pistole.

„Ah, guten Morgen, Hauptsturmführer Schmitz. Halb acht, pünktlich auf die Sekunde. Wie es sein sollte."

Der Wachmann stellte das Tablett auf den Schreibtisch.

„Bitte schön, Obersturmbannführer."

Maurer nickte.

„Danke, Schmitz."

Maurer öffnete die Schublade und nahm ein Kuvert heraus.

„Ihre Beförderung und die Rangabzeichen."

Er hielt sie ihm hin.

Nach kurzem Zögern griff Philip vorsichtig zu. Doch Maurer hielt den Umschlag weiterhin fest.

„Ich kann mich auf Sie verlassen, Schmitz?"

Philip wurde nervös, als ob Maurer bereits etwas von ihrem Plan wusste.

„Ja, Herr Obersturmbannführer, Sie können sich voll und ganz auf mich verlassen", log er, worauf Maurer den Umschlag losließ.

„Schmitz, sagen Sie den Männern, dass wir um neun Uhr ausrücken!"

„Jawohl, Herr Obersturmbannführer."

Als er auf dem Korridor stand, holte er tief Luft. Sein Puls raste und das Hemd klebte verschwitzt an seinem Rücken. Was würde passieren, wenn Bergers Plan schief ging? Eine Sache, an die er gar nicht denken konnte. Womöglich bliebe ihm im günstigsten Falle die Ostfront. Im schlimmsten eine Patrone aus Maurers P38.

Kurz vor neun verließ die gesamte Wachmannschaft bis auf den pickligen Müller das Herrenhaus. Er sollte die Stellung halten.

Tom hatte sich in einem unbeobachteten Moment von Anna verabschiedet. Sie hatte wieder geweint, worauf er sie tröstend in den Arm nahm. Dann war das Unfassbare geschehen. Sie küsste ihn auf den Mund. Erst nur zögerlich, aber dann war es irgendwie über ihn gekommen und er erwiderte den Kuss, bis er dann immer leidenschaftlicher wurde. Wäre Philip nicht in die Küche gepoltert, sie stünden immer noch da. Seitdem drehte sich alles in seinem Kopf. Was hatte er getan? Wie würde Anna sich jetzt fühlen? Was, wenn er mit diesem Kuss die Zukunft verändert hatte?

Eine Sache, über die er sich schon länger Gedanken machte. Was, wenn er zurück ins einundzwanzigste Jahrhundert kam und alles anders war? Ein Thema übrigens, das man in diversen Science-Fiction-Filmen immer wieder sah. Der Zeitreisende veränderte in der Vergangenheit nur eine Kleinigkeit. Er erschlug zum Beispiel eine einzige Fliege zur Zeit der Dinosaurier und schon kam das gesamte Ökosystem in Unordnung, weil ausgerechnet das Fehlen dieser einen Fliege dazu führte, dass ein anderes Tier verhungerte. Das führte wiederum dazu, dass ein weiteres Tier in der Nahrungskette fehlte. Die Kettenreaktion war am Ende über Jahrmillionen so heftig, dass die ganze Welt kopfstand, als er zurück in seine Zeit kam. Eine wirklich abgedrehte Vorstellung. Vielleicht aber auch nur dummes Unwissen oder eine zu blühende Fantasie der Filmemacher, schließlich war von denen noch niemand wirklich in die Vergangenheit gereist. Tom hoffte einfach, dass alles wieder beim alten war, wenn er heute zurück in seine Zeit reiste. Trotzdem hätte er Anna nicht küssen dürfen.

Auch als sie schon in den Wagen saßen und unterwegs zu den Tunneln waren, musste er noch an sie denken. Für einen Moment hatte er sogar überlegt, einfach hier bei ihr zu bleiben. Ein Gedanke, den er sogleich wieder verdrängte. Es ging nicht und er wusste es genau. Er und Philip mussten das jetzt durchziehen.

Tom saß in der zweiten Cabriolimousine auf dem Beifahrersitz, die drei anderen Männer, die bei ihm im Wagen waren, kannte er erst seit dem Frühstück in der Küche. Im ersten Wagen fuhren nur Maurer und Philip. Der SS-Mann hatte darauf bestanden, dass Philip nur ihn fuhr. Vermutlich wollte der Obersturmbannführer seinem Zeitreisenden in spe noch letzte Anweisungen mit auf den Weg geben.

Als sie am Stolleneingang ankamen, begann es erneut heftig zu schneien. Sie stiegen aus. Tom fühlte nach der Pistole, die sich in der rechten Tasche des grauen Uniformmantels befand. Philip hatte sie ihm morgens nach dem Frühstück zugesteckt. „Sicher ist sicher, Herr Berger."

Als sie auf die Stolleneingänge zugingen, sah er zu, dass er immer ein wenig verdeckt von den anderen Soldaten ging, sodass Maurer ihn nicht direkt sehen konnte. Leider vergeblich. Ihre Blicke trafen sich kurz vor dem Eingang. Maurer blieb stehen und betrachtete ihn mit einer Mischung aus Neugier und Unverständnis, sagte aber nichts. Stattdessen wandte er sich zu Philip und flüsterte diesem etwas zu, dabei versuchte er, unauffällig in Toms Richtung zu zeigen. Leider konnte Tom die Antwort des frischgebackenen Hauptsturmführers ebenfalls nicht verstehen. Maurer jedoch schien zufrieden. Er nickte nur, lächelte dabei und ging voraus in den Stollen.

An dem Kartentisch im Labor erwarteten sie, wie bei seinem letzten Besuch, Doktor Thelen und zwei weitere Wissenschaftler in weißen Kitteln.

„Sind die Vorbereitungen abgeschlossen?", eröffnete Maurer grußlos das Gespräch.

Der Doktor bejahte und griff nach einem Kasten auf dem Tisch, in dem die Kristalle lagen. Jeder Stein in einem Fach für sich. Alle vier waren noch vorhanden. Tom erkannte in dem Kästchen jenes, das er aus dem U-Boot geborgen hatte.

Sie folgten Thelen, der mit den Steinen durch die Tür zu der keltischen Anlage ging. Alles war wie bei ihrem Versuch im Jahre 2007. Scheinwerfer, die rundherum auf dem Boden standen, leuchteten die Decke der riesigen Höhle aus. Der große Kristall in der Mitte des Pentagramms schillerte in herrlichen Farben. Reflexionen der Strahler. An den Wänden neben den urtümlichen Batterien standen Blechkanister, in denen sich vermutlich die Säure befand. Er beobachtete, wie Thelen die Kristalle einzeln aus dem Kasten nahm und sie scheinbar willkürlich auf der keltischen Scheibe verteilte.

„Thelen, was tun Sie da?"

Der Doktor erschrak.

Maurers laute Stimme donnerte verstärkt durch den Schall noch mehrfach von den Wänden.

„Ordnen Sie die Kristalle bitte genauso an, wie an dem Abend der Wintersonnenwende."

„Aber ich wollte … “, erwiderte der Doktor.

„Tun Sie, was ich sage, Doktor. Und ich wünsche keine Diskussionen über meine Befehle. Ist das klar?“

Thelen kramte ein Stück Papier aus seiner Kitteltasche. Während er immer wieder davon ablas, steckte er die Kristalle in andere Löcher. Dann kontrollierte er alles mehrmals und nickte zur Bestätigung Maurer zu, der ungeduldig auf und ab lief.

„Wurde ja auch Zeit“, knurrte der nur und stellte sich mitten vor die Scheibe.

„Schmitz, kommen Sie zu mir!“

Der Wachmann ging langsam zu seinem Kommandanten und blieb unruhig neben ihm stehen. Selbst ein Blinder hätte mitbekommen, dass der Mann kurz vor einer Panikattacke stand.

„Füllt die Gefäße!“, brüllte Maurer.

Tom tat wie die anderen Männer. Er schnappte sich einen der Kanister und goss die Säure in die ‚Batterien‘. Es roch nach Apfel. Bei der Säure schien es sich tatsächlich um Apfelsaft zu handeln, genauso wie Ellen es ihm erklärt hatte.

Langsam begann die Säure zu brodeln. Die elektrochemische Reaktion hatte begonnen.

Tom stellte sich so, dass er freie Schussbahn auf Maurer und Philip hatte. Schweiß bildete sich auf seiner Stirn. Jetzt würde es nicht mehr lange dauern.

Die ersten Blitze zuckten an der Höhlendecke innerhalb des Pentagramms.

Alles war so wie beim letzten Mal. Knisternd schlugen nun größere Blitze zum Boden, wo die vier Kristalle zu leuchten begannen. Die Entladungen kamen immer schneller und intensiver. Immer heftiger tobte das künstliche Gewitter und dann war sie da, die große Kugel aus purer Energie, die diesmal auf nur vier Lichtsäulen stand.

Tom fasste die MP fester, nun war es so weit. Wie besprochen, würde er in Richtung des geöffneten Zeitportals rennen. Er würde die SS-Männer um Maurer mit der Waffe bedrohen und als Zeichen seiner Entschlossenheit einen von ihnen niederschießen. Philip!

Es bereitete ihm wahrhaftig Unbehagen, auf ihn zu schießen. Doch sie hatten sich in der Nacht, nachdem sie auch andere Möglichkeiten in Erwägung gezogen hatten, für diese Vorgehensweise entschieden.

Tom sollte versuchen eines von Philips Beinen zu treffen.

Der Vorschlag war von dem Wachmann selbst gekommen. Seine Befürchtung war gewesen, dass Maurer ihn sonst hinterher schicken würde, sobald das Portal wieder einsatzfähig war. Der Schuss war eine riskante Sache, aber Philip hatte Recht, Tom musste ihn verwunden.

Der Wachmann erzählte, dass es bei vielen Frontsoldaten zu solchen selbst zugefügten Verwundungen kam, und das aus nur einem Grund: Die Männer wollten fort von der Front. Nach Hause oder wenigstens ins Lazarett. Dafür nahmen sie Verwundungen, Schmerzen oder gar bleibende Schäden sowie ein Leben als Krüppel in Kauf. Wurde jemand einer solchen Selbstverstümmelung überführt, waren die Folgen für ihn schlimm. In den meisten Fällen hieß das Urteil Tod durch Erschießen wegen Wehrkraftzersetzung.

In diesem Fall war das anders. Er würde vor Zeugen auf Philip schießen. Niemand würde ahnen, dass es absichtlich und nach Absprache geschah. Er holte noch einmal tief Luft. Alle sahen gebannt auf die Kugel aus Energie.

Gerade als er mit der Waffe nach vorne hechten wollte, geschah das Unvorstellbare.

Kapitel 16

27. Dezember 1944, 11:20 Uhr
Jonastal / Thüringen

Nachdem sie alle Arbeiten in der Küche erledigt hatte, ging Anna hinauf in die Kammer unter dem Dach. Ihr Herz war schwer. Was war bloß in sie gefahren, Thomas zu küssen? Noch nie in ihrem Leben hatte sie einen Mann geküsst, außer natürlich ihren Papa oder Großvater einmal auf die Wange.

Das heute Morgen war anders gewesen. Noch nie hatte sie so für einen Menschen gefühlt wie für Thomas, einen Mann, den sie eigentlich gar nicht kannte. Was wusste sie schon über ihn? Im Grunde nichts! Und doch hatte ihr Verstand vollkommen ausgesetzt. Alles war wie automatisch abgelaufen. Sie hätte, auch wenn sie es gewollt hätte, nichts gegen ihr Begehren tun können.

Der kurze und dennoch fast unendliche Moment war wunderschön gewesen. Doch genauso intensiv war der tiefe Fall in den Abgrund ihrer Gefühle, als er den Raum und damit sie für immer verließ. Er würde nicht wiederkommen.

Sie blickte auf die Zeiger des Weckers: gleich halb zwölf. Wenn alles gut gegangen war, befand sich Thomas bereits wieder in seiner Zeit. Ob er wirklich auf Philip geschossen hatte? Sie ging zu der Kommode, bückte sich und holte den Ausweis darunter hervor. Dann setzte sie sich auf das Bett und betrachtete ganz in Gedanken das Foto.

Die leisen Schritte auf der Treppe draußen vor der Kammertür nahm sie nicht wahr. Erst als die Tür aufgerissen wurde, schrak sie hoch. Vor ihr stand Müller. Das Pickelgesicht zu einer widerlich grinsenden Fratze verzerrt, starrte er sie an.

Anna rutschte rückwärts über das Laken, bis sie mit dem Rücken an die Wand stieß. Müller grinste immer noch, während er sein Feldhemd auszog und es über einen der Stühle warf, die immer noch vom Vorabend in dem Raum standen. Dann schoss er nach vorne und packte einen ihrer Füße. Mit einer Kraft, die sie dem dürren Mann gar nicht zugetraut hätte, zerrte er sie zu sich. Dann warf er sich auf sie. Er packte ihre Handgelenke und drückte sie auf das Kopfkissen.

„Schrei nur!", zischte er ihr ins Ohr. „Dein Philip ist weit fort, der wird dir nicht mehr helfen."

Anna hatte das Gefühl, zu ersticken, als er auf ihr lag und versuchte sie zu küssen. Wie wild warf sie ihren Kopf hin und her. Plötzlich hörte er auf.

„Was ist denn das?", keuchte er.

Anna drehte den Kopf. Das Pickelgesicht starrte voller Ekel auf das mit Schuhcreme verschmutzte Kopfkissen.

Dann sah sie, greifbar nah, den Wecker auf dem Nachttisch.

*

Toms Hände umklammerten immer noch die Maschinenpistole. Sein Finger ruhte am Abzug. Sein Herz pochte ihm bis in den Hals hinauf. Soeben hatte eine Stimme aus dem Zeitportal gesprochen. Eine Stimme, die er sofort erkannte.

„Guten Morgen, Herr Maurer", hatte sie gesagt. Für jeden verständlich.

Maurer war entsetzt einen Schritt zurückgesprungen und hatte die Walther aus dem Holster gezogen, mit der er nun in Richtung des hell scheinenden Balles aus Energie zielte, in dem sich langsam die Umrisse einer Gestalt abzeichneten.

„Oh, entschuldigen Sie meine Unhöflichkeit", sprach die Stimme weiter. „Ich wollte natürlich sagen: Guten Morgen, Herr Obersturmbannführer Maurer. So viel Zeit muss schließlich sein."

Tom sah kurz zu Maurer, dessen Gesicht aschfahl geworden war. Die Pistole in seinen Händen zitterte, während die Gestalt in der Kugel immer mehr menschliche Züge annahm. Schon konnte man verschwommen ein Gesicht erkennen. Es war eindeutig ein Mann mit schulterlangen, hellgrauen Haaren.

„Gestatten Sie, dass ich mich Ihnen vorstelle, falls Sie mich nicht schon erkannt haben? Mein Name ist Thomas Johannes Berger."

Tom hatte ihn sofort an seiner Stimme erkannt. Fassungslos und gebannt starrte er auf den Großvater, der nun ganz deutlich wie auf einem Bildschirm zu erkennen war.

„Was wollen Sie von mir, Berger?", kreischte Maurer.

„Was ich möchte?"

Tom kannte diesen belustigten Unterton, wenn der Alte sich amüsierte.

„Ich möchte Sie vor einer Riesendummheit bewahren, Maurer. Sie sind gerade dabei sich auf etwas einzulassen, das Sie nicht beherrschen können."

„Ach, und woher wollen Sie wissen, was ich gerade im Begriff bin zu tun?", brüllte der SS-Mann und erntete nur schallendes Lachen von Berger.

„Ich kenne Sie, Maurer. Mehr als Ihnen lieb ist. Sie sind gerade im Begriff den armen Schmitz, der da neben Ihnen steht, durch diesen Tunnel in die Zukunft zu schicken. Aber es wird nicht klappen. Ich verrate Ihnen nun ein Geheimnis, Maurer."

Der Alte machte eine Pause.

„Und warum sollte es nicht funktionieren? Ihr Mann ist doch auch hierhergekommen", unterbrach Maurer ihn.

„Weil der Tunnel eine Einbahnstraße ist", fuhr der Alte fast belustigt fort. „Nicht wahr, Thelen? Sie müssten es doch eigentlich wissen. Um die Anlage der Kelten voll zu nutzen, brauchen Sie alle sieben Kristalle. Sie besitzen aber nur vier. Zusätzlich brauchen Sie diese Karte."

Tom sah, wie eine zweite Person in der Kugel neben Berger auftauchte. Es war Ellen. In ihren Händen hielt sie die Himmelsscheibe von Nebra.

„Verstehen Sie, Maurer. Sie können mich sehen. Ich kann Sie sehen. Sie können mich auch hören und ich kann Sie ebenfalls hören. Ich könnte das Portal durchschreiten, wenn ich es wollte. Aber Sie ... "

Berger nahm einen Tennisball aus seiner Jackentasche und warf ihn in Maurers Richtung. Es blitzte und knisterte kurz. Dann hüpfte der Ball durch die Höhle und blieb vor den Füßen des SS-Mannes liegen.

„Werfen Sie ihn zurück!“, forderte Berger ihn auf.

Doch der rührte sich nicht. Er zielte weiter auf die Personen in der Kugel. Schließlich gab Maurer Philip einen Wink, den Ball aufzuheben.

„Werfen Sie ihn zurück, Schmitz.“

Langsam bückte sich der Wachmann, nahm den Ball auf und schleuderte ihn nach kurzem Zögern in Richtung der Kugel. Doch der Tennisball flog nur bis einen Meter vor die Lichtkugel, prallte dann wie von einer unsichtbaren Glasscheibe ab, sprang noch einige Male über den Boden und blieb schließlich zwischen den anwesenden Wachleuten liegen.

„Sehen Sie? Sie können das Portal von Ihrer Seite aus nicht durchschreiten.“

Tom sah zu Maurer. Die Blässe um seine Augen war fort, das Blut kehrte in seinen Schädel zurück. Der Mann stand kurz vor einer Explosion.

Dann begann das Bild undeutlich zu werden. Die Gestalt Bergers verzerrte sich.

„Oh“, meinte der Alte verwundert. „Schon so spät. Die Batterien versagen wieder einmal. Das alte Leid.“

Das Knistern und Zucken der Kugel nahm weiter zu. Tom sah, wie Berger noch einmal winkte. Er wollte noch etwas sagen.

„Noch ein letztes Wort, Maurer, sollten Sie meinem Enkel Tom begegnen, bestellen Sie ihm bitte: Er soll sein Mädchen nicht vergessen und auf sie aufpassen. Sie ist es wert.“

Dann verschwand das Bild, die Kugel löste sich auf. Letzte Blitze zuckten innerhalb des Pentagramms hin und her, wurden immer schwächer und versiegten schließlich.

Ein markerweichender Schrei drang aus Maurers Kehle. Dann zog er den Abzug der Pistole durch, wieder und wieder. Acht Schüsse hallten endlos von den Wänden wider. Die Umstehenden warfen sich zu Boden. Einer der Wissenschaftler stürzte unmittelbar neben Tom mit einem gurgelnden Laut zu Boden. Die Hände des Mannes umfassten den Hals. Zwischen seinen Fingern und aus dem Mund quoll dickes Blut hervor. Ein Querschläger!

*

Anna starrte auf Müller, der reglos auf dem Fußboden in der Dachkammer lag. Über das picklige Gesicht lief Blut aus einer Platzwunde an der Schläfe. Sie zitterte am ganzen Körper. In ihrer Hand hielt sie noch immer den blutverschmierten Wecker. War Müller tot? Sie wusste es nicht. In dem Moment, als der Wachmann das verschmutzte Kopfkissen sah und dadurch kurz abgelenkt war, hatte sie den Wecker gegriffen und ihn mit voller Wucht auf seinen Kopf geschlagen. Sofort war Müller auf ihr zusammengesackt. Es hatte sie erhebliche Mühe gekostet, den schmächtig aussehenden Kerl von sich zu wälzen. Dabei war er noch einmal unsanft mit dem Hinterkopf auf die Holzdielen geschlagen. Sie tippte den Mann mit der Spitze ihres Schuhs an. Er bewegte sich nicht mehr. Was nun? Erneut packte sie Panik. Was sollte sie tun? Wenn die anderen wiederkämen, würden sie nach ihrem Kameraden suchen. Sie schaute sich um. Erst einmal musste sie die Leiche verstecken. Eilig begann sie den Stapel alter Möbel beiseite zu räumen, bis sie ziemlich hinten an der Wand vor einem zweitürigen Kleiderschrank stand. Sie hatte mal gehört, dass Tote schwerer seien als lebende Menschen. Von wem sie das gehört hatte und in welchem Zusammenhang, wusste sie nicht mehr. Müller war sehr schwer.

Wie einen nassen Sack zog sie ihn an den Beinen zu dem Schrank. Es dauerte gut und gerne eine halbe Stunde, bis sie ihn dort hineingestopft hatte und die Schranktüren wieder verschlossen waren. Sein Hemd und den schmutzigen Bezug des Kopfkissens warf sie in die Ecke hinter den Schrank. Dann begann sie die Möbel wieder aufzustapeln. Zum Schluss deckte sie alles wieder mit den Tüchern ab. Erschöpft ließ sie sich auf das Bett sinken. Verflixt! In was für eine Lage hatte sie sich da hineinmanövriert?

Fürs erste war Müller verschwunden. Mitleid hatte sie mit dem Toten im Schrank nicht. Der Picklige war nicht besser als sein Vorgesetzter Maurer. Wie oft musste sie in der Vergangenheit die Prahlereien des Muttersöhnchens mit anhören. Wie viele Menschen er angeblich schon geprügelt, geschlagen oder gar ermordet hatte. Auch wenn nur die Hälfte davon wahr war. Es war gewiss nicht schade um ihn. Aber seine Kameraden würden ihn irgendwann vermissen und suchen. Was, wenn sie ihn fanden?

Sie musste fliehen. Im Moment war sie allein im Haus. Keiner passte auf. Eine bessere Möglichkeit gab es nicht. Sie rannte zur Kommode und stopfte die wenigen Habseligkeiten, die sie besaß, in einen Sack. Bei den meisten Kleidungsstücken handelte es sich um welche, die

Philip ihr gebraucht aus dem Lager besorgt hatte. Der Rest stammte von ihrer Vorgängerin. In die zerschlissenen Winterschuhe zog sie zwei Paar Socken. Über das Kleid mit den Blutflecken einen gestrickten Pullover. Die kleineren Blutflecke auf dem Boden bedeckte sie mit einem alten Teppich, den sie zwischen den Möbeln gefunden hatte. Noch einmal sah sie sich in dem Raum um. Nichts deutete auf ihre Tat hin. Alles war fast so, wie sie es vor Wochen vorgefunden hatte.

*

Tom starrte auf die Leiche des Wissenschaftlers, der neben ihm in der Höhle auf dem Boden lag. Der Todeskampf des Mannes hatte nur einige Sekunden gedauert. Unter ihm breitete sich eine Lache Blut aus. Schnell tränkte die rote Flüssigkeit den weißen Kittel des Mannes. Er blickte zu Maurer.

Der Obersturmbannführer stand wie angewurzelt vor der Scheibe. Die Hände gesenkt. Die Waffe zeigte zum Boden. Die Geräusche seines schweren Atems durchdrangen die tödliche Stille. Der Mann schnaufte wie ein wütender Stier. Dann steckte er die Waffe zurück in das Holster. Nur kurz beachtete er den Toten. Mit einer Handbewegung zu seinen Leuten, sie mögen ihm folgen, ging er, ohne sich noch einmal umzudrehen, zum Durchgang und verließ die Höhle.

Tom spürte, wie Philip ihn am Ärmel packte und ihn ein Stück mit sich zog, dabei deutete er mit einem leichten Nicken zum Ausgang, wo Maurer bereits verschwunden war. Im Augenwinkel sah er noch, wie Thelen und ein anderer Wissenschaftler neben dem Toten in die Hocke gingen. Die Männer waren fassungslos.

An der Tür drehte Tom sich noch einmal zu der keltischen Anlage um. Das war's wohl gewesen. Er hing hier fest. Unweit sah er ziemlich am Rand einen der Kristalle. Es war der weißlich durchsichtige. Der Stein, den der Thomas Berger des Jahres 1944 angeblich stehlen würde. Tom glaubte nicht mehr daran. Es war, wie er befürchtet hatte. Sein Erscheinen im Jahr 1944 hatte alles durcheinandergebracht. Wer wusste schon, was er bereits alles verändert hatte? Wie viel Durcheinander er hier verursachte? Er ging als Letzter hinter den Wachleuten durch das Labor.

Maurer war bereits an der Tür zum Tunnel, als er sich noch einmal umdrehte.

„Schmitz, gehen Sie zurück und holen Sie diesen verdammten Ball.“

Philip, der vor Tom herging, wendete und rannte zurück in die Höhle. Nur Sekunden später kam er mit einem gelben, schmutzigen Tennisball zurück. Er ging zu dem wartenden Maurer, der immer noch die Tür aufhielt, und gab ihm den Ball. Wortlos betrachtete der SS-Mann diesen und steckte ihn schließlich in eine Tasche seines Ledermantels.

Als sie mit den Wagen zurück zum Herrenhaus fuhren, wirbelten Tausende von Gedanken durch Toms Kopf. Er verstand nichts mehr. Wie war es möglich gewesen, dass der alte Berger plötzlich in dem Zeittunnel auftauchte? Und wie konnte Ellen dort sein? Das letzte Mal hatte sie noch, von einer Kugel getroffen, neben der keltischen

Anlage gelegen. Vermutlich tot. Deutlich hatte er das Einschussloch in der Herzgegend der Wissenschaftlerin gesehen. Nun lebte sie wieder. Vielleicht hing das mit den Veränderungen aufgrund seines Zeitsprunges zusammen. Wie er es drehte, es ergab alles keinen Sinn. Er musste an die letzten Worte des alten Berger denken. *‚Sollten Sie meinem Enkel Tom begegnen, bestellen Sie ihm bitte: Er soll sein Mädchen nicht vergessen und auf sie aufpassen. Sie ist es wert.'* Wie konnte der Alte so leichtgläubig sein und denken, dass Maurer ihm den Gruß auch wirklich ausrichten würde? Das alles ergab keinen Sinn.

Er sah durch die Windschutzscheibe auf die verschneite Straße. Wild wirbelten die Flocken gegen die Scheibe. Wieder musste er an Anna denken, wie sie die Nacht gemeinsam verbracht und wie sie ihn am Morgen geküsst hatte. Sie war die erste, mit der er eine Nacht verbracht hatte, ohne sie zu vögeln, dachte er. Sogleich schämte er sich für den Gedanken. Wie konnte er Anna, ein unschuldiges, junges Ding, mit den Frauen vergleichen, die ansonsten das Bett mit ihm teilten? Dann kam ihm ein absurder Gedanke. Anna! Die Anspielung des Alten bezog sich auf Anna. *‚Er soll sein Mädchen nicht vergessen und auf sie aufpassen. Sie ist es wert.'*

*

Anna rannte die Treppe hinunter, durch den Korridor und in die Küche. Sie riss den Brotkasten auf und stopfte einen ganzen Laib daraus in den Sack zu den Kleidungsstücken. Dazu noch ein Fleischermesser und einige

Kochwürste. Plötzlich hörte sie Schritte auf dem Korridor, die sich der Küchentür näherten. Schnell warf sie den Sack in eine Ecke hinter dem Herd und begann in einem der Töpfe mit dem Mittagessen sinnlos herumzurühren. Die Tür wurde aufgestoßen und ihr Herz stand mit einem Male still.

„Thomas?“, flüsterte sie entgeistert. „Aber weshalb bist du …?“

Tom trat in die Küche. Anna schaute ihn zuerst freudig, dann maßlos erstaunt an. Er war nicht allein, die Wachen waren gleich hinter ihm. Maurer war vor ihm ins Haus, die Treppe hinauf und in sein Arbeitszimmer gestürmt. Der Mann tobte immer noch wie ein Stier.

Anna rannte auf Tom zu und fiel ihm um den Hals. Schnell schob er sie von sich fort und flüsterte ihr zu:

„Nicht jetzt, sie kommen.“

Anna schien zu verstehen. Sofort wirbelte sie herum und begann wieder in einem der Töpfe zu rühren.

Als nächstes betraten die drei Wachmänner den Raum, die mit Tom in dem zweiten Wagen gefahren waren. Die Männer gingen zum Tisch und sanken auf den Stühlen nieder. Einer von ihnen, ein großer Glatzkopf mit schiefer Nase, der Tom extrem unsympathisch war, begann sofort zu krakeelen.

„He, Judenschlampe, wo bleibt unser Fraß?“

Anna beeilte sich, die Teller auf den Tisch zu stellen. Tom stand lässig an die Wand gelehnt neben dem Herd und sah den Dreien zu. Für den Ausdruck *Judenschlampe* hätte er dem Glatzkopf am liebsten die Zähne ausgeschlagen. Merkwürdig, seit er mit den Männern der SS konfrontiert wurde, war seine Gewaltbereitschaft gestiegen. Immer öfter kam ihm der Gedanke, sich einen dieser Widerlinge zu schnappen und einfach nur zuzuschlagen. Am schlimmsten war es bei Maurer. Der Hass auf den Obersturmbannführer wuchs jedes Mal, wenn er ihn sah. Dass dieses Verhalten primitiv und in höchstem Maße inakzeptabel war, wusste er. Trotzdem dachte er immer öfter darüber nach und es fiel ihm immer schwerer, die Beherrschung zu wahren.

Philip kam herein. Der Mann war sichtlich entspannter als noch am Morgen. Er zwinkerte Anna zu, die gerade den Topf auf den Tisch stellte.

„Wo ist denn Müller?", fragte er belustigt in die Runde.

„Wird schon kommen, wenn er das Essen riecht", brodelte der Glatzkopf und schaufelte sich eine weitere Kelle von dem Eintopf auf seinen Teller.

Anna stand nun hinter den drei Wachen, sodass diese sie nicht sehen konnten, wohl aber Philip und Tom. Sie hob die Hand und strich mit dem Zeigefinger an ihrer Kehle vorbei und verdrehte die Augen. Das Zeichen war untrüglich. Philip starrte sie entsetzt an.

„Ist bestimmt draußen", sagte er nur.

Anna schüttelte den Kopf und deutete mit dem Finger zur Decke.

„Oder oben."

Sie nickte. Ein Glück, dass die drei Soldaten so mit ihrem Essen beschäftigt waren und deshalb die merkwürdige Konversation nicht weiter beachteten. Philip nahm ein Tablett von der Kommode und sprach mit eiserner Stimme:

„Mädchen, was ist mit der Mahlzeit für den Obersturmbannführer? Du weißt, er wartet nicht gern."

Tom hätte fast lachen müssen. Philip war ein grausiger Schauspieler. Anna lief zum Herd und füllte Suppe in eine Terrine und stellte sie ihm auf das Tablett. Dann ging der Wachmann mit dem Tablett zur Tür.

„Ich bin hoch zum Chef. Komme gleich wieder. Und lasst mir gefälligst etwas über."

Als er bereits vor der geschlossenen Tür stand, sah er zu Anna.

„He, Mädchen, steh nicht blöd rum. Mach mir gefälligst die Türen auf."

Anna beeilte sich, die Küchentür zu öffnen. Als sie einen Spalt weit offen war, schob er die junge Frau sofort nach draußen. Auch Tom verließ seinen Platz und folgte den beiden. Die Männer am Tisch, die sich nun angeregt über die Vorkommnisse bei der keltischen Anlage unterhielten, beachteten ihn nicht, als er hinter sich die Küchentür schloss.

Auf dem Korridor traf er Anna und Philip, die sich angeregt, aber leise unterhielten. Anna berichtete, was am Morgen vorgefallen war.

„Deshalb musst du ihn doch nicht gleich erschlagen", zischte der Wachmann.

„Wollt ich ja gar nicht", verteidigte sie sich. „Ich hab nur einmal zugehauen und dann war er tot."

Philip stöhnte.

„Und wo ist er jetzt?"

„Ich habe ihn in einem Kleiderschrank hinter den alten Möbeln versteckt."

„Bleiben kann er da aber nicht“, meinte Philip. Man konnte förmlich sehen, wie das Hirn des Mannes auf Hochtouren arbeitete. „In spätestens drei Tagen fängt der Kerl an zu stinken. Ihr beiden müsst hier fort.“

Sie rannten die Treppe hinauf in die zweite Etage. Dann sahen sie ihn. Am anderen Ende des Korridors stand mit blutverschmiertem Gesicht und herunterhängenden Hosenträgern, für einen Toten sehr lebendig, Müller.

Tom griff instinktiv nach der Maschinenpistole.

Anna strauchelte geschockt zurück.

Philip, der gut drei Meter vor Tom und der jungen Frau stand, hielt das Tablett fest in den Händen. Auch er war wie gelähmt.

Das Gesicht Müllers war zu einer irrsinnigen Fratze verzerrt.

„Die Schlampe wollte mich umbringen“, schrie er mit hoher Stimme, die mehr an ein kreischendes, altes Weib als an einen erwachsenen Mann erinnerte.

Dann wurde mit einem Mal in der Mitte des Ganges eine Tür aufgerissen. Maurer trat auf den Korridor. Sein Gesicht war zornesrot. Der Kopf flog abwechselnd nach rechts und links.

„Müller, was ist hier los?“, brüllte er den Verwundeten an.

Der Angesprochene zeigte in Richtung Anna.

„Die jüdische Hure wollte mich umbringen. Sie hat versucht mir den Schädel einzuschlagen, weil ich hinter ihr Geheimnis gekommen bin.“

Maurer sah erneut erstaunt zwischen allen hin und her.

„Und was soll das für ein Geheimnis sein, Müller?“

Der Picklige kam auf Maurer zu getorkelt. Mit einer Hand hielt er sich die Wunde an der Schläfe. Mit der anderen streckte er Maurer eine kleine Kunststoffkarte entgegen.

„Der da hinten, Obersturmbannführer, ist der Kerl aus der Zukunft und sie hat ihn versteckt."

Maurer starrte auf das Kärtchen und dann zu Tom, Anna und Philip. Dann griff er blitzschnell zu seiner Pistole, zog sie aus dem Holster und zielte in ihre Richtung.

Tom richtete die MP auf Maurer. Zu dumm, dass Philip immer noch in der Schussbahn stand und entsetzt das Tablett mit der Suppenterrine festhielt. Wieder wirbelten tausend Gedanken gleichzeitig durch Toms Hirn. Er musste schießen. Er hatte das nie gewollt, war aber fest entschlossen, sich nicht zu ergeben. Maurer würde ihn und Anna, die zusammengekauert hinter ihm hockte, ohne mit der Wimper zu zucken, töten. Er würde auf keinen Fall kampflos aufgeben.

„Schmitz, Sie Idiot, gehen Sie beiseite oder ich knall Sie mit ab", schrie der SS-Mann.

Tom sah und hörte, wie Philip zitterte. Der Deckel der Terrine bewegte sich und verursachte ein helles Klimpern. Langsam ging Philip in die Hocke und stellte das Tablett auf den Boden. Dann kauerte er sich, immer noch in der Hocke, in die Türnische zum Esszimmer, das schräg gegenüber zu Maurers Arbeitszimmer war.

„Nun, Berger, so sieht man sich wieder."

Maurers Stimme klang wieder genauso arrogant und überheblich wie an dem Tag, als Tom ihn kennengelernt hatte.

„Ihre Verkleidung war gut, Berger. Sie haben uns wirklich alle getäuscht. Die gesamte Wachmannschaft. Selbst mich. Die Frage ist nur, warum haben Sie das getan? Warum gehen Sie dieses Risiko ein, entdeckt zu werden? Sie könnten längst über alle Berge sein, Berger."

Das Wortspiel schien dem SS-Mann zu gefallen. Er grinste. Plötzlich strahlte er, als sei ihm etwas eingefallen.

„Er hat Sie verarscht, Berger. Der alte Mann in dem Zeittunnel oder wie immer Sie das Ding da unten in der Höhle nennen wollen, hat Sie wahrhaftig verarscht." Er lachte irre. „Sie haben geglaubt, wenn wir den Tunnel in die Zukunft öffnen, könnten Sie zurück. Sie wollten uns abknallen und dann zurück in Ihre Zeit springen, weil Sie nicht wussten, dass es eine Einbahnstraße ist. Das waren seine Worte, eine Einbahnstraße."

Tom spürte, wie sein Hass wuchs, er musste an sich halten. Sein Finger lag am Abzug der MP. Nur noch einige Gramm Druck auf dem Zeigefinger und die Waffe würde losbrüllen.

Maurer sprach indes weiter.

„Und nun hängen Sie hier fest. Hat er Ihnen vorher versprochen, er könne Sie zurückholen? Ja, das hat er bestimmt. So dämlich wie Sie nun aus der Wäsche schauen." Wieder lachte Maurer wie ein Irrer. „Sehen Sie es ein, Berger, er hat sie verarscht. Die einzigen, die Ihnen jetzt helfen können, sind die SS und ich. Nehmen Sie einfach ihre Waffe runter und lassen Sie uns reden. Wir sprechen ein wenig über die Zukunft. Sie erzählen mir einfach, was ich wissen will, und ich werde Ihnen zu Reichtum und einem angenehmen Leben verhelfen. Und die kleine Jüdin bekommen Sie auch noch obendrauf, wenn Sie sie überhaupt wollen. Ein Kerl wie Sie muss sich doch nicht mit der erstbesten Schlampe abgeben."

Tom drehte sich um und sah zu Anna, die wie Philip in einem der Türstöcke kauerte. Was sollte er tun? Für einen Moment erwog er, auf das Angebot des SS-Mannes einzugehen. Aber da fiel ihm der Kriegsgefangene ein, gestern in Arnstadt, wie seine Kameraden ihn durch den vom warmen Blut getränkten Schnee zogen. Er schüttelte den Kopf und starrte dabei auf Maurer.

„Nein, Maurer. Niemals. Lieber verrecke ich, als einen Pakt mit dem Teufel einzugehen."

Maurer lachte erneut.

„Ein Teufel? Ich? Ja, das könnte passen. Wissen Sie, was ich gerade überlege, Berger? Ich denke darüber nach, was ich mit der kleinen Jüdin mache, wenn ich Sie abgeknallt habe. Erschieße ich die Kleine sofort oder lasse ich erst noch einmal die gesamte Wachmannschaft über sie rutschen?"

Tom sah die Bewegung, als Maurers Finger sich krümmte. Im gleichen Moment zog auch er den Abzug durch. Eine Salve peitschte durch den Korridor. Das Lärmen der Waffe war unvorstellbar und schmerzte in seinen Ohren. Noch niemals in seinem Leben hatte Tom eine Maschinenpistole abgefeuert. Der Rückstoß war geringer als er gedacht hatte, weshalb er die Waffe zu weit nach unten hielt. Er sah, wie Maurers Beine von den Knien abwärts förmlich zerfetzt wurden. Blut, Fleisch und Knochen wurden aus ihnen herausgerissen. Als hätte jemand die Beine mit einer Axt zerschlagen, brach der SS-Mann zusammen. Die Walther auf Tom gerichtet, zuckte sein Zeigefinger noch immer, während er zu Boden fiel. Es dauerte nur wenige Sekunden, bis das Magazin der MP leergefeuert war.

Auf dem Korridor ein Bild des Grauens. Maurer lag keine fünf Meter vor ihm auf dem Boden. Die zerfetzten Unterschenkel standen unnatürlich vom Körper ab. Einige Meter hinter ihm lag Müller. Der junge Soldat wimmerte wie ein Säugling. Auch eines seiner Beine war verwundet, jedoch sah es bei Weitem nicht so grausig aus wie bei seinem Kommandanten.

Maurers Finger zuckte ein weiteres Mal, doch die Walther klickte lediglich. Sie war nicht geladen gewesen. Dann fiel Tom der tote Wissenschaftler unten im Tunnel ein und wie Maurer nach seinem Wutausbruch die leergeschossene Waffe zurück in das Holster gesteckt hatte. Eine Tat, die ihm nun zum Verhängnis geworden war. Während Maurer weiter monoton den Abzug der Waffe betätigte, begann er zu lachen. Ein wahnsinniges, irres, gequältes Lachen. Musste er nicht unermessliche Schmerzen haben?

Tom ließ die leere Maschinenpistole auf den Fußboden gleiten. Es schepperte, als die Waffe auf dem Boden aufschlug und dort liegenblieb. Langsam ging er zu Maurer. Er blieb vor ihm stehen und sah auf ihn hinab. Die Verwundungen waren schwer. Würde er das überleben? Er spürte Mitleid und ärgerte sich sogleich darüber. Der Mann hatte kein Mitleid verdient. Wäre es umgekehrt gewesen und Tom läge dort in seinem Blut, Maurer wäre es egal gewesen. Er wäre, ohne mit der Wimper zu zucken, über seine Leiche gestiegen und hätte im Anschluss auch noch Anna erschossen. Anna! Er wirbelte herum. Anna stand mit Philip hinter ihm. Entsetzt sahen sie beide auf den Schwerverletzten.

Tom hörte Gepolter im Treppenhaus. Geistesgegenwärtig griff er in seine Manteltasche und zog die Pistole heraus. *„Sicher ist sicher“*, hatte Philip am Morgen gesagt, als er ihm die Waffe gab. Nun würde er sie brauchen. Mit einem Satz war er bei Philip und packte den Wachmann an der Jacke. Dann drückte er dem Entsetzten die Waffe an den Schädel. Keine Sekunde zu früh. Im nächsten Moment stürmten die drei Männer, die zuvor noch in der Küche beim Essen gesessen hatten, um die Ecke. Sie alle waren bewaffnet. Zwei hielten Maschinenpistolen im Anschlag. Der vulgäre Glatzkopf mit der schiefen Nase richtete eine Walther P38 auf ihn.

„Zurück!“, schrie Tom die Männer an.

Die Drei prallten beim Anblick der Szene, die sich ihnen bot, wie gegen eine unsichtbare Wand.

„Waffen runter!“, schrie Tom und drückte die Mündung seiner Pistole noch fester an Philips Kopf.

Hinter sich hörte er immer noch Maurer, dessen irres Lachen mehr und mehr zu einem klagenden Heulen wurde.

„Männer, lasst die Waffen fallen!“, schrie Philip den Dreien zu, die geschockt und unbeweglich verharrten.

Nacheinander lösten sie sich aus ihrer Starre. Als Erster legte der Glatzkopf die Pistole auf den Boden. Die beiden anderen folgten seinem Beispiel. Schnell sah Tom zu Anna.

„Heb sie auf“, raunte er ihr zu.

Sofort huschte die junge Frau an ihm vorbei, ging in die Hocke und hob die Waffen auf.

„Da rein!“, brüllte Tom nun und deutete mit dem Kopf zu der Tür rechts neben den Männern.

Die Drei gehorchten. Der Glatzkopf öffnete die Tür zum Esszimmer und ging mit erhobenen Händen hinein. Wieder folgten die anderen dem Beispiel ihres Kameraden. Immer noch mit dem Lauf der Waffe am Schädel schob er Philip zur Tür.

„Zumachen und abschließen“, raunte er ihm zu.

Der Wachmann gehorchte. Er zog die Tür zu, drehte den Schlüssel um und zog ihn, ohne dass Tom ihm dies befohlen hätte, ab. Tom schob Philip weiter in Richtung Treppe. Noch einmal drehte er sich um. Maurer lag in seinem Blut und bewegte sich nicht mehr. Das Klicken der Walther war verstummt. Die Waffe lag in seiner schlaffen, geöffneten Hand. War der Teufel tot? Müller saß mit dem Rücken an die Wand gelehnt auf dem Dielenboden. Schluchzend drückte er beide Hände auf seine blutdurchtränkte Hose, dabei sah er ängstlich in seine Richtung.

Tom musste weiter. Er schob Philip um die Ecke des Korridors und die Treppe hinunter. Kaum aus Müllers Blickfeld entschwunden, senkte er die Waffe. Er könnte dem guten Philip eh nichts antun und glaubte auch nicht, dass es jemals notwendig werden würde. Anna trug immer noch die Waffen vor sich her.

Am Fuße der Treppe angekommen, wollte Tom zum Hauptportal hinaus. Philip hielt ihn zurück.

„Ihr müsst hinten raus. Wartet am Hinterausgang, ich komme mit dem Wagen dorthin.“

Der Soldat hatte recht, draußen würden sie den Wachsoldaten aus den Gesindehäusern über den Weg laufen.

Philip rannte aus dem Hauptportal hinaus, während er und Anna durch den Flur in Richtung Küche liefen. Dort warf Anna die Waffen in einen Korb mit schmutzigen Tüchern und deckte sie sorgfältig zu, sodass man sie nicht sofort finden würde. Dann packte sie, während Tom ungeduldig wartete, einen Wäschesack, der in einer Ecke hinter dem Herd lag, und rannte mit diesem zur Hintertür. Vorsichtig sah er durch die Butzenscheiben. Draußen schneite es mittlerweile so heftig, dass er kaum fünfzig Meter weit sehen konnte. Dann schleuderte Maurers schwere, weinrote Cabriolimousine um die Ecke und blieb mit blockierenden Rädern wenige Meter vor der Hintertür stehen.

Als sie nach draußen zu dem wartenden Wagen liefen, nahm ihnen der mit Schnee durchsetzte Wind den Atem. Tom öffnete die hintere Tür und schob, bevor er selbst einstieg, Anna auf den Rücksitz. Die Tür war noch nicht ganz ins Schloss gefallen, als Philip das Gaspedal durchtrat. Tom wurde in den Sitz gepresst. Der schwere Wagen schleuderte den Weg am Haus entlang und dann über den Hof. Von den Wachleuten keine Spur. Er sah nach vorne an Philip vorbei durch die Windschutzscheibe. Die Bäume der Allee, in die sie gerade einbogen, ließen sich nur erahnen.

„Können Sie eigentlich etwas sehen?“

Der Fahrer nickte.

„Ich sehe genug, Herr Berger.“

Tom seufzte und ließ sich auf die mit Leder bezogene Sitzbank sinken.

„Philip, warum helfen Sie uns eigentlich?“

Es dauerte eine Weile, bis er antwortete.

„Ich bin davon überzeugt, dass Sie und Anna das auch für mich tun würden und ich kann Sie gut leiden.“

Tom war erstaunt.

„Sie tun das, weil Sie mich gut leiden können? Philip, Sie kennen mich kaum!“

„Wissen Sie, Berger, meine Menschenkenntnis hat mich noch nie im Stich gelassen. Als ich Sie das erste Mal in der Arrestzelle gesehen habe, wusste ich schon, dass Sie in Ordnung sind und vor Ihnen niemand Angst haben muss. Und dann habe ich mitbekommen, wie Sie sich Anna gegenüber verhalten. Verstehen Sie mich nicht falsch, aber Anna ist Jüdin und es gibt in Deutschland nicht viele Leute, die darüber so hinwegsehen wie Sie. Die in ihr einfach nur einen Menschen sehen.“

Eine Weile schwiegen sie.

„Thomas“, fragte Philip, während er unvermindert auf die verschneite Straße blickte, „wollen Sie wissen, warum ich Ihnen noch geholfen habe?“

Tom war gespannt. Vielleicht käme nun eine Argumentation, die er besser glauben konnte als das ‚*Ich kann Sie gut leiden*’.

„Natürlich, Philip“, sagte er und beugte sich nach vorne zwischen die Sitze.

Der Wachmann holte tief Luft.

„Ich habe es satt, Herr Berger. Einfach nur satt. Maurer, die SS, die Lager, den Krieg, diesen ganzen Dreck. Ich hab’s einfach nur satt. Seit Wochen habe ich immer wieder daran gedacht einfach abzuhauen, zu desertieren. Und glauben Sie mir: Ich bin nicht der Einzige. Unter den Kameraden sind viele, die den Weg des Führers nicht mehr mitgehen wollen. Bisher war ich nur zu feige, es auch zu tun. Ihr beide wart ein guter Vorwand. Maurer wird mich in seiner momentanen Lage kaum vermissen und wenn es schief gehen sollte …“ - er machte eine Pause - „die anderen werden behaupten, ihr hättet mich entführt.“ Dann lachte er. „Sie sehen, ich kann gar nicht verlieren.“

Tom ließ sich erneut in die Polster der Nobelkarosse sinken. Er wusste immer noch nicht, wo sie hinsollten. Erst einmal weit fort von dem Herrenhaus. Anna schmiegte sich an ihn und legte dabei ihre Arme über seine Brust. Sanft strich er mit den Fingerspitzen über ihr Handgelenk bis zu der Tätowierung.

„Wenn du bei mir bist, tut sie nicht mehr so weh.“

Er sah ihr in die Augen. Diese großen, hellgrauen Augen. Er hatte nicht gewusst, dass Tattoos noch nach so langer Zeit schmerzen konnten.

„Tut es denn immer noch weh?“

Sie nickte. Dann deutete sie auf ihre Brust.

„Hier schmerzt es. Nicht am Arm. Nur hier drin. Aber jetzt wird alles gut.“

Tom nickte, obwohl er im Gegensatz zu ihr nicht davon überzeugt war. Er wusste, dass es noch nicht vorbei war. Sie mussten an einen sicheren Ort. Nur wohin? Ihm fielen Else und Karl ein. Nein, das war zu gefährlich. Er durfte die beiden Bauersleute da nicht noch weiter mit hineinziehen.

Plötzlich begann der Wagen zu schlingern und riss ihn aus seinen Gedanken. Tom sah, wie Philip wild am Lenkrad ruderte und versuchte das schwere Gefährt wieder unter Kontrolle zu bringen. Dann ein dumpfer Schlag. Der Mercedes durchbrach eine Absperrung und sie schossen einen Abhang hinunter. Anna schrie. Sie flog über den Rücksitz, als der Wagen zunächst eine extreme Schräglage bekam und dann umstürzte. Glas splitterte.

Wie oft sich das Fahrzeug überschlug, bekam er nicht mehr mit.

Das Letzte, was er spürte, war der Schlag, als sein Kopf gegen den Holm der Tür krachte. Dann wurde es dunkel.

Kapitel 17

28. Dezember 1944, 07:35 Uhr
In der Nähe von Arnstadt / Thüringen

Sein Schädel dröhnte entsetzlich, als er die Augen aufschlug. Um ihn herum diffuses, dämmriges Licht. Wo war er jetzt schon wieder gelandet? Es roch angenehm nach Heu. Er wollte sich aufsetzen, aber sein Kopf war so schwer, dass er ihn sogleich wieder auf das Lager sinken ließ.

Neben sich spürte er eine Bewegung. Anna. Im Dämmerlicht konnte er Annas Augen erkennen, die ihn freundlich ansahen.

„Wo sind wir?“, flüsterte er ihr zu. „Wie bin ich hierhergekommen?“

Er konnte sich nur noch an den Überschlag mit dem Auto erinnern.

„Wir sind in einer Scheune“, flüsterte sie ihm leise ins Ohr. „Philip hat dich hergeschleppt. Ganz allein durch den Schneesturm. Er wusste von dem einsamen Hof im Wald. Er ist im Sommer einmal hier gewesen, hat er gesagt. Das Bauernhaus nebenan ist nach einem Blitzeinschlag abgebrannt. Hier wohnt weit und breit niemand mehr.“

Anna schmiegte sich wieder an ihn. Sein Kopf fühlte sich an, als hätte man ihn in einen Schraubstock eingeklemmt.

„Wo ist Philip?“, fragte Tom.

„Der ist eben hinausgegangen, er wollte schauen, ob er irgendwo ein Auto oder etwas Ähnliches organisieren kann. Maurers Mercedes ist total zerstört. Mit dem kommen wir nicht mehr weiter.“

Tom versuchte erneut sich aufzurichten, diesmal drückte Anna ihn sanft zurück ins Heu.

„Philip sagt, du brauchst Ruhe“, sagte sie entschieden.

Er lächelte.

„Wo will denn dein Philip überhaupt einen Wagen herbekommen, wenn hier weit und breit niemand wohnt?“

„Nicht weit von hier ist ein Flugplatz der Luftwaffe. Da gibt's jede Menge Fahrzeuge, sagt er.“

Es fiel ihm wieder ein. Stimmt, sie mussten sich in der Nähe des Flugfeldes befinden, wo er mit Himmler in die JU 52 gestiegen war.

Er erschrak, als sich das große Tor öffnete, helles Sonnenlicht in die Scheune strömte und ihn blendete. Dann erkannte er Philip, der eintrat und hinter sich das Tor sofort wieder zuzog. Er trat zu den beiden und schaute grinsend auf sie herab.

„Stör ich?“

Sie schüttelten beide gleichzeitig verlegen den Kopf, wobei sich erneut heftiger Schmerz in Toms Schädel bemerkbar machte. Er verzog das Gesicht zu einer Grimasse und fasste sich an die Schläfen.

„Tut's weh?“, fragte Philip besorgt.

Tom nickte.

„Ist Ihnen auch übel oder schwindelig, Herr Berger?“, hakte der Wachmann nach.

„Nein, Philip, mir ist nicht übel. Mein Kopf fühlt sich nur an, als müsste er platzen."

Der Wachmann nickte.

„Das ist gut."

Tom verstand nicht, was an seinen Kopfschmerzen gut war. Fragend sah er den Mann an, während er sich nun doch langsam aufsetzte.

„Was soll daran gut sein?"

Philip lachte, während er aus dem Sack, den Anna aus dem Haus mitgenommen hatte, einen Laib Brot und Würste hervorkramte.

„Meine Mutter hat immer gesagt, Kopfschmerzen gehen vorbei", erklärte er. „Aber wenn einem auch noch kotzübel und schwindelig dabei ist, dann kann es eine Gehirnerschütterung sein. Wäre nach dem Schlag, den Sie bekommen haben, ja auch kein Wunder. Aber da Ihnen nicht übel ist, wird es wohl so schlimm nicht sein."

Tom verstand.

„Hast du ein Fahrzeug besorgt?", wechselte er das Thema.

Philip verneinte und hielt ihm eine Wurst hin.

„Zu viele Soldaten auf dem Flugfeld. Die waren gerade dabei die Piste zu räumen und ihre Flieger klar zu machen. Ich denke, wir sollten warten bis es dunkel ist. Die Lastwagen werden am Rande des Feldes geparkt. Ich würde sagen, wir schleichen uns im Dunkeln hin, schnappen uns den erstbesten Laster und hauen ab."

Tom nickte langsam und obwohl er keinen rechten Appetit hatte, griff er doch nach der Wurst. Hunger hatte er schon, irgendwie. Während sie dasaßen und aßen, überlegte er.

„Philip, wie willst du mit einem Lastwagen fliehen? Die haben uns mit dem lahmen Vehikel doch nach ein paar Minuten eingeholt.“

Der Soldat hörte auf zu kauen und schaute ratlos. Bevor er noch etwas sagen konnte, durchbrach ein Röhren die Stille. Schnell anschwellend kam es näher, rauschte dann mit ohrenbetäubendem Krach über ihre Köpfe und verschwand wieder. Der Vorgang wiederholte sich mehrmals schnell hintereinander. Jedes Mal zuckte Anna erneut zusammen. Das ganze Gebäude vibrierte. Sie klammerte sich an Tom, der es zwischenzeitlich geschafft hatte, komplett aufzustehen.

„Was ist das?“, schrie die junge Frau in den Lärm hinein und schrak erneut zusammen, als wieder etwas dicht über das Dach donnerte.

Tom wusste genau, was das war. Er löste sich von Anna und rannte trotz der starken Kopfschmerzen zum Scheunentor.

„Sie fliegen wieder!“, brüllte Philip in das Lärmen.

Tom öffnete das Tor. Das Licht war so hell, dass er kurz die Augen zusammenkniff. Dann sah er sie. Am Himmel boten sich für einen Flugzeug- und Technikfan faszinierende Anblicke. Dicht über die Baumwipfel schossen brüllend und fauchend mindestens zehn Messerschmitt ME 262 auf ihn zu. Weitere Exemplare des ersten je in Serie gebauten Düsenjägers der Welt entschwanden schon in einiger Entfernung am Horizont. Tom hatte noch nie zuvor eines dieser Flugzeuge in Aktion gesehen. Der Boden vibrierte, als die Gruppe Jets über seinen Kopf hinwegfegte und in den herrlich blauen Himmel stieg, wo bald nur noch Kondensstreifen zu sehen waren. Er blickte neben sich, wo Philip und Anna gebannt in dieselbe Richtung schauten.

„Das ist die Zukunft“, sagte er leicht melancholisch. „Und es ist die Lösung unseres Problems“, fügte er nach einer kurzen Pause hinzu.

„Wie meinen Sie das, Berger?“, fragte Philip.

Tom grinste.

„Philip, wir brauchen keinen Lastwagen. Wir brauchen eins von diesen Dingern.“

„Aber wie …?“

Der Mann begann zu stammeln. Anna schaute ungläubig.

„Ganz einfach, wir gehen hinüber zum Flugfeld, schnappen uns so ein Ding und hauen damit ab. Dass uns jemand verfolgt, ist bei diesem Vogel extrem unwahrscheinlich.“

Philip widersprach entschieden.

„Nein, Berger, vergessen Sie es. Ich habe die Teufelsdinger aus der Nähe gesehen. Viel zu kompliziert. Wir wissen ja noch nicht einmal, wie man so ein Ding ans Laufen bekommt, ganz zu schweigen zum Fliegen. Die Piloten werden wochenlang geschult, bis sie das erste Mal fliegen dürfen. Das ist kein Automobil. Schlüssel umdrehen, Gang rein und Gas geben. Im Übrigen haben die Dinger nur zwei Sitze.“

Tom überlegte. Dabei ging er auf und ab. Er rief sich das Cockpit der Maschine, die im Royal Air Force Museum in London stand, in Erinnerung. Im letzten Jahr hatte er dank des Einflusses des alten Berger die Maschine besichtigen dürfen. Ein Freund des Alten, ein Cornel Mac

Gordon, seines Zeichens ehemaliger Testpilot der Royal Air Force, hatte die erbeutete Maschine nach dem Krieg im Auftrag seiner Regierung auf Herz und Nieren getestet. Begeistert hatte er Tom die Maschine erklärt und ihm von den Flugeigenschaften des Jets vorgeschwärmt.

Es war wirklich phänomenal, wen der alte Berger alles kannte. Die Instrumente des zweisitzigen Jets waren ähnlich wie die der Messerschmitt BF 108, die im heimischen Hangar stand und auf der Tom bereits mit sechzehn seine ersten Versuche als Pilot unternommen hatte. Seitdem war er viele Flugzeugtypen geflogen, wobei das Highlight eine russische MIG 23 aus dem Bestand der ehemaligen NVA gewesen war.

Zugegeben, die Bedienung der beiden Strahltriebwerke des Messerschmitt-Düsenjägers war etwas aufwendiger als bei der heimischen einmotorigen BF 108, aber er würde es schaffen können. Mac Gordon hatte es ihm im letzten Jahr genau erklärt.

„Philip, du bist sicher, dass sie auch Zweisitzer auf dem Platz haben?“

Der Soldat nickte.

„Fast nur. Wegen der Schulungen. Hab auch mal in einer drin gesessen. Natürlich nur am Boden. Der Vogel hat eine Menge Anzeigen und Knöpfe.“

„Ich weiß“, sagte Tom. „Aber das Fliegen dürfte kein Problem sein. Ich kenne die Steuerung ein wenig. Sie ist nicht viel anders als bei einer BF 108 oder einer 109er. Lediglich das Starten der Triebwerke ist ein wenig komplizierter.“

Philip wurde kreidebleich.

„Aber, Herr Berger, wie soll das gehen, wir sind zu dritt?“

Tom sah zu Anna.

„Na, unsere Anna ist doch eh nur eine halbe Portion. Die setzen wir dir einfach auf den Schoß. Das müsste gehen, du musst ja nicht ans Steuerhorn rankommen. Wird zwar nicht bequem, aber ist allemal besser, als zu Fuß zu gehen. Komm, Philip, lass uns die Vögel einfach mal ansehen.“

Anna zog ihn am Arm.

„Und was ist mit deinem Kopf?“

„Noch ist er dran“, lächelte Tom.

Anna schmollte.

„Am besten bleibst du hier und versteckst dich im Heu, bis Philip und ich wieder da sind“, sagte Tom zu ihr.

„Kommt nicht infrage. Ich komme mit“, entgegnete sie barsch und lief zurück in die Scheune. Nur einen Moment später kam sie wieder zum Vorschein. Über der Schulter trug sie den Leinensack.

Die ungleiche Gruppe setzte sich in Bewegung. Philip ging vor. Tom bildete den Schluss. Während sie im Gänsemarsch durch den Schnee stapften, besah er sich die junge Frau, die vor ihm herging. Was hatte der alte Berger noch gesagt? *‚Sollten Sie meinem Enkel Tom begegnen, bestellen Sie ihm bitte, er soll sein Mädchen nicht vergessen und auf sie aufpassen. Sie ist es wert.‘* Ja, der Alte hatte recht, sie war es wirklich wert.

Tom hätte es nicht beschreiben können, aber er glaubte, dass die Gefühle, die er für Anna empfand, wirklich Liebe waren. Genau wusste er es nicht, weil richtig verliebt, so nahm er zumindest an, war er noch nie gewesen. Die anderen Mädchen vorher hatte er auch gemocht. Irgendwie. Aber anders. Wenn diese ihn meist schon am nächsten Morgen verließen, hatte sich die Trauer immer in Grenzen gehalten. Anna kannte er zwar auch erst richtig seit vorgestern und doch war da etwas. Etwas, das er nicht erklären konnte.

Darüber hinaus war ihm noch eine Sache klar geworden. Großvater Berger hatte gestern in der Höhle gar nicht mit Maurer gesprochen. Nein. Die ganze Zeit hatte er Tom gemeint. Das Geplänkel mit Maurer war nur vorgeschoben. E r war gemeint gewesen. Berger hatte hundertprozentig gewusst, dass Tom anwesend war.

Ganz in Gedanken versunken prallte er plötzlich gegen Anna, die unvermittelt stehen geblieben war. Auch Philip war stehen geblieben und ging nun hinter einigen kleinen Fichten in die Hocke. Dann hörte Tom die Stimmen. Unweit von ihnen sprachen und lachten mehrere Männer. Gebückt schlich er zu Philip. Der Soldat schob vorsichtig einige Äste beiseite, die ihnen die Sicht auf das Flugfeld versperrten.

Keine fünfzig Meter vor ihnen entdeckte er drei Gestalten. Ganz offensichtlich handelte es sich um Mechaniker. Sie standen vor einem offenen Hangar bei einem der neuen Messerschmitt-Jets. Die linke Triebwerksverkleidung lag auf dem Boden, während die drei mit schmutzigen Händen an der Maschine hantierten. Dabei lachten und blödelten sie immer wieder herum.

Tom sah über den Platz. Es befanden sich noch vier weitere Jets sowie eine Handvoll Propellerflugzeuge auf dem Gelände. Aber nur ein einziger Jet war ein Zweisitzer. Und nur dieser würde für ihre Flucht infrage kommen. Dummerweise war es auch ausgerechnet der, an dem die drei Mechaniker herumschraubten. Ansonsten war der Platz menschenleer.

„Anna!" Tom drehte sich zu ihr um. „Du musst jetzt gut zuhören. Ich denke, der Zeitpunkt ist günstig. Du bleibst genau hier und beobachtest uns. Philip und ich gehen jetzt ganz dreist zu den dreien da und erkundigen uns nach dem Flugzeug. Wenn ich dir ein Zeichen gebe, kommst du so schnell du kannst herbeigerannt und steigst zu Philip auf den hinteren Sitz des Co-Piloten. Und lass den Sack hier. Es wird auch so eng genug sein."

Sie nickte.

Tom packte den Wachmann am Ärmel und zog ihn mit sich mit.

Anna setzte sich derweil auf den Sack. Sie würde genau das tun, was Thomas ihr gesagt hatte. Sie vertraute ihm. Vorsichtig, wie Philip vorhin, schob sie die Zweige der Tanne beiseite und beobachtete die Mechaniker. Die drei schienen gerade mit ihrer Arbeit fertig. Während zwei noch einen runden Blechdeckel an einem der Motoren festschraubten, war der Dritte schon dabei, das Werkzeug in einem kleinen Wagen zu verstauen. Das Flugzeug war ein seltsames Ding. Es besaß keine Propeller. Unter jedem Flügel hing lediglich einer dieser sonderbaren Kästen, in denen sich wohl die Motoren befanden, an denen die Mechaniker herumhantierten.

Mehrere Minuten geschah nichts. Dann sah sie, wie Thomas und Philip zwischen den Baracken auftauchten und schnurgerade zu den Mechanikern gingen. Sie grüßten mit erhobenem Arm und begannen mit den Männern zu reden. Es wurde gescherzt und gelacht. Thomas ging mit einem von ihnen um das Flugzeug herum. Während er sich mit dem Mann unterhielt, sah er in jede Öffnung der Motoren. Er schaute nach den Rädern und bewegte sogar die Kanten der Flügel.

Auch der Letzte der drei schien nun mit seiner Arbeit fertig und warf das Werkzeug in den kleinen Wagen.

Dann ging auf einmal alles ganz schnell. Thomas stand gerade wieder neben Philip, als der eine Pistole aus seiner Manteltasche zog. Die Männer hoben erschrocken die Hände. Dann deutete der Wachmann mit der Pistole auf den Hangar. Die drei folgten seiner Aufforderung, ohne zu murren. Sie beobachtete, wie Philip die drei vor sich her in die kleine Halle schob und dann aus ihrem Blickfeld verschwand.

Währenddessen kramte Thomas in den Taschen seines Uniformmantels. Sie sah, wie er einen Gegenstand herauszog und in die Tasche seiner Hose steckte. Dann zog er den Mantel aus, warf ihn achtlos auf den Boden und sprang auf den Flügel. Bevor er in das Cockpit stieg, winkte er in ihre Richtung. Sie rannte los. Nicht, wie die beiden Männer eben, um die Baracken herum. Nein, Anna stürzte durch die Zweige der Tannenbäume, die ihr zuvor noch Schutz geboten hatten, und rannte durch den knöcheltiefen Schnee direkt über das Flugfeld in Richtung der Maschine.

Die Motoren des seltsamen Vogels erwachten gerade mit einem Rattern und Pfeifen zum Leben. Sie hatte die Maschine noch nicht ganz erreicht, als sie Philip bemerkte, der aus dem geöffneten Tor herausgelaufen kam. Auch er zog seinen schweren Mantel aus und warf ihn fort. Die Waffe hielt er weiter in der Hand. Anna kletterte, wie Thomas es zuvor getan hatte, auf den Flügel. Nun stand sie neben ihm und sah, wie er an den vielen Schaltern und Knöpfen herumdrehte. Er war so vertieft, dass er sie überhaupt nicht wahrnahm. Die Tragfläche unter ihren Füßen vibrierte immer heftiger, immer schneller. Das Geräusch der Motoren wurde lauter. Kein Brummen wie bei den anderen Flugzeugen. Mehr ein Fauchen wie das eines wilden Tieres.

Philip stand plötzlich neben ihr und stieg auf den hinteren Sitz. Da sollte sie noch hineinpassen? Sie zögerte, blickte zu Thomas, der sich nun zu ihr umdrehte.

„Steig ein!“, hörte sie ihn durch den Lärm, der nun ohrenbetäubend war, schreien.

Sie nahm all ihren Mut zusammen und zwängte sich auf Philips Schoß. Vor sich sah sie Unmengen von Anzeigen und Bedienelementen. Nicht eines der Instrumente hatte sie je in ihrem Leben schon einmal gesehen. Philip tippte ihr auf die Schulter und zeigte zu einem Griff, der sich über ihrem Kopf an einem Glasdeckel befand. Sie richtete sich auf und zog die Haube herunter. Auch Tom im vorderen Cockpit schloss das Kabinendach.

Nachdem die beiden Glashauben eingerastet waren, wurde es im Inneren augenblicklich leiser. Sie sah auf den Steuerknüppel zwischen ihren Beinen, der sich mit einem Mal bewegte. Hin, her, vor und zurück. Dann begann das ganze Flugzeug sich zu bewegen. Langsam schob sich das Ungetüm in Richtung der vereisten Rollbahn. Sie sah die Hügel mit frisch geräumtem Schnee, die sich rechts und links der Piste auftürmten. Dann erblickte sie die Soldaten. Aus einer der Baracken kamen Männer gelaufen. Alle in weißer Tarnkleidung. Sie trugen Gewehre. Anna schloss die Augen. Mit einem Mal war sie wieder da, diese entsetzliche Angst.

Sie spürte, wie das Flugzeug sich drehte. Dann heulten die Motoren plötzlich noch lauter auf. Sie drückte sich die Hände auf die Ohren. Philips Arme schlossen sich verkrampft um ihre Taille. Dann wurde sie nach hinten gepresst. Der Lärm war entsetzlich. Das Flugzeug beschleunigte. Immer schneller holperte es über die Rollbahn. Alles vibrierte entsetzlich. Dann, mit einem Mal, war es vorbei. Sie spürte den Ruck in ihrem Magen, als sie den Boden verließen. Das Dröhnen wurde leiser und ging immer mehr in ein Pfeifen des Windes über. Merkwürdig, sie hörte die Motoren kaum noch.

Langsam nahm sie die Hände von den Ohren und öffnete die Augen. Über ihrem Kopf sah sie einen wolkenlosen Himmel. Sie blickte zur Seite. Das Flugzeug neigte sich stark nach rechts und flog nun einen Bogen. Unter sich erkannte sie das Flugfeld. Die Baracken, Fahrzeuge, die Männer davor, alles wirkte klein und unwirklich. Ein wahnsinniges Gefühl! Sie flog dahin wie ein Vogel. Sie lehnte sich zurück. Erst jetzt bemerkte sie wieder Philip, der da hinter ihr saß. Sie drehte den Kopf, um ihn sehen zu können.

„Ist das nicht schön, Philip?“

Im Augenwinkel konnte sie sehen, wie der Soldat langsam nickte.

„Wo fliegen wir eigentlich hin?“, fragte sie ihn.

Wieder bekam sie keine Antwort. Der Mann zuckte lediglich mit den Schultern. Sie beugte sich vor und tippte Thomas auf die Schulter.

„Thomas, wo fliegen wir eigentlich hin?“, brüllte sie an den Instrumenten vorbei.

Zwar antwortete er ihr sofort, doch richtig verstehen konnte sie ihn nicht. Die Geräusche, die der Wind über ihren Köpfen verursachte, hatten das meiste der Antwort verschluckt. Sie glaubte, etwas wie ‚*England*‘ verstanden zu haben. Aber das konnte nicht sein. Eine Reise nach England würde Tage in Anspruch nehmen.

Wieder sah sie hinaus. Sie waren nun sehr hoch. Unter ihnen konnte sie Städte erkennen. Die einzelnen Häuser waren nicht mehr auszumachen, sie erschienen nur noch wie die kleinen schwarz-weißen Kästchen auf einem Schachbrett. Dazwischen zogen sich lange, dünne Linien wie Adern. Straßen. Wundervoll. Trotz der Enge, der Kälte und dem seltsamen Knacken auf den Ohren. Sie könnte so weiterfliegen bis an das Ende ihrer Tage. Zu dumm nur, dass sie auf einmal so müde wurde.

Tom sah durch die Cockpitscheibe nach vorne. Immer wieder wanderten seine Augen über die Instrumente. Der Kurs passte. Nordwestwest. Höhe fast 5000 Meter. Die Tankanzeige stand auf dreiviertel voll. Es würde gerade so bis nach England reichen. Sein Plan war es, auf einem der alliierten Flugplätze zu landen und die Maschine den Engländern als Gastgeschenk zu überreichen. Etwas Neues würde er denen damit nicht verraten. Die Briten wussten schon über Hitlers Wundervogel Bescheid. Außerdem war die Entwicklung des britischen Düsenjägers bereits kurz vor dem Abschluss. Das fliegende Geschenk würde ihm aber gewisse englische und amerikanische Türen öffnen. Aus Berichten wusste er, dass deutsche Piloten nach ihrer Flucht auf die Insel immer gut behandelt worden waren. Außerdem kannte er viele technische Entwicklungen aus der Fliegerei, die man erst in Jahrzehnten herausfinden würde.

Er war im Jahr 1944 gestrandet. Ein Zurück in seine Zeit gab es nicht. Also brauchte er einen Plan B. Er musste sich irgendwie durchschlagen und dabei würde ihm sein Wissen über die Zukunft sehr hilfreich sein. Er würde es vorsichtig dosieren und teuer verkaufen, und das ging nur in Amerika.

Er musste an Wernher von Braun denken, eine deutsche Ikone des Raketenbaus. Er hatte es nach dem Untergang des Dritten Reiches bis in die obersten Gremien der NASA geschafft. Die von ihm entwickelten Raketen waren auf England niedergegangen und hatten Tod und Elend gebracht. Er war Mitglied der NSDAP und der SS. Aber der Mann war schlau gewesen. Während die anderen als Kriegsverbrecher verurteilt wurden, baute er sich eine neue Zukunft in Amerika auf. Ohne sein Wissen wären die Amerikaner nie oder zumindest nicht so früh auf dem Mond gelandet. Seine Nazivergangenheit wurde dabei großzügig übersehen.

Er tastete nach dem Gegenstand in seiner Hosentasche, den Philip ihm eben hinter den Baracken gegeben hatte. Der Gegenstand war das fehlende Teil gewesen, um dies alles wenigstens annähernd zu verstehen.

Erneut wanderte sein Blick über die Instrumente. Kurs gleichbleibend. Höhe 6500 Meter. Geschwindigkeit knapp über 800 Kilometer pro Stunde. Nur gut, dass diese Maschine bereits über eine Druckkabine verfügte. Er nahm die *Dräger*-Sauerstoffmaske und setzte sie auf. Zu dumm, dass sie hinten nur über eine dieser Masken verfügte. Aufgrund des fehlenden Sauerstoffes in großer Höhe würden seine beiden Passagiere schnell ohnmächtig werden. Die Maschine konnte zwar bis auf über 11000 Meter steigen. Aber es war zu riskant. Er durfte das Leben seiner beiden Passagiere nicht aufs Spiel setzen. Der Sauerstoffgehalt in der jetzigen Höhe war eigentlich schon zu gering. Es war ärgerlich, dass er ihnen den Zweck der Maske nicht vorher erklärt hatte.

Obwohl seine Augen die ganze Zeit den Horizont nach anderen Flugzeugen abtasteten, sah er nichts. Einmal glaubte er in großer Entfernung einen größeren Verband Flugzeuge auszumachen. Vielleicht amerikanische Bomber auf dem Weg zu deutschen Städten.

Er korrigierte seinen Kurs ein wenig, bis er außer dem Blau des Himmels und einigen Wolken nichts mehr sehen konnte.

Je weiter er sich der Küste Hollands näherte, umso dichter wurden die Wolken. Schließlich konnte er nur noch hin und wieder einen Blick durch die geschlossene Decke aus dichten, watteähnlichen Wolken erhaschen, die wie ein weißer Teppich unter ihnen lagen.

Langsam ging er in den Sinkflug. Der Sauerstoffgehalt in der Kabinenluft müsste dann wieder ansteigen. Bei 2000 Metern stoppte er den Sinkflug. Die Wolken waren nun genau unter ihm, sodass er sie gelegentlich streifte. Das Flugzeug glitt einfach auf ihnen dahin. Eine bessere Tarnung gab es nicht. Die von oben hellgrau lackierte Maschine würde auf diese Weise nur schwer zu entdecken sein. Wenn seine Berechnungen stimmten, mussten sie in zwanzig Minuten bereits über England sein.

*

Auf dem provisorischen Flugfeld unweit der englischen Kleinstadt Ipswich klappte John Nelson den seitlichen Einstieg seiner Submarine Spitfire hoch und schloss die Cockpithaube. Dann gab er Gas. Die 1650 Pferdestärken des Rolls-Royce Merlin-Motors begannen mächtig zu brüllen. Er sah zu Winston Brown hinüber, der seine Maschine ebenfalls auf Touren brachte.

Ein Routineeinsatz.

Die Radarstationen entlang der Küste hatten ein sich schnell näherndes, einzelnes Objekt kurz vor der Küste ausgemacht. Das einzig Merkwürdige war die Geschwindigkeit, mit der es sich näherte. Für ein Flugzeug eigentlich zu schnell, für eine der deutschen V-2-Raketen zu langsam. Sein Magen verkrampfte sich, als die Spitfire über die Piste schoss und sich schließlich in die Luft erhob. Die Beschleunigung des Jagdeinsitzers war der pure Wahnsinn und begeisterte ihn immer wieder aufs Neue.

Die beiden Flugzeuge flogen eine lang gezogene Schleife und stießen dann durch die Wolken. Kurs Südost. Der Himmel über ihnen strahlte hellblau, nachdem sie das graue Band durchflogen hatten. Trotz der dunklen Brille blendete die Sonne. Nach einer Weile quakte eine Stimme aus dem Funkgerät.

„Nelson, Brown, das Objekt müsste nun genau vor Ihnen in Sicht kommen."

Nelson suchte den Himmel ab, während er dicht über den Wolken schwebte. Dann, plötzlich, schoss direkt vor ihm aus einer Wolkenschwade ein Flugzeug auf ihn zu. Verflucht! Er riss den Steuerknüppel nach hinten. Keine Sekunde zu spät. Er spürte die Druckwelle, als das andere Flugzeug knapp unter ihm vorbeischoss. Sein Adrenalinspiegel schoss genau wie die Spitfire in die Höhe. Er riss die wendige Maschine aus dem Steigflug in eine scharfe Kurve und folgte dem anderen. Ein Blick zur Seite. Brown hatte ebenfalls gewendet und war wieder bei ihm.

Das gegnerische Flugzeug entfernte sich unglaublich schnell. Deutlich konnte er die beiden Triebwerksgondeln unter den Flügeln sehen. Er wusste, was das war. Das neue deutsche Wunderflugzeug von Messerschmitt. Die Spitfire war das schnellste Flugzeug der Royal Air Force, trotzdem zog die Messerschmitt ihnen davon.

Was hatte diese Maschine allein und so dicht vor der englischen Küste verloren?

Doch was war das? Nelson stutzte. Der deutsche Pilot wurde langsamer und fuhr das Fahrwerk aus. Allmählich näherten sie sich ihm. Jetzt wackelte er mit den Flügeln. Der Mann wollte sich ergeben. Eindeutig.

Die beiden Submarine Spitfire schoben sich rechts und links neben den deutschen Jäger, bis sie Blickkontakt mit dem Piloten hatten. Der Mann winkte ihnen freundlich zu. Nelson deutete mit dem Zeigefinger nach unten. Der

Deutsche nickte. Dann hob sich das Fahrwerk wieder in die Schächte unter den Flügeln.

Nach wenigen Minuten waren sie unter den Wolken. Immer wieder sah Nelson zu der Maschine. Flugzeuge konnten sie bauen, die Deutschen, das musste man neidlos anerkennen. Trotzdem mochte er die Nazis nicht.

Sie näherten sich Ipswich. Der Deutsche klebte immer noch an seinem Flügel. Nelson drückte auf die Sprechtaste seines Funkgerätes.

„Ipswich?"

„Ja, John?", kratzte es in seinem Kopfhörer.

„Ipswich, das glaubt ihr nicht. Wir bringen einen Gast mit."

*

In einiger Entfernung konnte Tom die Landebahn erkennen. Er hatte keine Ahnung, wo er sich genau befand. Als sie eben aus den Wolken stießen, hatte er unter sich die Klippen der englischen Steilküste erkannt. Zumindest war er sich nun sicher, dass es sich um England handelte. Und es war höchste Zeit geworden. Die Tankanzeige war in den roten Bereich gesunken. Das Manöver mit dem ausgefahrenen Fahrwerk hatte zusätzlich wertvollen Treibstoff verbraucht. Aber es würde reichen.

Kurz vor der Landung fuhr er erneut das Fahrwerk aus. Die beiden englischen Jagdflugzeuge drehten ab. Zum Glück gab es hier eine geteerte Rollbahn. Er hasste Graspisten. Ein Flugzeug mit Bugfahrwerk und eng stehendem Hauptfahrwerk auf Gras oder Schnee zu landen war ein schwieriges Unterfangen, selbst für erfahrene Piloten. Sachte wie ein rohes Ei setzte er die Maschine auf die Piste und kam kurz vor deren Ende zum Stehen. Langsam rollte er zum Hangar.

Von überall kamen britische Soldaten herbeigelaufen. Die meisten waren mit Gewehren bewaffnet.

Er öffnete die Cockpithaube und stemmte sie zur rechten Seite. Dann hob er die Hände und richtete sich auf. Vorsichtig stieg er auf die Tragfläche und kletterte hinunter.

Mit einem lauten Röhren kamen die beiden Spitfire unweit von ihm zum Stehen, während sich um ihn herum immer mehr britische Soldaten versammelten.

Aus der Menge trat ein Offizier hervor und grüßte militärisch. Tom senkte langsam die Hände, trat dem Mann entgegen und reichte ihm die Hand. In perfektem Englisch begann er zu sprechen.

„Mein Name ist Thomas Berger. Ich und meine beiden Begleiter möchten um politisches Asyl im britischen Königreich bitten."

Der Offizier lächelte.

„Herzlich willkommen in England, Herr Berger. Mein Name ist Cornel Mac Gordon. Netten Vogel haben Sie da."

Tom sah den Mann grinsend an.

„Warten Sie ab, bis Sie ihn geflogen haben."

Einer der umstehenden Engländer sprang auf den Flügel und öffnete die hintere Haube.

Tom atmete auf, als er Anna sah. Sie war kreidebleich und noch wacklig auf den Beinen, als der Engländer ihr aus dem Cockpit half. Auch Philip war heil. Wie Tom zuvor, hob auch er die Hände, als er das Flugzeug verließ. Nach und nach senkten die Umstehenden ihre Waffen.

Tom ging zum Flügel und hob Anna herunter. Sie lächelte.

„Thomas, wo sind wir?“, flüsterte sie ihm zu.

„Ich weiß es nicht genau“, entgegnete er. „Irgendwo in England. In Sicherheit.“

Kapitel 18

17. März.1981, 06:12 Uhr
Sant Joan de Labritja / Ibiza

Tom schaute auf das Ziffernblatt der *Breitling*, die lässig an seinem Handgelenk baumelte. Gleich Viertel nach sechs.

Hinter den Hügeln, zwischen denen der kleine Ort Sant Joan de Labritja um diese Zeit noch tief schlummerte, zeigten sich bereits die ersten Boten des neuen Tages. Langsam graute der Morgen.

Die Scheiben des alten Seat, den er am Vortag bei einer Autovermietung unweit des Flughafens angemietet hatte, waren mittlerweile stark beschlagen. Immer wieder wischte er mit dem Ärmel seiner Jacke ein kleines Guckloch in der Frontscheibe frei, um so die Treppe zu der kleinen Kirche des Ortes besser erkennen zu können.

Seit fast einer Stunde saßen sie in dem unauffälligen Wagen und warteten. Er schaute in den Rückspiegel und drehte ihn so, dass er Anna betrachten konnte, die zusammengekauert unter einer karierten Decke auf dem Rücksitz lag und schlief.

Sie war noch immer so schön wie damals, als er sie zum ersten Mal sah. Damals, in Maurers Gefängnis, als er dachte, er wäre am Ende. Gestrandet in einer Zeit, die er nicht verstehen konnte. Ihre langen, kastanienbraunen

Haare waren in den letzten Jahren ergraut und um die Augen hatten sich kleine Fältchen gebildet. Deutlich konnte er die kleine Narbe oberhalb ihres linken Handgelenkes sehen. Es war die Stelle, wo sich einmal die Tätowierung mit der sechsstelligen Nummer befunden hatte. Unmittelbar nach dem Krieg hatte sie die verhasste Zahl zusammen mit einem Stück ihrer Haut entfernen lassen.

Anna war sein Leben. Ein Dasein ohne sie wäre für ihn undenkbar. Obwohl sie es ihm nie gesagt hatte, wusste Tom, wie sehr sie unter der Tatsache litt, dass sie keine Kinder bekommen konnten. Es lag an ihm, das hatten ihm mehrere Ärzte bestätigt. Er war unfruchtbar, warum das so war, konnten ihm die Doktoren und Professoren, die er im Laufe der Jahre konsultierte, auch nicht sagen. Für sie war es ein Rätsel, das zu lösen sie nicht imstande waren.

Eigentlich war es auch unnötig. Reine Zeitverschwendung. Er selbst kannte die Antwort am besten. Es hatte nur einige Zeit gedauert, sie zu akzeptieren. Der Sprung durch die Zeit musste Schuld an seiner Unfruchtbarkeit sein. Natürlich konnte er das weder seinen Ärzten noch irgendwem sonst erklären. Nur ein einziger Mensch kannte die ganze Wahrheit über Thomas Berger und der lag hinter ihm und schlief.

Anna hatte darauf bestanden, ihn nach Ibiza zu begleiten. Wie eine werdende Mutter hatte sie die letzten Wochen damit verbracht, das Kinderzimmer in ihrer Villa in Südfrankreich einzurichten. Nun, im Alter von 54 Jahren, würde sich ihr Traum von einem Sohn erfüllen. Mehrmals hatte Tom ihr vorgeschlagen, ein Kind zu adoptieren, doch sie hatte jedes Mal abgelehnt. Nach der Flucht aus

Deutschland damals hatte er ihr seine ganze Geschichte erzählt, angefangen von dem Tag seiner Geburt bis zu dem Sprung durch die Zeit.

Obwohl sich in den vergangenen sechsunddreißig Jahren immer alles so ereignete, wie Tom es vorausgesehen hatte, überkamen ihn heute erstmals Zweifel. Der Gedanke an das, was kommen würde, war einfach zu absurd.

Erneut wischte er das Kondenswasser von dem Guckloch und sah zu der Kirche hinüber. Nichts! Was, wenn die Frau nicht kommen würde? Er langte zum Türgriff. Was, wenn die Frau das Kind bereits an einer Seitentür abgelegt hatte?

Nach kurzer Überlegung zog er an dem Griff, öffnete die Tür, stieg aus und rannte quer über die Straße zur Friedhofsmauer, die direkt an die Kirche anschloss. Gebückt wie ein Dieb huschte er durch das Tor in der Mauer und fand sich inmitten von Grabsteinreihen wieder. In einigen der angrenzenden Häuser brannte bereits Licht. Ein erneuter Blick auf die Armbanduhr. Es war mittlerweile sechs Uhr zweiunddreißig. In einer halben Stunde, um kurz nach sieben, würde die Sonne aufgehen, würde das Leben in dem kleinen Dorf erwachen.

Er hastete über einen Kiesweg, immer entlang der Kirche, bog dann um deren hintere Ecke und kam schließlich zu einer Holztür, die wohl in die Sakristei führte. Ohne lange zu überlegen, drückte er den rostigen Türgriff herunter. Wie nicht anders zu erwarten, war die Tür verschlossen. Er rannte weiter um die nächste Biegung, nun wieder in Richtung der Straße und des Hauptportals. An dieser Seite befand sich kein weiterer Zugang.

Es hatte keinen Zweck. Er würde zurück zum Wagen gehen. Vielleicht stimmte das Datum nicht. Vielleicht war er einen Tag zu früh. Vielleicht würde das, was er sich erhoffte, auch überhaupt nicht geschehen, weil er, Tom Berger, durch sein Erscheinen im Jahre 1944 die Zeit und somit die Zukunft verändert hatte. Ja, das würde es sein. Sein Erscheinen hatte die Zukunft verändert.

Enttäuscht und in Gedanken versunken ging er in Richtung des Seats, der auf der gegenüberliegenden Straßenseite vor einer kleinen Bar parkte und auf dessen Rücksitz das Wertvollste in seinem Leben lag und schlief.

Als er mit gesenktem Blick durch das Friedhofstor auf die Straße trat, traf ihn plötzlich ein heftiger Stoß, der ihn nach hinten taumeln ließ. Erschrocken blickte er in das angsterfüllte Gesicht einer jungen Frau, die gemeinsam mit ihm zu Boden stürzte und auf Deutsch etwas wie „Entschuldigung" stammelte.

Blitzschnell stand er wieder auf den Beinen und reichte dem Mädchen, das ängstlich in Richtung Kirche sah, seine Hand. Er folgte ihrem Blick und erkannte auf der Treppe vor dem Eingang ein Bündel.

Für einen Moment setzte sein Herz aus.

Dann blickte er wieder zu der jungen Frau auf der Straße, die ihn unsicher anstarrte. Ihre langen, blonden Haare wirkten ungepflegt und fettig. Die zerrissene Jeans, ihr viel zu großer Pulli und ein schmuddeliger Rucksack rundeten das Bild eines Lebens auf der Straße ab. Wieder sah sie zu der Kirche und dann zu Tom. Als sich ihre Blicke trafen, spürte er erneut einen tiefen Stich in seiner Seele. Diese Augen. Diese blauen Augen. Er kannte diese tiefen, blauen Augen. Sie begegneten ihm jeden Morgen in seinem Spiegel. Entschlossen packte er das Handgelenk des Mädchens und half ihm auf die Beine.

„Wie heißt du?“, fragte er leise, während sie sich immer noch ansahen.

„Kristin, mein Name ist Kristin.“

Dann wand sie sich aus seinem Griff und rannte los, während er wie angewachsen auf einem Fleck stand. Unfähig ein weiteres Wort zu sagen oder sich zu bewegen. Nach etwa zwanzig Metern blieb sie stehen und drehte sich noch einmal zu dem Bündel um, das immer noch reglos auf der Treppe lag. Ein letztes Mal sah er sie an. Sah die Tränen, die aus ihren Augen kullerten. Tränen aus blauen Augen, an die er von nun an jedes Mal denken musste, wenn er in den Spiegel blickte.

Tom stand immer noch auf der Straße und sah in die Richtung, in die Kristin verschwunden war, als Anna plötzlich neben ihn trat. In ihrem Arm hielt sie das Bündel.

„Wirst du sie wiedersehen, Tom?“

Er schwieg einen Moment, bevor er sagte:

„Nein, Anna. Ich werde sie nie wiedersehen.“

Kapitel 19

12. Mai 2007, 22:46 Uhr
Jonastal / Thüringen

Gespannt sah Thomas Berger, wie sein vermeintlicher Enkel, sein jüngeres Ich, in dem Strudel der Zeit verschwand. Nun hatte sich der Kreis geschlossen. Es war getan.

Ab diesem Moment war er genauso hilflos den Launen der Zeit ausgeliefert wie jeder andere Mensch auf der Erde. Ein Spielball des Schicksals. Er wusste nicht, was der Morgen für ihn und die Menschheit bringen würde. Endlich war auch er wieder ahnungslos.

Nur Sekunden, nachdem die grüne Kugel Tom aufgesaugt hatte, erlosch das Licht in den Kristallen. Die Batterien aus keltischer Zeit waren verbraucht. Der Zeitsprung verbrauchte Unmengen an Energie.

Er sah zu Ellen, die regungslos auf dem Boden lag, und dann zu Thelen, der zitternd immer noch die Pistole in den Händen hielt.

Thomas Berger war diese Situation in den letzten Jahren immer wieder durchgegangen.

Er hatte das Leben von Ellen und das der Wachmänner mit Absicht aufs Spiel gesetzt und hoffte nun, dass die junge Wissenschaftlerin seine letzten Anweisungen akribisch befolgt hatte.

Durch die offene Tür, die in das Labor führte, traten zwei weitere maskierte Männer. Hinter ihnen fuhr ein alter Mann in einem elektrischen Rollstuhl. Trotz all der Jahre erkannte Berger ihn sofort.

„Obersturmbannführer Maurer“, sagte er gespielt erstaunt. „All die Jahre habe ich mich gefragt, wer hinter dem Überfall am Abend des 12. Mai steckte. Dabei war die Antwort so einfach. Obwohl ich zugeben muss, dass ich bis vor einigen Jahren nicht einmal damit gerechnet habe, dass Sie überhaupt noch leben nach unserer letzten Begegnung.“

Maurer fasste in sein Jackett und zog wahnsinnig grinsend eine Pistole heraus. Thomas erkannte sofort, dass es sich dem Typ nach wohl um dieselbe Walther handeln musste, die der SS-Mann 1944 schon einmal auf ihn gerichtet hatte.

„Ja, Berger“, sagte er mit schwacher, krank wirkender Stimme. „Wissen Sie, was der größte Fehler meines Lebens war?“

Tom zuckte mit den Schultern.

„Sagen Sie es mir.“

„Mein Fehler war, dass ich Sie nicht schon 1944 erschossen habe“, antwortete er.

Dann schaute er wütend zu Thelen, der immer noch kreidebleich und zitternd mit der Pistole auf die Gruppe zielte.

„Thelen, Sie Schwachkopf, legen Sie gefälligst die Waffe weg, bevor Sie noch jemanden erschießen.“

Sofort legte er die Waffe auf den kleinen Campingtisch neben seinen Laptop.

„Und nun starten Sie die Anlage wieder“, befahl Maurer.

Berger lachte.

„Sie wissen, dass es nicht geht, Maurer, warum verlangen Sie es? Es dauert Tage, die Goldelektroden und das Magnesium zu erneuern.“

Maurer schüttelte den Kopf.

„Ich weiß, dass Sie es können, Berger.“

Er griff in seine Tasche, zog einen verblassten, gelben Tennisball heraus und warf ihn Tom zu, der ihn geschickt auffing.

„Sie haben das Tor durch die Zeit mehrfach geöffnet.“

Tom grinste.

„Auch wenn ich das habe. Jetzt geht es nicht mehr. Die Batterien sind verbraucht. Es wird einige Tage dauern und die Kosten sind immens.“

Maurer kochte vor Wut. Der Mann hatte sich nicht verändert. In dem Rollstuhl saß nach wie vor der gleiche wahnsinnige Mörder, dem er vor dreiundsechzig Jahren die Beine zerschossen hatte.

Berger sah zu Ellen.

„Sie werden es niemals verstehen, Maurer. Ihre Naziideologie hat Ihren Verstand vernebelt. Der einzige Grund, warum Sie hier sind, ist, weil ich wissen wollte, wer damals das Labor gestürmt und diese junge Frau erschossen hat. Außerdem musste Tom in die Vergangenheit reisen, um Anna vor Ihnen zu schützen. Es war seine Bestimmung. Alles ist bestimmt. Die Zukunft steht längst fest. Sie kann nicht verändert werden. Sie können in die Zeit nicht eingreifen. Ich werde heute Abend gewinnen und Sie verlieren.“

Maurer lachte auf.

„Ich glaube, dass Sie sich irren, Berger. Dieses Mal werden Sie verlieren."

Tom schüttelte lächelnd den Kopf.

„Nein, Maurer. Sie sind es, der sich irrt. Aber ich will es Ihnen erklären." Tom hielt ihm den alten Tennisball hin. „Sehen Sie diesen Ball? Er ist der Beweis, dass ich gewinnen werde."

Der alte Nazi runzelte die Stirn.

„Überlegen Sie einmal, Maurer. Wie sind Sie an diesen Ball gekommen?"

Der Mann im Rollstuhl zuckte mit den Achseln.

„Sie haben ihn mir doch zugeworfen."

Berger schüttelte den Kopf.

„Falsch, ich werde Ihnen den Ball erst noch zuwerfen. Sie haben ihn mir doch gerade erst gegeben. Ich halte ihn in diesem Moment zum ersten Mal in meinen Händen."

Maurers Kopf lief wieder rot an.

„Sie labern Scheiße, Berger. Als Sie mir den Ball zugeworfen haben, stand diese Frau neben Ihnen. Ich weiß doch, was ich damals gesehen habe. Sie hielt diese seltsame Scheibe in der Hand, von der ich heute weiß, dass es sich um die Himmelsscheibe von Nebra handelt und Sie warfen diesen Ball. Jetzt ist sie tot, erschossen von Thelen. Die Zeit hat sich verändert. Sie als Zeitreisender haben die Zukunft geändert."

Berger schüttelte wieder den Kopf.

„Ich habe in der Vergangenheit niemals die Zukunft verändert. Alles war und ist vorgegeben. Am Anfang habe ich auch so gedacht wie Sie. Ich habe in der Vergangenheit nach Leuten gesucht, die es nicht gibt. Ich glaubte doch tatsächlich, jemanden mit dem Namen Thomas Berger zu finden. Erst während der Flucht nach England verstand ich, dass ich selbst der Mann war, den ich gesucht hatte. Es gab außer mir keinen anderen Thomas Johannes Berger im Jahr 1944. Sehen Sie diesen Kristall?"

Er ging zu dem durchsichtigen Stein und hob ihn auf.

„Ihr Hauptscharführer Schmitz hat ihn mir zugesteckt, kurz bevor wir das Flugzeug nach England bestiegen haben. Als er mir diesen Stein damals hinter den Baracken gab, habe ich das erste Mal ansatzweise verstanden, was geschieht. Er hat ihn gestohlen. Aus Angst vor Ihnen. Er hatte Angst, Sie könnten nochmals versuchen die Anlage in Betrieb zu nehmen und ihn durch die Zeiten zu schicken. Er hatte gehofft, dass Sie mit drei Steinen gar nicht mehr funktioniert. In dem Moment, in dem Sie ihn zurückschickten, um den Ball zu holen, hat er ihn eingesteckt. Thelens Großvater war damit beschäftigt, sich um den Mann zu kümmern, den sie im Zorn getötet hatten. Als er das Fehlen des Steines bemerkte, hatte er solche Angst vor Ihrer Wut, dass er sich mit den letzten drei Steinen aus dem Staub gemacht hat. In Kiel bestieg er, so wie Himmler es ihm befahl, das aus Danzig kommende U-Boot nach Japan. Wie wir heute wissen, endete die Reise bereits in der Nordsee vor Bergen. Als mir der junge Thelen sechzig Jahre später seine Hilfe anbot, wusste ich zwar, dass er ein falsches Spiel spielte, da ich aber die Ergebnisse seines Großvaters brauchte, habe ich ihn eingestellt. Durch ihn bin ich auf Sie gekommen. Es war nicht schwer, eine Verbindung zwischen Ihnen beiden herzustellen. Was ich nur nicht verstanden habe ist, warum Thelen auf Sie hereingefallen ist. Schließlich haben Sie mehr oder weniger seinen Großvater auf dem Gewissen. Egal, ich hatte genug Zeit und konnte einige meiner Männer in Ihrem Umfeld platzieren. Glauben Sie wirklich, Sie hätten mich ohne Widerstand meiner Leute überfallen können? Sogar die Schäferhunde in den Zwingern wurden nur ihretwegen weggeschlossen."

Alles Blut war aus Maurers Gesicht gewichen. Seine Hand mit der Waffe zitterte. Er sah zu seinen Männern, die ihre Waffen sinken ließen und die Masken von den Gesichtern nahmen.

„Verräter. Alles dreckige Verräter! Das hätte es damals nicht gegeben. Aber Sie haben recht, Berger, es ist egal."

Tom sah, wie Maurers Finger sich krümmte, die gleiche Bewegung wie vor dreiundsechzig Jahren. Dann der Knall. Wieder wurde der Schall des Schusses mehrfach von den Wänden gebrochen. Er fühlte keinen Schmerz.

Er sah zu Maurer, die P38 zeigte zum Boden. Die Augen des Mannes waren leer. Aus seinem Mund rann Blut. An der rechten Schläfe erkannte Tom ein kleines Loch. Die linke Schädelseite war gänzlich fortgesprengt. Er zuckte noch mehrmals. Dann war es ruhig. Obersturmbannführer Maurer war tot. Er hatte es nicht mehr geschafft, noch einmal abzudrücken. Jemand war ihm zuvorgekommen.

Tom schaute rechts zum Durchgang ins Labor, wo neben einigen Männern seines Wachtrupps Philip stand. Er hielt einen großkalibrigen, amerikanischen Revolver in den Händen.

„Entschuldigen Sie, Herr Berger. Ich war recht spät."

Langsam ging der Butler zu dem leblosen Maurer.

„Wir hätten das Schwein schon 1944 erschießen sollen“, flüsterte er.

Tom legte seinen Arm um Philips Schultern.

„Davon wären die Menschen, die er umgebracht hat, auch nicht wieder lebendig geworden.“

Der alte Butler nickte. Gemeinsam gingen sie zu Ellen. Während Philip besorgt zu ihr hinunter sah, kniete sich Tom hin, hob den Kopf der jungen Frau leicht an und tätschelte ihr die Wangen.

„Ellen, wachen Sie auf! Ellen, hören Sie mich?“

Die junge Frau öffnete die Augen.

„Klar und deutlich, Chef.“

Sie wirkte recht schwach.

„Kommen Sie, Ellen, stehen Sie auf, auf dem kalten Boden holen Sie sich noch den Tod.“

Gereizt sah sie zu ihm auf.

„Sehr witzig, Herr Berger.“

Tom packte sie unter den Armen und zog sie hoch. In dem zugeknöpften Kittel der jungen Frau, genau zwischen ihren Brüsten, war ein Loch, dessen Ränder versengt waren. Sie schwankte leicht, als sie nun neben ihm stand und die Hände auf ihre Brust drückte.

„Meine Güte, das tut ja höllisch weh“, fluchte sie, während sie den Kittel aufriss.

Zum Vorschein kam eine beige Kevlarweste, an der noch immer das platt gedrückte Geschoss klebte.

Sie sah zu Thelen, der gerade von zwei Wachleuten abgeführt wurde. Seine Hände waren mit Kabelbindern auf dem Rücken gefesselt.

„Das Schwein hat tatsächlich auf mich geschossen", stammelte sie. „Er hat es wirklich getan."

Ihr Blick fiel auf die Wachtposten, auf die man ebenfalls geschossen hatte. Die Männer standen quicklebendig neben ihren Angreifern und witzelten herum. Kein Kratzer befand sich auf ihren Jacken.

Berger bemerkte ihren fragenden Blick.

„Tut mir leid, Ellen. Aber Maurers Männer haben lediglich mit Platzpatronen geschossen. Sie waren fast alle von mir gekauft und bei ihm eingeschleust. Der einzige, der scharfe Munition hatte, war Thelen. Und natürlich Maurer selbst."

Sie deutete zu der Leiche in dem Rollstuhl.

„Und das alles, um ihn zu bekommen!"

Berger schüttelte den Kopf.

„Nein, nein, er hätte die Höhle stürmen lassen. Die Zeit geht ihren Lauf. Es wäre passiert. Und es wird wieder passieren."

Sie sah ihn fragend an.

„Wie meinen Sie das, dass es wieder geschehen wird?"

Tom nahm den Tennisball, den er auf den kleinen Tisch neben Thelens Laptop gelegt hatte.

„Ellen, wie schnell können wir die Anlage wieder in Betrieb nehmen?"

Sie grinste.

„Kommt darauf an, Herr Berger. Wenn wir es wieder mit den alten Batterien machen wollen, wird es sicherlich einige Tage dauern. Mit den neuen Generatoren dürfte es in einer halben Stunde gehen."

Tom nickte.

„Wir versuchen es mit den Generatoren, Ellen. Bereiten Sie alles vor."

Eine halbe Stunde später stand Tom allein in der Höhle und betrachtete die funkelnden Kristalle auf der Scheibe. Ohne die Kevlarweste, die er genau wie Ellen unter seinem Hemd getragen hatte, fühlte er sich gleich wohler. Aber sicher war sicher. Er hatte nicht gewusst, was geschehen würde, nachdem sein jüngeres Ich in dem Strudel der Zeit verschwunden war. Was, wenn Maurer oder Thelen doch auf ihn geschossen hätten?

Seine Männer hatten die Leiche des alten SS-Mannes fortgeschafft. Wenn alles gut ging, würde er morgen in der Frühe von seiner Hausangestellten gefunden werden. Tot am Schreibtisch in seinem Haus. In der Hand den Revolver. Die Kugel steckte in der Wand dahinter. Schmauchspuren an seinen Händen. Auf dem Boden Blut und Reste seines Hirns. Tragischer Selbstmord eines todkranken Mannes, dessen letzter Verwandter zwei Tage zuvor bei einem Autounfall ums Leben gekommen war. Seine Männer waren Profis. Alle Spuren würden eindeutig auf einen Suizid deuten.

Thelen hatte er laufen lassen. Er war davon überzeugt, dass es der Mann nach den Geschehnissen des heutigen Abends nicht wagen würde ihn zu verraten. Er war genauso ängstlich und verklemmt wie sein Großvater vor über sechzig Jahren und hatte sich von Maurer einlullen lassen wie ein dummer Junge.

Die Männer, die er angeheuert hatte, um Maurer zu unterwandern, würden schon bald wieder irgendwo anders auf der Welt in irgendeinem Konflikt kämpfen. Verschwiegen, loyal und durch die Bank Söldner. Männer, die für Geld alles taten, ohne darüber zu reden. Und der, der am meisten zahlte, gab die Anweisungen.

Maurer hatte wirklich geglaubt, dass seine vermeintlichen Leute es für die nationalsozialistische Sache tun würden. Für einen Endsieg und die Ideale eines Wahnsinnigen, der seinem Leben bereits im Mai 1945 selbst ein Ende gesetzt hatte, nachdem er die ganze Welt an den Rand des Abgrunds gebracht hatte.

Man schätzte heute, dass in diesem sinnlosen Krieg über fünfundfünfzig Millionen Menschen umgekommen waren.

Was wäre geschehen, wenn man diese Irren wie Hitler, Himmler und auch Maurer nicht aufgehalten hätte?

Wer wusste schon, was noch alles in den anderen Stollen im Jonastal lagerte? Sie waren bei Kriegsende verschlossen worden und das war gut so. Wenn es die deutsche Atombombe wirklich gab, lagerte sie oder Teile davon noch irgendwo hier im Muschelkalk. Das Wasser im künstlichen See, das pausenlos aus dem Berg gepumpt wurde, zeigte leicht radioaktive Spuren. Nichts Beunruhigendes. Radioaktive Spuren kamen in der Natur häufig vor und waren oft natürlichen Ursprungs. Aber immerhin waren die Anreicherungen um das Zehnfache höher als bei dem Wasser der Bäche, die oberhalb der Stollen einfach im Boden versiegten.

Ellen kam aus dem Labor. Sie trug einen frischen Kittel, der vorne offenstand und unter dem sie ein gelbes, weit ausgeschnittenes T-Shirt trug. In der einen Hand hielt sie eine Fernbedienung, in der anderen die Himmelsscheibe von Nebra. Sie reichte Tom den kleinen, schwarzen Kasten.

„Bitte schön, Herr Berger, alles müsste so funktionieren, wie wir es besprochen haben."

Tom bedankte sich und besah sich das Kästchen. Es gab nur zwei Tasten. Eine mit der Aufschrift *‚On'* und eine mit *‚Off'*.

„Ach, übrigens, Chef", sie stellte sich vor ihn und zog den Ausschnitt des T-Shirts herunter, sodass er einen Teil ihrer Brüste sehen konnte. Dort, wo die Kugel auf die Weste geprallt war, schimmerte die Haut von gelb, braun, blau bis hin zu schwarz. „Das kostet Sie mindestens ein Abendessen für zwei Personen, sieben Gänge, in einem Fünfsternerestaurant."

Er lachte.

„Natürlich, Ellen. Selbstverständlich. Ich werde mir in den nächsten Tagen die Zeit dazu nehmen."

Frech sah sie ihn an.

„Brauchen Sie nicht, Chef. Den Mann fürs Essen habe ich schon, ich brauche nur den Sponsor."

Tom schüttelte grinsend den Kopf.

„Verzeihen Sie einem alten Mann. Aber die Hoffnung stirbt zuletzt. Darf man fragen, wer der Glückliche ist?"

„Nein, Chef, darf man nicht. Nachher verpetzen sie mich noch bei meinem Opa und der vergrault den armen Kerl wieder, wie beim letzten Mal."

Tom tat erstaunt.

„Macht Philip so etwas?"

Sie nickte.

„Ja, das tut er. Keiner ist ihm gut genug für mich.“

Er lachte noch einmal herzlich und betätigte dann den Knopf mit der Bezeichnung ‚*On*‘ auf der Fernbedienung. Sogleich begann es innerhalb des Pentagramms um den großen Kristall zu knistern. Zum vierten Mal in seinem Leben betrachtete er das Schauspiel. Die Blitze, die bunten Lichter und plötzlich die große Kugel. Das Auge in die Vergangenheit.

Es dauerte eine Weile, bis das Bild deutlich wurde und er Maurers Gestalt vor sich sah. Neben ihm stand Philip. Berger besah sich die beiden neugierig. Irgendwo da, hinter den beiden Männern, stand Tom, sein jüngeres Ich. Er blickte auf die Uhr. Es war kurz nach Mitternacht.

„Guten Morgen, Herr Maurer.“

Interessiert sah er, wie der SS-Mann einen Schritt zurückwich und die Pistole zog.

„Oh, entschuldigen Sie meine Unhöflichkeit“, sprach Tom weiter. „Ich wollte natürlich sagen: Guten Morgen, Herr Obersturmbannführer Maurer. So viel Zeit muss schließlich sein.“

Belustigt sah er die Pistole in den zitternden Händen des Offiziers und sprach dann weiter:

„Gestatten Sie, dass ich mich Ihnen vorstelle, falls Sie mich nicht schon erkannt haben. Mein Name ist Thomas Johannes Berger.“

„Was wollen Sie von mir, Berger?“ kreischte Maurer zurück.

„Was ich möchte? Ich möchte Sie vor einer Riesendummheit bewahren, Maurer. Sie sind gerade dabei sich auf etwas einzulassen, das Sie nicht beherrschen können.“

„Ach, und woher wollen Sie wissen, was ich gerade im Begriff zu tun bin?“, brüllte der SS-Mann zurück.

„Ich kenne Sie, Maurer, mehr als Ihnen lieb ist. Sie sind gerade im Begriff den armen Schmitz, der da neben Ihnen steht, durch diesen Tunnel in die Zukunft zu schicken. Aber es wird nicht klappen. Ich verrate Ihnen nun ein Geheimnis, Maurer.“

Er machte eine theatralische Pause.

„Und warum sollte es nicht funktionieren? Ihr Mann ist doch hierhergekommen?“, brüllte Maurer gereizt.

„Weil der Tunnel eine Einbahnstraße ist“, fuhr Tom fast belustigt fort. „Nicht wahr, Thelen? Sie müssten es doch eigentlich wissen. Um die Anlage der Kelten voll zu nutzen, brauchen Sie alle sieben Kristalle. Sie besitzen aber nur vier. Zusätzlich brauchen Sie diese Karte.“

Er winkte Ellen herbei, da er wusste, dass es für sein jüngeres Ich im Jahr 1944 wichtig sein würde, die lebende Ellen zu sehen. Der Tom 1944 würde wissen, was in der Nacht im Jahr 2007 zu tun sein würde.

Das Gespräch verlief weiter, wie er es bereits selbst damals mitbekommen hatte. Er nahm den Tennisball und warf ihn Maurer zu. Philip versuchte ihn zurückzuwerfen. Und er gab dem jungen Tom den Rat, sich um Anna zu kümmern.

Dann verschwand das Bild. Die Batterien im Jahr 1944 versagten wieder einmal.

Dieses Problem gab es nun nicht mehr. Er betätigte den Ausschalter der Fernbedienung und sah, wie die Anlage runterfuhr. Die modernen Primärinverter, die die Anlage nun versorgten, waren jederzeit einsatzbereit und mussten nicht mehr geladen werden. Sie hingen einfach am Stromnetz und würden den Transport von Menschen oder Gegenständen durch das Zeitportal problemlos verkraften, ohne gleich wieder in die Knie zu gehen.

Und dank des neuen Computerprogramms, an dem Ellen die letzten Jahre gearbeitet hatte, brauchten sie auch die Himmelsscheibe von Nebra nicht mehr. Die Scheibe hatte ihr Wissen preisgegeben und ausgedient.

„Das war der absolute Wahnsinn", stöhnte Ellen.

Tom nickte.

„Ja, das war es, Ellen. Das war es, weiß Gott."

Nachdenklich ging er auf und ab. Eines wollte ihm noch nicht in den Sinn. Es war nur eine Kleinigkeit. Ein winziger Tropfen in einer verzwickten Geschichte, aber er gab ihm schwer zu denken. Aufgefallen war es ihm das erste Mal, als Maurer ihm den Ball zugeworfen hatte. Wo zum Teufel kam er her, der alte, vergilbte Tennisball? Vielleicht hätte er ihn untersuchen lassen sollen. Wie war es möglich? Maurer hatte ihm den Ball am Abend gegeben und er hatte ihn vor noch nicht einmal fünf Minuten zurückgeworfen. In der Vergangenheit würde der SS-Mann den Ball einstecken, ihn mitnehmen, über all die Jahre verwahren und ihm am heutigen Abend zurückwerfen, damit er ihn wieder in das Jahr 1944 warf. Es war verrückt. Der Ball musste doch irgendeinen Ursprung haben.

Die Geschichte, der Lauf der Zeit, war vorgegeben. Er selbst hatte mehrmals versucht sie zu ändern, aber es war jedes Mal schiefgegangen. Er hatte sogar Kennedy damals in Dallas eindringlich gewarnt. Doch der Mann wollte nicht hören. Alles hatte sich so ereignet, wie er es schon vorher gewusst hatte. Alles so, wie es in den Geschichtsbüchern stand.

Im Juni 1947 war er mit Anna in die Wüste nach Roswell gefahren, um sich das abgestürzte UFO anzusehen. Alles, was sie gesehen hatten, waren Trümmer eines Geheimprojektes der US Air Force. Keine Spur von der fliegenden Untertasse.

Er hatte ein aufregendes, unbeschwertes Leben gehabt und war nach dem Krieg schnell reich geworden. Er hatte auf die richtigen Aktien und auf die richtigen Projekte gesetzt. Niemals in Firmen investiert, von denen er wusste, dass sie keinen Profit brachten. Er hatte nach Schätzen suchen lassen, von denen er wusste, wo sie lagen, die Trefferquote seiner Unternehmungen lag bei hundert Prozent.

Aber ab dieser Nacht war Schluss damit. Wie jeder andere auf dieser Welt war auch er nun unwissend. Was würde der Morgen bringen? Bisher hatte er immer gewusst, dass er zumindest diesen Tag, den 13. Mai, erleben würde. Nun war es vorbei. Nachdenklich ging er hinaus.

Ellen saß wieder an ihrem Computer und fütterte ihn mit Daten.

„Machen Sie Feierabend, Ellen, es ist schon spät", sagte er leise.

Sein Blick fiel auf den Kartentisch, auf dem noch immer sein Schlüsselbund lag, so wie er ihn am Abend seiner Zeitreise dort hingelegt hatte. Er packte ihn und ging die Schlüssel einzeln durch. Von einigen wusste er nicht einmal mehr, zu welchem Schloss sie überhaupt gehörten. Eindeutig war der des Porsches an seinem Wappen zu erkennen.

Er überlegte kurz und ging dann zu der jungen Frau, die immer noch fasziniert vor dem Monitor saß.

„Ach, Ellen …"

Sie fuhr herum.

„Was ist eigentlich mit Ihrem alten Ford, läuft der wieder?"

Sie verneinte.

„Motorschaden. Die von der Werkstatt sagen, das lohnt nicht mehr. Ich werde mich wohl oder übel nach etwas anderem umsehen müssen. Solange fahre ich mit dem Motorroller."

Er warf ihr den Schlüsselbund zu, den sie fragend auffing.

„Das ist für Sie. Finden Sie heraus, wozu die Schlüssel passen. Es gehört alles Ihnen."

„Aber, Herr Berger, das kann ich nicht, das sind doch Toms …"

Sie stockte und senkte den Kopf.

Thomas Berger lachte auf.

„Sie können das ruhig annehmen. Er braucht sie nicht mehr."

Sie sah ihn fragend an.

„Ellen, was soll ich alter Mann denn noch mit dem Porsche?"

Sie nickte zögerlich.

„Sehen Sie, bei Ihnen ist er gut aufgehoben. Ich mag es heute ruhiger. Zu einem alten Sack wie mir passt der Ferrari wesentlich besser."

Grinsend ging er hinaus und schloss die Tür.

Epilog

13. Mai 2007, 00:32 Uhr
Jonastal / Thüringen

Tom betrat sein Arbeitszimmer. Die lodernden Flammen im Kamin tauchten das Zimmer in ein warmes Licht. Im Halbdunkeln und in Gedanken versunken ging er zu dem großen Schreibtisch, zog sein altes Handy, das die Männer in Maurers Kleidung gefunden hatten, und die Walther P38 aus der Tasche und legte beides zusammen auf die polierte Arbeitsfläche.

„Guten Abend, Thomas."

Obwohl er die Stimme kannte, zuckte er erschrocken zusammen. Auf einem Sessel vor dem Kamin saß Anna und schaute in die Flammen.

Er ging zu ihr und legte seine Hände auf ihre Schulter.

„Guten Morgen, Liebes."

Sie griff nach seiner rechten Hand, die sanft über ihre Schultern strich.

„Ist Tom fort?", fragte sie leise.

Er nickte nur, obwohl er sich darüber im Klaren war, dass sie ihn nicht sehen konnte. Aber es war egal. Anna verstand ihn auch ohne Worte. So wie sie sich immer verstanden hatten. Er hätte sie auch nie belügen, ihr etwas vormachen oder verheimlichen können. Sie kannte ihn wie kein anderer Mensch auf dieser Welt und es war gut so.

„Ich vermisse ihn jetzt schon“, sagte Anna, während sie weiter seine Hand fasste. „Es ist doch seltsam. Wir haben den Jungen großgezogen und geliebt und nun ist er weg. Aber wäre er jetzt nicht gegangen, hätte ich dich nie getroffen. Es ist verrückt. Wirklich verrückt. Ich habe ihn immer mit anderen Augen gesehen als dich, obwohl du ja er warst. Er war immer wie ein Sohn.“

Anna richtete sich auf und Tom zog sie an sich. Er küsste sie auf die Stirn. Dann wandte sie sich ab und ging zum Schreibtisch. Dort blieb sie stehen.

„Eins habe ich immer an dem Bengel gehasst“, sagte sie mit einem belustigten Unterton.

„Ach, was denn?“

Tom tat erstaunt, obwohl er genau wusste, was sie meinte.

„Die ständigen Weibergeschichten. Jedes Mal, wenn ich ihn mit einem von diesen kleinen Flittchen gesehen habe, hätte ich ihnen die Augen auskratzen können. Besonders dieser Amerikanerin Liz Miller.“

„Ja, das war schon ein kleines Biest,“ sagte Tom leise, aber so, dass Anna es noch hören konnte.

Er liebte es, wenn sie eifersüchtig war, obwohl er ihr nie wirklich einen Grund dafür gegeben hatte. Prompt versuchte sie böse auszusehen, was ihr aber nicht gelang.

Sie griff die Walther P38, die vor ihr auf dem Schreibtisch lag, und besah sie.

„Ist das seine?“

Tom nickte.

„Wie viele Menschen sie wohl auf dem Gewissen hat?“

Tom entgegnete:

„Keines, Liebes. Die Waffe hat kein Leben genommen. Sie ist nur ein dummes Stück Eisen. Der Mann, der den Abzug gedrückt hat, der hat die Menschen getötet, nicht die Waffe."

„Was hast du damit vor?", fragte sie, während sie die Pistole zurücklegte.

Eine gute Frage, er wusste es nicht.

„Vielleicht werfe ich sie morgen früh einfach in den See."

Die Idee gefiel ihm. Auch Anna nickte zustimmend.

„Ich möchte sie nicht hier im Haus haben."

Er ging zum Fenster und sah auf den Hof mit der langen Allee dahinter.

„Wir werden morgen wieder nach Frankreich fahren, Liebes. Natürlich nur, wenn du möchtest. Ich werde das Herrenhaus und das ganze Projekt Keltenring Ellen übergeben. Für mich ist die Zeitreise hier und in dieser Nacht zu Ende."

Anna trat neben ihn ans Fenster.

„Ich liebe dich, Thomas Johannes Berger, Mann aus der Zukunft, und du weißt, dass ich überall mit dir hingehen würde."

Ende

Micha Krämer

Micha Krämer wurde 1970 in Kausen im Westerwald geboren, wo er immer noch mit seiner Familie wohnt. 2009 veröffentlichte der gelernte Elektroniker kurz nacheinander die beiden Kinderbücher „Willi und das Grab des Drachentöters" und „Willi und das verborgene Volk". Der regionale Erfolg der beiden Bücher, die er eigentlich nur für seine eigenen beiden Kinder schrieb, war überwältigend und kam für ihn selbst total überraschend. 2010 erschien sein erster Roman für Erwachsene: „Keltenring" beschreibt die Zeitreise eines jungen Mannes. Der Handlung zugrunde liegt der Gedanke: „Wie würde ein Mensch unserer ‚Wohlstandszeit' reagieren, wenn er die Möglichkeit hätte, in der Zeit zurück zu gehen?" Im Jahr 2011 erschienen gleich zwei neue Bücher: Der 3. Teil der „Willi"-Reihe „Willi und das Geheimnis der Ostseepiraten" und der Regionalkrimi „Tod im Lokschuppen". Neben seiner Familie, dem Beruf und dem Schreiben gehört die Musik zu einer seiner großen Leidenschaften. Schon mit achtzehn sang er und spielte Gitarre in einer einheimischen Heavy Metal Band. Heute schlägt er auch schon mal leisere Töne an. An Wochenenden sieht und hört man ihn oft in den Kirchen der Region als Gitarrist des Gospelchors „The Golden Chaptones." Auch bei seinen Lesungen nimmt die Musik einen immer größeren Stellenwert ein. Micha Krämer ist Mitglied im „Syndikat", der Vereinigung von Krimiautorinnen und -autoren.

Neues erfahren Sie unter: www.micha-kraemer.de

Tod im Lokschuppen

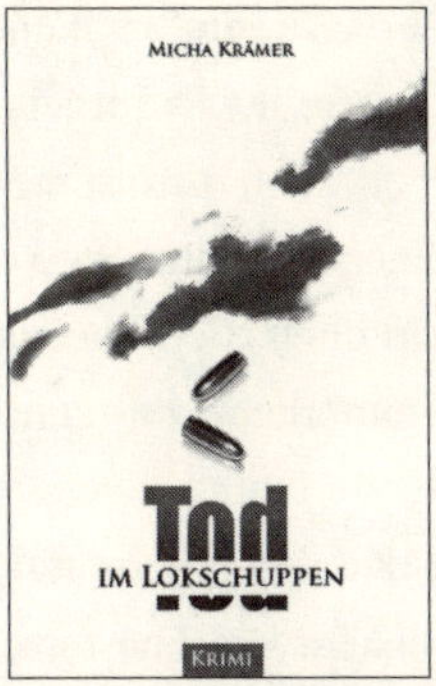

Ein grausamer Mord erschüttert Betzdorf, das kleine Städtchen am Rande des Westerwaldes. In den Ruinen des verfallenen Lokschuppens wird die verstümmelte Leiche eines ortsansässigen Geschäftsmannes gefunden.

Ein heikler Fall für die junge Kommissarin Nina Moretti. Schnell wird klar, dass der Tote, der scheinbar ein Doppelleben führte, nicht nur Freunde in der Kleinstadt hatte. Als am nächsten Tag auch noch der Pfarrer erschossen vor dem Altar der Kirche liegt, wird der Fall immer undurchsichtiger.

Führt die Spur ins Kölner Rotlichtmilieu? Liegt das Rätsel in der Vergangenheit der Opfer? Oder sind doch nur Hass und Eifersucht im Spiel?

Ein spannender Krimi, nicht nur für Kenner der Schauplätze, der dem Leser auch einen Einblick in zwischenmenschliches Chaos und die Gefühle der Charaktere gibt.

Micha Krämer: „Tod im Lokschuppen“, Taschenbuch,
304 Seiten, 9,95 €.

Willi und das Grab des Drachentöters

Endlich Ferien. Willi und seine Freunde haben sich seit Wochen darauf gefreut. Dummerweise muss Willi sich aber auch um seine gleichaltrige Cousine kümmern, die ihre Ferien in dem schönen Rheinstädtchen Biebesheim verbringt und nun mal gar nicht so sein Fall ist.

Gemeinsam mit Professor König, einem Paläontologen, der den Beweis für die Existenz von echten Drachen zu finden hofft, suchen sie nach den Spuren des Drachentöters Siegfried aus der Nibelungensage. Hat es ihn und somit den Drachen aus der Sage wirklich gegeben? Und wenn ja, sind da noch andere interessiert? Wem gehört das schwarze Auto und wer sind die Kerle in den dunklen Anzügen? Gibt es Zauberei?

Ein tolles Abenteuer, mitten in Deutschland, für Jugendliche von 9-14 Jahren

Micha Krämer: „Willi und das Grab des Drachentöters“,
Taschenbuch, 167 Seiten, 9,95 €.

Der Wolfsziegel

Winter 1910 in einem abgelegenen französischen Landstrich, im Boischaut. Es hat kräftig geschneit, und es ist bitterkalt. Und dann heult der ‚Wolfsziegel' im Sturm, jene seltsame Dachschindel, die die Menschen schon seit Generationen vor den Wölfen warnt, wenn diese, vom Hunger getrieben, aus den Bergen hinab in die Dörfer kommen. Doch den Menschen fällt es schwer, den Worten des ‚wissenden' Heilers Ravenelle zu glauben. Erst als der junge Tirette den ersten Wolf erlegt, wird auch den letzten Zweiflern langsam klar, dass große Gefahr droht ...

Jean-Marc Soyez: „Der Wolfsziegel“, geb., 447 Seiten, 17,50 €. Erstmals vollständig übersetzt mit „Sommer-“ und „Winterteil“.

Auch als Hörbuch erhältlich!
„Der Wolfsziegel“ (Winterteil)
6 CDs, 360 Min, 16,95 €

Doktor Schock – Grusel, Gags und geile Bräute!

Blut, Blödsinn und Babes! Die ersten drei Abenteuer des wahnsinnigen Wissenschaftlers DOKTOR SCHOCK sind die ultimative Lachmuskelattacke und garantiert nichts für schwache Nerven. Der sexy Doktor mit der ultra behaarten Brust will die Weltherrschaft, stößt keine scharfe Tussi von der Bettkante und macht in seinem Laboratorium unmögliche Experimente möglich.

Der erste Band der Doktor-Schock-Reihe mit den Abenteuern **„In den Klauen der Rentner-Zecke“**, **„Nachts, wenn die Todes-Töle fliegt“** und **„Die Sex-Marionetten vom Friedhof hinter der Heißmangel“** ist ein Comedy- und Satirefeuerwerk, gespickt mit Wortwitz, packenden Spannungsmomenten, vorhersehbarer Erotik, Tipps zum Eierkochen und bekloppten Monstern. Dazu ist er eine Parodie auf alle Superhelden – von James Bond bis Frankenstein.

Das schreiben die Kritiker:

„Unglaublicher Spaß! Frankenstein trifft Monty Python!“
(TrashOthek.de)

„Doktor Schock is in the house! Wer schlicht und einfach Spaß haben will, sollte zugreifen...“ (Lies und Lausch)

Sascha Gutzeit: „Doktor Schock – Grusel, Gags und geile Bräute!“, Taschenbuch, 191 Seiten, 9,99 €.